궁귀검신 2부
弓鬼劍神

궁귀검신 2부 4
조돈형 新무협 판타지 소설

초판 1쇄 찍은 날 § 2004년 10월 26일
초판 1쇄 펴낸 날 § 2004년 11월 10일

지은이 § 조돈형
펴낸이 § 서경석

편집장 § 문혜영
편집 § 장상수 · 김희정 · 유경화
마케팅 § 정필 · 강양원 · 이선구 · 김규진 · 홍현경

펴낸곳 § 도서출판 청어람
등록번호 § 제1081-1-89호
등록일자 § 1999. 5. 31
어람번호 § 제2-0452호

주소 § 경기도 부천시 원미구 심곡1동 350-1 남성B/D 3F (우) 420-011
전화 § 032-656-4452 팩스 § 032-656-4453
http://www.chungeoram.com
E-mail § eoram99@chollian.net

ⓒ 조돈형, 2004

ISBN 89-5831-288-2 04810
ISBN 89-5831-103-7 (SET)

※ 파본은 본사나 구입하신 서점에서 교환하여 드립니다.
※ 저자와 협의하여 인지를 붙이지 않습니다.

조돈형 新무협 판타지 소설

궁귀검진 2부

弓鬼劍神

4

도서출판 청어람

목차

제28장 비혈대(秘血隊) __ 7
제29장 천라지망(天羅地網) __ 49
제30장 기호지세(騎虎之勢) __ 85
제31장 독혈인(毒血人) __ 109
제32장 혈전(血戰) __ 143
제33장 승천지계(昇天之計) __ 181
제34장 아미혈풍(峨嵋血風) __ 209
제35장 금사하(金砂河) __ 239
제36장 환영시(幻影矢) __ 259

제 28 장

비혈대(秘血隊)

비혈대(秘血隊)

"……"

을지호는 다짜고짜 자신의 이름을 밝히는 사마유선을 '뭐, 이런 여자가 있냐?'라는 표정으로 쳐다보았다.

아무리 무림에 적을 두고 있고 여염집 아낙들과 비교해 그다지 격식을 차리지 않는다지만 사내에게, 그것도 평소 안면도 없는 난생처음 대하는 이에게 대뜸 이름을 밝힌다는 것은 웬만한 상식으로는 이해가 가지 않는 행동이었다.

자신이 이름을 밝혔음에도 을지호에게서 아무런 반응이 없자 사마유선의 아미가 살짝 찌푸려졌다.

"사마유선이라고요!"

재차 이름을 밝혔다.

'젠장, 어쩌라는 거야!'

을지호는 그녀의 의도를 몰라 뭐라 대꾸를 할 수가 없었다. 그저 멀뚱멀뚱 그녀의 얼굴만 쳐다볼 뿐이었다.

그가 무슨 생각을 하고 있는지 눈치 챈 사마유선이 약간은 샐쭉한 표정으로 입을 열었다.

"상대가 이름을 밝혔으면 자신도 이름을 밝히는 것이 예의 아닌가요?"

'아하, 난 또 뭐라고. 통성명을 하자는 것이었군.'

그제야 사마유선의 말뜻을 알아들은 을지호는 피식 웃음을 터뜨렸다.

무림인이 낯선 상대에게 이름을 밝히는 것에 무슨 다른 이유가 있겠는가. 가만히 생각해 보면, 아니, 생각해 볼 것도 없는 당연한 일이었다. 단지 사마유선의 당돌한 태도에 잠시 당황한 것이었다.

"을지호요."

그는 자신의 실수를 겸연쩍어하며 살짝 허리를 숙였다.

"을지… 호."

이름을 따라 되뇌던 사마유선이 고개를 갸웃거렸다. 어디선가 들어본 듯한 느낌 때문이었다.

"좋은 이름이군요. 아무튼 반가워요."

그녀가 보기만 해도 친근감이 있는 표정으로 환히 웃었다. 왼쪽 입꼬리가 살짝 치켜 올려지는 것이 여간 귀여운 것이 아니었다. 그러나 갈 길이 바쁘기만 한 을지호는 더 이상 다른 일과 사람들에 엮이고 싶은 마음이 없었다. 이미 배를 채우기도 힘든 상황인 이상 서둘러 길을 떠날 생각뿐이었다.

"특별히 볼일이 없다면 이만 가보겠소."

그는 사마유선의 의견은 더 이상 들어볼 가치도 없다는 듯 재빨리 말을 하곤 몸을 돌렸다.

물론 그의 생각대로 되지는 않았다.

"바쁜 일이라도 있는 모양이군요."

어느새 앞을 가로막은 사마유선이 한 걸음 다가오며 물었다.

살짝 접근을 했을 뿐이었는데도 향긋한 냄새가 코를 파고들었다. 평범한 사내라면 당황하거나 안색에 변화가 있었겠지만 을지호는 별다른 감흥을 느끼지 못한 듯했다. 그저 귀찮다는 표정이었다.

"알면 되었소. 그러니 비켜주시구려."

"무슨 일로 그리 바쁜지 말씀해 주실 수 있나요?"

갈수록 가관이었다. 초면에 대뜸 통성명을 하는 것도 모자라 이제는 개인적인 일에까지 관심을 갖는 것이 아닌가.

그는 사마유선이 어떤 꿍꿍이를 가지고 접근했을지도 모른다는 생각을 했다. 자연적으로 말투가 차가워졌다.

"당신이 알 필요는 없을 것 같소."

그래도 사마유선은 아랑곳하지 않았다.

"꽤나 지친 듯한 모습인데 그렇게까지 서둘러야 하는 일인가요? 촌각을 다투지 않는 일이라면 잠시 머물다 가시지요. 때마침 식사를 하는 중이었어요."

"식사는 아직… 흠흠."

영문을 모르겠다는 표정으로 끼어들던 풍간은 곧바로 입을 다물고 말았다. 그녀가 뒤쪽으로 슬쩍 치켜 올린 주먹을 본 까닭이었다.

"특별히 준비한 것은 없어도 간단한 요기는 할 수 있을 거예요."

식사라는 말에 귀가 솔깃했지만 굳이 따라가고 싶은 마음이 들지 않았다.

"호의만 감사하게 받겠소."

"흠."

퉁명스런 대답에 사마유선은 미간을 살짝 찌푸리며 한숨을 내쉬었다.

그녀의 모습에 지금껏 흥미로운 표정으로 대화를 지켜보던 풍간과 오량은 서로의 시선을 부딪치며 믿을 수 없다는 듯 입을 쩍 벌리고 말았다.

[믿어지냐, 지금의 상황이?]

풍간의 전음에 오량은 빠르게 고개를 흔들었다.

[아니요. 보지 않고는 아무도 믿지 않을걸요. 세상에 이런 일도 있군요.]

[내가 단주를 모신 지 벌써 사 년, 우리 단주가 사내에게 저렇듯 나긋나긋하게 말하는 것은 처음 보았다.]

[그러게 말입니다. 난 통성명을 할 때부터 저놈이 언제 땅바닥을 구를까 생각하고 있었는데 이렇게 나가다간 오히려 단주가 구를 기세군요. 이거야 원.]

[어쨌든 단주의 성격상 이리 끝날 거 같지는 않다. 뭔가 사단이 나도……]

그러나 둘의 대화는 거듭되는 사마유선의 질문에 끊기고 말았다.

"남쪽으로 가시나요?"

"무엇이 그리 궁금한 것이오? 분명 알 필요 없다고 했소. 나는 나의 길을 가면 되는 것이고 당신들은 당신들이 하던 일이나 계속하면 되는 것이오."

을지호는 짜증이 극에 이른 표정으로 속사포같이 쏘아대고는 몸을 홱 돌렸다.
 그런데 재밌는 것은 사마유선이 그의 수하들이 경악을 금치 못할 정도로 다른 모습을 보여주는 것처럼 을지호 또한 그 자신도 의식하지 못하는 사이 평소와는 상당히 다른 행동을 하고 있다는 것이었다.
 애당초 그라면 지금까지 자리에 있을 리가 없었다. 말을 섞을 필요도 없이 몸을 돌렸을 것이고 당연히 짜증을 낼 필요도 없었을 것이다.
 한데 어찌 된 일인지 그는 자리를 벗어나지 못했다. 벗어나기는커녕 한참 동안 말을 섞고 있었다. 만약 강유 등이 그와 함께 있었다면 그들 또한 사마유선을 바라보는 풍간 등의 반응과 조금도 다르지 않았을 것이다.
 그래도 결국 몸을 돌린 을지호는 그녀와의 거리를 순식간에 벌리며 사라져 갔다.
 아쉬운 듯한 눈빛으로 그를 쳐다보는 사마유선.
 그것도 잠시, 아쉬움은 곧 사라지고 그녀의 얼굴엔 묘한 미소가 감돌았다. 그녀는 축 늘어뜨리고 있던 활을 들어 천천히 시위를 당겼다.
 "여기까지였군. 쯧쯧쯧."
 풍간과 오량은 결국 이리될 줄 알았다는 듯 힘없이 꼬꾸라질 을지호의 모습을 상상하며 혀를 찼다.
 핑!
 나지막한 소리와 함께 시위를 떠난 붉은빛의 화살은 가히 상상하기도 힘든 속도로 을지호를 추격했다.
 '정말 보자 보자 하니까.'
 난데없는 공격에 화가 치민 을지호가 몸을 홱 돌렸다.

화살은 어느새 코앞까지 이르고 있었다.

"훙."

냉소와 함께 화살을 낚아챈 을지호는 이참에 하늘 모르고 까부는 그녀에게 단단히 쓴맛을 보여주려는 요량으로 역으로 시위를 당겼다.

하나 반이나 당겼을까?

"나 이거야 원."

피식 웃음을 터뜨린 그가 힘없이 시위를 풀고 말았다.

이유는 간단했다. 곧바로 이어진 사마유선의 낭랑한 목소리 때문이었다.

"나는 혈궁단의 단주 사마유선이에요."

그러고 보니 빠르긴 했지만 화살에 실린 위력이 그다지 강하지 않았다.

"정말 못 말릴 아가씨로군."

결국 을지호는 고개를 절레절레 흔들며 몸을 돌렸다.

을지호의 몸이 사라지기가 무섭게 표정이 돌변한 사마유선이 풍간을 불렀다.

"풍간."

"예, 단주."

"가서 한곡(翰鵠)을 불러와. 너희처럼 사냥하고 있을 테니까. 이각 준다. 늦으면 각오해."

그녀의 말이 끝나기도 전에 풍간은 이미 달리고 있었다.

"오량은 나머지 사람들에게 출발 준비를 시켜. 곧 떠날 테니까."

"어디로……."

뭔가 이상한 낌새를 눈치 챈 오량이 조심스레 질문을 던졌다. 그러나 돌아온 것은 잡아먹을 듯 노려보는 매서운 눈초리였다.

"일각……."

그간의 경험으로 보아 더 이상 머뭇거리면 몸이 편하지 않다는 것을 알고 있었다. 오량 역시 풍간처럼 내쳐 달리기 시작했다.

반 각이 조금 지났을 때 오량에 의해 휴식을 취하고 있던 혈궁단의 단원이 부랴부랴 모이고 정확히 이각이 지났을 땐 죽을힘을 다해 달린 풍간과 한곡이 도착했다.

"데, 데리고 왔… 아이쿠야!"

간신히 시간을 맞췄다고 마음을 놓고 있던 풍간이 정강이를 부여잡고 그대로 주저앉았다.

"늦었어."

이각이 지나지 않았다는 것은 하늘이 알고 땅이 알고 풍간 자신 역시 알고 있었다. 그러나 사마유선이 늦었다면 늦은 것이다. 그는 끽소리도 못하고 물러났다.

"한곡."

"예, 단주!"

대답이 우렁찼다. 괜한 트집을 잡혀 풍간 꼴이 나지 않기 위한 나름대로의 노력이었다.

"무슨 냄새가 나지 않아?"

"예? 무슨……."

무심코 반문을 하려던 한곡이 재빨리 입을 틀어막고 코를 벌름거렸다. 질문을 던지느니 자신이 알아내는 것이 더 빠르다는 생각 때문이었다.

"백일몽(白日夢)이군요."

향기의 정체를 알아낸 한곡이 그렇지 않느냐는 표정으로 말했다.
"쫓을 수 있겠지?"
"물론입니다. 제가 이래 뵈도 전직 비혈대 출신입니다. 그리고 백일몽은 제가 단주께 드린 추종향(追蹤香)이 아닙니까? 쫓을 대상이 비를 흠뻑 맞아 씻겨 내려가거나 물에 틀어박혀 있지 않는 한 지옥이라도 쫓을 수 있습니다."
한곡은 말꼬리를 올리며 묻는 사마유선에게 당연히 쫓을 수 있다고 말할 수 있는 자신이 얼마나 대견스러운지 몰랐다.
"그래야 될 거야. 놓쳤다가는 다시는 냄새를 맡지 못하게 만들어줄 테니까."
사마유선의 성격이라면 백 번이고 그렇게 할 수 있었다. 한곡은 자신도 모르게 유난히 커다란 코를 만지며 대답했다.
"며, 명심하겠습니다."
"알면 됐어. 뭐 해? 빨리 쫓아."
그때였다. 혈궁단에서 유일하게 사마유선의 행동에 제약을 가할 수 있는 부단주 윤극진(尹克秦)이 한곡의 앞을 가로막고 섰다.
"도대체 무슨 영문인지는 모르겠지만 단주, 우리는 지금 악양으로 가는 중이잖아."
"조금 늦어도 돼."
"그렇잖아도 대기하라는 명을 어기고 먼저 나선 길이다. 여기서 또 틀어지면 나중에 무슨 벌을 받을지 몰라."
"벌? 까짓 받으면 되지. 그 딴 벌을 무서워할 내가 아니지."
"어련하실까!!"
"잠자코 따라오기나 해. 모든 책임은 내가 질 테니까. 한곡, 아직도 거기 서 있었어?"

"아, 아닙니다. 지금 갈 생각이었습니다."

괜한 불똥에 맞을까 겁을 낸 한곡은 뒤도 돌아보지 않고 달리기 시작했다. 방향은 당연히 을지호가 사라진 곳이었다.

사마유선의 눈가에 살짝 웃음이 떠올랐다.

"조만간 다시 보게 될 거예요. 궁귀의 후예."

　　　　　*　　　　*　　　　*

정도맹의 맹주가 거처하는 명심궁.

이른 아침부터 명심궁에 모인 각 문파의 수뇌는 작금의 상황을 헤쳐 나가기 위해 머리를 맞대고 숙의에 숙의를 거듭하였다. 하지만 쉽사리 결론이 나지 않았다. 모두들 위기의 심각성을 인식하고는 있었으나 그 대처 방안에 상당한 의견 차이가 있기 때문이었다.

"이렇게 머뭇거릴 시간이 없소이다. 벌써 여러 문파와 분타가 무너졌고 지금 이 시간에도 공격을 받고 있소."

정도맹의 장로라는 막강한 지위를 가지고 있는 천강 진인은 그와 정확히 마주 앉아 있는 사내를 노려보며 열변을 토했다. 말을 할 때마다 둔탁한 소리가 날 정도로 내려친 탁자에 보기 흉한 금이 수도 없이 생겨났다.

그러나 어찌 보면 위협적이기도 한 그의 말과 행동, 눈총을 받으면서도 사내는 조금도 굴하지 않았다.

"누누이 말했지만 이번 일은 그렇게 성급히 판단하고 행동해서는 안 될 것입니다."

모두들 준비된 차로 갈증을 해소하건만 유일하게 술을 들이키는, 그러면서도 조금도 꿀림없이 당당하기만 한 그는 천하의 모든 거지에게 절대적인 신임을 받고 있는 개방 방주 정소였다.

"도대체 성급하다는 것이 무엇이오? 놈들이 코앞까지 쳐들어올 때까지 아무런 대책도 세우지 못하고 있다가 당하고 나서야 후회하는 것이 성급하지 않은 행동이오? 설마 놈들이 두려운 것이오? 흥, 언제부터 개방이 이렇듯 꽁무니를 뺐을까! 방주가 망설이는 동안에도 수많은 동도가 목숨을 잃고 있소이다."

계속되는 의견 대립에 천강 진인은 자신이 무슨 말을 하고 있는지도 모를 정도로 흥분하고 있었다.

아무리 화가 나더라도 해야 할 말이 있고 하지 말아야 할 말이 있었다. 모든 이가 그의 말이 지나치다고 여기며 안색을 찌푸릴 정도이니 방주인 정소가 가만히 있을 리 없었다.

"말 다하셨습니까!!"

막 들이키던 술병으로 탁자를 내리찍고 벌떡 몸을 일으키는 정소.

그 힘이 얼마나 강했는지 연약하기만 할 술병이 탁자를 뚫고 들어가 바닥에서 산산조각이 났다.

"다했다면 어찌할 텐가!!"

천강 진인도 지지 않고 몸을 일으켰다.

당장에라도 충돌이 일어날 것 같은 일촉즉발의 상황이었다.

둘의 기세가 워낙 강해 아무도 말릴 엄두를 내지 못하고 있을 때였다. 한참 동안 격론이 오고 감에도 최소한으로 말을 아끼던 무당파의 장문인이 조용히 입을 열었다.

"자리에 앉게, 사제."

"하지만……."
"앉으라니까."
 그는 지그시 응시하며 명하는 천중 진인(天中眞人)의 음성을 거부할 만한 힘이 없었다.
"사제의 무례를 내 대신 사과하겠소. 본심은 그것이 아니라는 것을 방주께서도 알 것이오."
"장문인께서 그리 말씀하신다면야……."
 나이는 물론이고 연배 또한 한참 윗길인 그의 말에 정소도 어쩔 수 없이 한발 뒤로 물러났다.
 정소가 자리에 앉는 것을 확인한 천중 진인이 좌중을 둘러보며 입을 열었다.
"언제까지 이렇게 말다툼을 하고 있을 순 없다는 생각이 드오. 패천궁의 주력이 본격적으로 싸움에 개입할 때까지 약간의 시간적 여유가 있으나 잠깐일 뿐이오. 조금이라도 대응이 늦으면 호북을 빼앗기는 것은 물론이고 최악의 경우엔 한껏 오른 그들의 기세를 감당치 못할 수도 있소이다."
 천중 진인의 시선이 정소를 향했다.
"빈도의 짧은 소견으론 신중한 것도 좋지만 너무 늦어서는 안 된다고 보오만."
"소생 또한 마냥 손을 놓고 기다리자는 것은 아닙니다. 다만 만반의 준비를 갖추되 가능하다면 싸움을 피해보자는 것입니다. 일단 저들 수뇌들과 대화를 나누어봐야 합니다."
"대화가 될 까닭이 없소이다!!"
 어쩌면 이번 싸움의 도화선이 되었다고 할 수 있는 비선문의 문주기도위(奇導褌)가 몹시 못마땅하다는 표정으로 반박했다.

"저자들이 이번 싸움을 일으킨 명분이 무엇이오? 우리가 자신들의 분타를 공격했다는 것이외다. 방주께서는 우리가 단독으로 놈들을 칠 힘이 있다고 생각하시오?"

쓴웃음을 지은 정소가 고개를 흔들었다.

"있지도 않은 사실을 가지고 야욕을 드러낸 저들이 대화에 응할 리가 없소이다. 오히려 기만만 당할 뿐. 피해가 더 커지기 전에 놈들의 야욕을 분쇄해야 한다고 봅니다. 비록 미약한 힘이지만 우리 비선문은 놈들과 싸울 만반의 준비가 되어 있소이다."

기도위의 당당한 태도에 모두들 고개를 끄덕였다. 특히 천강 진인은 따로 목례를 하며 인사할 정도였다. 하지만 정소는 자신의 뜻을 굽히지 않았다.

"비선문이 패천궁의 분타를 기습했다는 말은 분명 잘못된 것입니다. 있을 수 없는 일이지요. 하나 저들의 분타가 하루아침에 무너진 것까지 거짓은 아닙니다."

"자작극일 수도 있소."

퉁명스런 기도위의 말에 정소는 고개를 가로저었다.

"열 곳도 넘는 분타가 당했고 희생된 인원만 어림잡아 삼백이 넘습니다. 이는 개방에서 정확히 확인한 것입니다. 물론 자작극일 가능성도 배재하지는 못하겠지요. 그러나 패천궁이 과연 그 정도까지 무리를 해가면서 도발했을까 하는 의구심이 생깁니다. 그것이 자작극임이 밝혀질 때의 파급 효과를 생각하면 절대로 그럴 수 없습니다."

개방의 정보력이 그 어떤 문파, 세력보다도 빠르고 정확하다는 것은 누구도 부인하지 못했다. 정소의 단정적인 말에 모두들 무거운 침묵을

지켰다.

"아무래도 이상하군. 정도맹이 개입을 하지 않았고 패천궁의 자작극도 아니라면 그들의 분타가 무너진 것을 어찌 해석해야 하는가?"

비록 나이는 어리나 무당파의 장문인도 정중히 예의를 갖추는 개방의 방주에게 너무나 자연스럽게 하대를 하는 노인.

명심궁에 모인 그 누구보다 세인의 존경을 받고 있으며 발언권이 강한 인물이었으나 지금껏 침묵을 지키던 그는 검왕 곽화월이었다.

화산파의 장문인이자 검왕으로 더욱 명성을 떨치고 있는 그가 말문을 열자 모두들 숨을 죽였다.

자신의 사부와 친분이 돈독한 데다가 과거 큰 가르침을 받았던 정소 또한 예외는 아니었다.

"그것이 제가 패천궁과의 싸움에 신중을 기하자고 하는 이유입니다."

"자세히 말해 보게나."

"일은 터졌는데 양쪽 모두에서 한 일이 아닙니다. 한데 얼마나 많은 피를 보아야 할지 아무도 모르는 대규모의 싸움이 이미 시작되었습니다. 문제는 이와 때를 같이하여 중원은 물론이고 변방에서 묘한 움직임이 감지되었다는 겁니다."

순간 이곳저곳에서 술렁임이 일었다.

"묘한 움직임이라니?"

"정확히 파악은 되지 않았으나 세외 쪽 문파들의 동향이 심상치 않다는 소식입니다. 전에 없이 많은 무인이 출몰하고 빈번하게 말썽을 일으키고 있습니다. 또한 사천 쪽에서도 일단의 무리가 움직인 것으로 감지가 되었는데……."

정소의 시선이 첨밀각 각주의 신분으로 회의에 참석하고 있는 왕호연에게 향했다.

두 번의 헛기침을 한 그가 입을 열었다.

"북쪽은 물론이고 사천의 서북쪽에서도 정체를 알 수 없는 이들의 움직임이 있다는 소식이 계속해서 날아들고 있습니다. 상당히 광범위한 지역이고 보고마다 제각기 다른 내용을 담고 있어서 아직 뭐라 단정 지을 수는 없지만 이상한 조짐이 있다는 것만은 틀림없습니다."

왕호연의 설명이 끝나자마자 노한 음성이 터져 나왔다.

"그게 무슨 소린가, 첨밀각주!! 그런 소식이 있으면 본 맹주에게 재빨리 보고를 해야 할 것이 아니던가? 그토록 중요한 사항에 대해 이리 미적거리다니… 대체 첨밀각주라는 위치가 어떤 자린 줄은 알고 있는 것인가!!"

목소리의 주인공은 처음부터 회의를 주관해야 함에도 지금껏 중심을 잡지 못한 채 그저 멀뚱히 자리만을 지키고 있다가 무당의 장문인이 나서는 순간부터는 아예 존재 자체가 사람들의 뇌리에서 사라졌던 맹주 천장 진인이었다.

"음."

난데없는 질책을 당한 왕호연이 불쾌한 기색을 숨기지 못했다.

"말을 해보게. 어째서 아직까지 보고를 하지 않은 것인가?"

천장 진인은 굳은 표정으로 쳐다보는 왕호연을 매섭게 몰아붙였다. 호통을 치는 그의 음성은 전에 없이 강경했다. 더 이상 참지 못한 왕호연이 냉랭한 어조로 대꾸를 했다.

"소식이 날아든 것은 제법 오래되었습니다. 그때마다 말씀을 드렸고 특히 어젯밤에는 그 모든 것을 정리하여 정확히 보고드린 것으로 기억

합니다. 맹주께서 꽤나 취하신 상태라 제대로 들으셨는지 장담을 할 수 없습니다만."

찰나의 틈도 없이 날아온 대답에 지난밤의 일을 기억해 낸 천장 진인은 아차 하는 심정이었다. 하나 이미 쏟아진 물이었다.

"험험. 그, 그랬던가? 아, 이제야 기억이 나는군. 내 잠시 잊고 있었네. 그때는 몸이 좋지 않아서……."

궁색한 변명에 왕호연은 물론이고 모든 이의 얼굴이 일그러졌다. 사람이 너무도 황당한 일을 겪으면 도리어 말문이 막힌다던가. 몇몇은 노골적으로 불만을 토로했지만 대다수의 사람은 할 말을 잊고 있었다.

부끄러웠는지 천장 진인은 슬며시 고개를 돌리고 말았고 천중 진인 또한 낯빛을 고치며 눈을 감아버렸다.

얼굴이 시뻘겋게 달아오른 천장 진인은 무슨 말을 해야 할지, 또 어떻게 일을 수습해야 할지도 몰랐다. 그저 사형인 천중 진인만 쳐다보며 진땀을 흘릴 뿐이었다.

그런 천장 진인의 모습에 중인들은 또다시 실망을 금치 못했다.

정도맹은 패천궁과 맞설 수 있는 거의 유일한 세력이었고 백도를 지켜주는 등불과도 같은 존재였다. 당연히 맹을 이끌어야 할 수장은 다른 누구보다 명망있고 뛰어난 인물이어야 했다. 특히 크나큰 적을 눈앞에 두고 있는 위기의 순간에는 더욱 그랬다. 하지만 지금의 상황은 허수아비나 다름없는 현 맹주가 그런 인물이 될 수 없음을 너무나 단적으로 보여주고 있었다.

"흠흠."

크게 헛기침을 해서 분위기를 일신시킨 천중 진인이 정소를 향해 질문을 던졌다.

"하면 방주의 판단은 정확히 어떤 것이오?"

"누군가가 어부지리(漁父之利)를 노린다고 생각합니다."

"누가?"

마지막으로 남은 술을 비운 정소가 조용히 술병을 내리며 대답했다.

"그것은 모릅니다. 아마도 패천궁과 우리가 반목하고 싸우기를 간절히 바라는 무리겠지요. 절대로 그자들의 의도대로 따라서는 안 됩니다. 일단은 패천궁과 일의 전모에 대해 논의해 봐야 할 것입니다. 저들 또한 어느 정도는 파악하고 있을 겁니다."

확신에 찬 그의 말에 좌중은 또 한 번 술렁였다.

"만약 그것이 아니라면 어찌 되는 것이오? 자칫하면 큰 낭패를 볼 수도 있소."

"절대적이라는 것은 있을 수 없는 법이니 그에 대한 준비도 해야겠지요. 다만 비선문의 문주께서 주장하시는 것처럼 무작정 맞부딪치지는 말자는 말입니다. 만반의 준비를 갖추되 저들과 대화를 나눈 후 싸움을 해도 늦지는 않다는 생각입니다."

"흠."

천중 진인은 나직이 숨을 고르며 정소의 얼굴을 살폈다. 그리고 비록 탈맹을 했으나 아직까지 막강한 영향력을 행사하고 있는 소림과 화산파의 분위기를 살폈다. 은연중 정소의 말을 지지하는 태도를 보이는 것으로 보아 그들끼리 이미 교감이 있는 듯했다.

'어부지리라······.'

누군가 어부지리를 노리고 패천궁과 정도맹을 싸우게 만드는 것이라 가정한다면 정소가 말한 대로 행동하는 것이 최선이란 생각이 들었다.

"정 방주의 말씀이 사리에 맞는 것 같은데 맹주께서는 어찌 생각하시오?"

"좋은 생각인 것 같습니다. 그렇게 하도록 하지요."

이의가 있을 수 없었다. 그렇잖아도 곤경에 빠져 있던 천장 진인은 황급히 고개를 끄덕였다.

"그럼 그 일은 방주께서 책임지고 추진해 보시구려."

"알겠습니다."

책임을 지라는 말에 실린 묘한 어감이 마음에 들진 않았지만 정소는 순순히 고개를 끄덕였다. 그러자 묵묵히 생각에 잠겼던 곽화월이 입을 열었다.

"한 가지 더 짚고 넘어갈 것이 있네."

"말씀하십시오."

"남궁세가가 당한 것도 그들의 소행인가?"

정소는 고개를 흔들었다.

"솔직히 거기까지는 파악하지 못했습니다. 그러리라 의심은 해보았으나 무림을 도모하고자 하는 패천궁이 목구멍의 가시 같은 존재를 그냥 지나칠 리는 없고……."

"패천궁이 공격했을 가능성이 높다는 말이군."

정소는 침묵으로 그 말을 인정했다.

곽화월의 시선이 오대세가를 대표해 정도맹으로 온 제갈경에게 향했다.

"오대세가에서는 이 일을 어찌 생각하십니까?"

"뭐라 단정 지을 순 없겠지요. 하나 여러분들께서도 이미 알고 계시듯 그 일을 조사하기 위해 한 인물이 남궁세가로 떠났습니다."

"한 명이 아니라 두 명이겠지요."

남궁세가의 태상호법이 비사걸이라는 것은 다른 이들에겐 아직 알려지지 않은 사실이었다. 그러나 천엽 진인으로부터 황보세가에서 있었던 일을 미리 전해 들은 천강 진인은 비사걸을 막지 못한 오대세가의 행동을 은연중에 비웃었다.

화를 낼 만도 하건만 제갈경은 담담한 어조로 말을 이었다.

"상황이 여의치 않았습니다. 아무튼 그들로 인해 사건의 전모가 확실히 드러날 것이라 생각합니다."

천강 진인이 샐쭉한 표정으로 물러나자 곧바로 다른 질문이 이어졌다. 명심궁의 기왓장을 흔들 만한 걸걸한 음성이었다.

"누가 갔기에 그리 자신만만하신 겝니까?"

"아직 듣지 못하셨습니까?"

"폐관 수련을 끝내자마자 서둘러 달려오는 통에 저간의 사정을 알 수가 없었소이다."

"흠, 중원을 떠들썩하게 만든 일인데도 듣지 못하셨다니 급하긴 급하셨던 모양입니다."

팔순을 앞둔 나이에 폐관 수련에 들었다가 오늘 아침에서야 두 명의 수행원을 데리고 정도맹에 입성한 종남파(終南派)의 장문인 오상(吳桑)은 제갈경의 의미심장한 웃음에 궁금증이 더욱 커졌다.

"허허, 도대체 누구기에 그러시는 것이오?"

"오 장문인께서도 아실 만한 인물입니다."

"호, 알 만한 인물이라……."

* * *

황보세가를 떠난 지 정확히 육 일하고도 반나절이 지날 무렵 육체가 견딜 수 있는 한계를 시험해 가며 달려온 을지호는 마침내 남궁세가의 북문에 도착할 수 있었다.

문은 굳게 닫혀 있었다.

급한 마음을 이기지 못한 그는 단숨에 담벼락을 뛰어넘었다.

"음……."

절로 침음성이 흘러나왔다.

어느 정도 예상은 했지만 남궁세가에 들이닥친 참화는 그의 예상을 한참이나 뛰어넘었다.

천금을 들여 힘겹게 재건한 건물들, 그 사이를 누비며 바지런히 움직이던 식솔들의 모습, 또 그들을 일사불란하게 지휘하며 세가에 활력을 불어넣던 곽 노인의 모습은 보이지 않았다. 그저 시꺼멓게 그슬린 담벼락, 잿더미가 되어버린 건물의 잔해와 타다 남은 서까래, 그리고 주변을 배회하며 이곳저곳을 파헤치다 인기척에 놀라 황급히 몸을 숨기는 날짐승 따위가 전부였다.

참담한 마음을 간신히 억누른 그는 식솔들이 죽어서까지 모욕을 당하고 있는 정문으로 발걸음을 옮겼다.

걸음을 내디딜 때마다 그날의 참상이 몸으로 느껴졌다. 그것에 비례해 치미는 분노 또한 가슴 한곳에 차곡차곡 쌓여갔다.

정문에는 정확히 열두 구의 시신이 매달려 있었다. 매달 자리가 부족했는지 나머지 시신들은 그들의 발 아래에 아무렇게나 방치되어 있었다.

멀쩡한 시신은 하나도 없었다. 그들 대부분이 목이 잘리거나 가슴이 베어져 죽임을 당한 데다가 무더운 날씨로 인해 심각하게 부패되어 있었다. 이름을 알 수 없는 온갖 벌레가 시신들을 능욕하며 꿈틀거리고 감당하기 힘든 악취가 주변을 휘감았다. 하지만 을지호는 전혀 개의치 않았다. 그의 눈은 오직 유난히 왜소해 보이는 시신에 고정되어 있었다.

정문에 매달린 시신 중에서 곽 노인을 알아보기란 어려운 일이 아니었다.

을지호의 무릎이 꺾였다.

"곽… 노인."

그의 부름에 대답이라도 하듯 한줄기 바람이 불며 곽 노인의 몸이 흔들렸다. 몸에 붙어 있던 파리 떼가 잠시 움찔하다가 다시 달려들었다.

"빌어먹을……."

그들의 죽음이 마치 자신의 잘못인 양 미안하고 죄송스러웠다. 실로 어쩔 수 없는, 예상치 못한 불행이라는 것을 알면서도 마음은 그렇지를 못했다.

주먹이 절로 쥐어졌다. 울화가 목까지 치밀어 올랐다. 당장에라도 폭발할 것만 같은 분노를 터뜨리지 않고는 견딜 수 없을 것 같았다. 적당한 상대가 주변에 있다는 것도 느끼고 있었다. 그렇지만 지금 당장은 아니었다.

꽝!!

지축을 울리는 굉음이 터져 나왔다. 그의 주먹이 땅속을 파고들며 내는 소리였다.

을지호는 그런 자세로 조금의 미동도 없이 일각을 보냈다.

"후~"

그의 입에서 더없이 긴 한숨이 흘러나왔다. 이성을 잃어버리게 만들 정도로 치밀던 노화를 가라앉히는 한숨이요, 앞으로 해야 할 일을 결정한 한숨이었다.

당장은 버려진 시신들을 수습하는 일이 급선무였다.

몸을 일으킨 그는 정문에 매달린 시신들을 땅으로 내리기 위해 움직이기 시작했다. 한데 그런 을지호의 행동을 주의 깊게 살피는 일단의 무리가 있었다.

남궁세가의 정문에서 정확히 이십여 장 떨어진 숲.

사중명의 명을 받아 남궁세가의 주변을 감시하고 있던 비혈대 예하 은검조(銀劍組)의 대원들은 수풀에 몸을 숨기고 을지호의 일거수일투족을 살피고 있었다.

"어찌해야 합니까?"

맨 좌측에 있던 유홍(俞紅)이 은검조의 조장 정강(丁絳)에게 물었다.

정강이 물음에 대답하기도 전에 부조장인 소후(小睺)가 작은 눈을 치켜뜨며 말했다.

"일단 막아야 하는 것 아닙니까? 현장을 철저하게 보전하라는 명이 떨어졌습니다."

정강이 고개를 끄덕였다.

"막기는 막아야겠지만 가히 기분이 좋지 않아."

"뭐가 말입니까?"

"저자의 행동으로 봐서는 일단 수상한 자는 아니라는 생각이 든다. 소식을 듣고 달려온, 아마도 남궁세가와 연관이 있는 자겠지. 문제는 저자의 몸에서 풍기는 기운이 영 께름칙하단 것이야. 몸도 근질거리는 것이 상대하지 말라고 경고하는 것 같고."

그의 말이 끝나기가 무섭게 모두들 긴장하는 빛이 역력했다.

은검조의 조장 정강이라면 비혈대에서도 열 손가락 안에 꼽히는 실력자였다. 단순히 무공을 따지자면 다른 조장들에 비해 다소 손색이 있을지 모르나 천부적으로 타고난 위험 감지 능력만큼은 최고였다. 그에 대한 조원들의 신임은 당연히 절대적이었다. 그런 정강이 위험 신호를 감지한 것이다.

"그래도 명령이……."

소후가 다소 조심스레 입을 열었다.

어떠한 위험이 있더라도 그들에게 우선적인 것은 상부의 명령이었다. 그것을 거부할 명분도 용기도 그들에겐 없었다. 아니, 애당초 용납되지 않는 사항이었다.

"그래, 명령이니까 어쩔 수 없겠지."

정강이 은신해 있던 수풀에서 몸을 일으켰다. 그를 따라 네 명의 인원이 모습을 드러냈다.

은검조의 대원들이 을지호에게 접근할 땐 이미 세 구의 시신이 땅에 내려져 있었고 그가 막 곽 노인의 주검을 수습하려는 찰나였다.

"남궁세가의 식솔이오?"

정강은 자신들의 모습을 보았음에도 아무런 반응 없이 수습한 시신을 가지런히 누이는 을지호에 조심스레 접근하며 질문을 던졌다.

묵묵부답(默默不答). 곽 노인을 땅에 누인 을지호는 곧 나머지 사람들을 수습하기 위해 걸음을 옮겼다.

그러자 정강이 고갯짓을 했다. 그의 눈짓을 받은 대원들이 재빨리 돌아가 을지호의 발걸음을 막았다.

"유감스럽지만 시신을 수습하는 일은 뒤로 미루는 것이 어떻겠소?"
"……."
"악의(惡意)는 없소만 시신들의 수습은 뒤로 미루시오. 일이 끝나는 대로 우리가 도와주겠소."
순간, 멍하니 허공을 쳐다보던 을지호의 눈에서 혈화(血花)가 피어올랐다. 어느새 손에는 곽 노인의 목에서 풀어낸 노끈이 들려 있었다.
"악의는 없다라… 네놈들이 여기 있다는 것 자체가 악의다."
싸늘한 음성과 함께 손에 들렸던 노끈이 마치 날카로운 채찍처럼 꿈틀대기 시작했다.
"물러나!!"
을지호의 말이 끝나기도 전에 위기를 느낀 정강이 황급히 몸을 빼며 경고를 했지만 때늦은 감이 있었다. 순식간에 거리를 좁힌 노끈은 몸을 날리려는 은검조의 대원들을 단숨에 휘감았다.
"크아악!"
"으악!!"
누구의 입이라고 말할 것도 없이 거의 동시에 비명성이 터져 나왔다. 극한의 공포와 아픔을 내포한 비명성. 듣고 있노라면 마치 자신이 당하는 착각을 일으켜 절로 몸을 굳게 만들 정도였다.
미리 위험을 느껴 재빨리 몸을 뺀 정강은 그나마 간신히 화를 면했지만 그의 부하들에겐 그가 지닌 능력이 없었다. 설사 그런 능력이 있을지라도 을지호의 수법이 워낙 빠르고 악랄한 데다가 위력이 있어 피할 엄두를 내지 못했을 것이다.
피하지 못한 대가는 참혹했다.
노끈이 지나간 곳에 서 있는 사람은 아무도 없었다. 목숨을 잃은 것은 아니었다. 다만 멀쩡한 다리로 땅을 딛지 못했다.
 고통으로 인해 땅바닥을 구르고 있는 네 명의 은검조 대원은 하나같이 허벅지 아래의 다리가 잘려 나간 상태였다.
 잘려진 여덟 개의 다리가 아무렇게나 땅에 나뒹굴었다. 허벅지에서 피분수가 터져 나왔지만 그것에 신경 쓰는 사람은 아무도 없었다. 오직 목숨을 보존하기 위해서 그저 죽을힘을 다해 땅을 길 뿐이었다.
 "이, 이럴 수가!!"
 정강은 눈앞에 나타난 현실을 믿을 수가 없었다.
 조금 전만 해도 웃고 떠들며 대화를 나누던 수하들이 졸지에 병신이 되어 무참히 쓰러졌다. 더구나 명령이 떨어짐과 동시에 제각기 다른 방향으로 몸을 날리던 수하들이 아니던가. 그런데도 그들은 마치 일렬로 세워놓은 짚단을 쓰러뜨리듯 단 일 수에 다리가 잘리고 말았다. 보지 않았다면 도저히 믿기 어려울 정도의 신기였다. 극도의 전율감에 모골이 송연해졌다.
 '고, 고수다! 그, 그것도 극강의!!'
 그의 생각이 정리되기도 전, 단 한 번의 공격으로 상대를 완전히 무장 해제시킨 을지호가 고개를 돌렸다.
 공격을 할 때와는 전혀 다른 무심한 얼굴이었으나 정강은 마치 호랑이의 살기에 눌린 가녀린 짐승처럼 그의 전신에서 뿜어져 나오는 기운에 몸서리를 쳐야만 했다.
 "누구냐?"
 인정이라고는 조금도 느껴지지 않는 차가운 음성.
 을지호는 너무 깊어 그 속을 들여다보기 힘든 시선으로 질문을 던졌다. 하지만 정강의 입에선 별다른 대답이 나오지 않았다. 압도적인 힘에 굴복은 했으되 그는 죽음과 비견될 정도로 고된 훈련을 받은 비혈대의 대원이었다. 함부로 정체를 발설할 만큼 약하지 않았다.

"……."

을지호는 오래 기다리지 않았다. 대답이 없자 일말의 머뭇거림도 없이 손이 움직였다.

"크악!!"

땅바닥을 기고 있던 한 대원의 입에서 단말마의 비명이 터짐과 동시에 커다란 몸이 한 자 가까이 튀어 올랐다. 다시금 처박힌 몸은 더 이상의 움직임이 없었다. 단지 잔 경련만이 있을 뿐이었다. 그 역시 오래 가지는 않았지만.

"자, 잔인한 놈!"

질끈 눈을 감았던 정강이 이를 부득 갈며 소리쳤다. 그러나 그런 공허한 외침만으론 을지호의 변화를 이끌어낼 수 없었다.

"누구냐?"

또다시 질문이 이어졌다.

"죽어랏!!"

정강은 대답을 하는 대신 주저없이 몸을 날렸다. 스스로 생각하기에도 어림없는 일이었고 성공 가능성이 전무할 것이라 여기면서도 딱히 다른 방법이 없었다. 그가 당장 할 수 있는 최선의 방법은 오직 공격뿐이었다.

을지호는 무표정한 얼굴로 정강을 응시하다가 검이 정면에 이르자 살짝 몸을 틀어 피해냈다. 그리곤 왼손을 뻗어 순식간에 몇 군데의 혈도를 점했다.

기겁을 한 정강이 피하려고 했으나 그럴 틈을 줄 을지호가 아니었다.

'아, 안 돼!'

전신의 감각이 뻣뻣해지는 것을 느낀 정강은 아득한 절망감에 혀를 깨물어 자살을 시도했다. 하나 그럴 수가 없었다. '수하들만 더 고통스럽다'라는 을지호의 한마디에 그는 이빨 사이에 끼었던 혀를 빼고 말았다.

애당초 그들은 모습을 드러내서는 안 됐다.

비록 상당한 거리를 두고 은신하고 있었고 을지호가 처참하게 무너진 남궁세가의 모습에 충격을 받기는 했지만 그만큼 경계심도 컸다. 스스로가 의식도 하지 못하는 사이에 움직이기 시작한 전신의 감각들이 수풀에 몸을 숨기고 있던 은검조 대원들을 감지해 낸 것이다.

그들의 존재를 알게 되자 을지호는 당장에라도 그들을 잡아와 정체를 묻고 도륙을 내고 싶은 유혹에 빠졌다. 하지만 며칠째 방치되어 있는 식솔들의 주검을 수습하는 것이 우선이라는 생각에 잠시 살기를 접었을 뿐이었는데 그것을 알 리 없는 정강 등이 을지호의 살기를 건드린 것이다. 억지로 참고 있는, 폭발 일보 직전의 살기를.

"누구냐?"

"주, 죽여라!"

여전히 무표정한 을지호의 입가에 진한 살소가 피어올랐다.

"물론이다. 네놈들이 걱정해야 할 것은 죽고 사는 것이 아니라 어찌하면 편히 죽을 것이냐다."

을지호는 정강의 흔들리는 눈동자를 계속해서 쳐다보며 나머지 생존자들에게 다가갔다. 워낙 많은 피를 흘려서인지 다들 눈동자가 풀려 있었다. 그는 그들 중 한 사람의 곁에서 걸음을 멈추었다.

"말해 두지만 조금 전처럼 편한 죽음은 없다. 대답에 머뭇거림이 있으면 그만한 대가를 치르게 될 것이다. 누구냐?"

"우, 우리는……."

다급한 마음에 입을 열기는 했지만 정강은 제대로 된 답을 할 수가 없었다.

을지호는 조금도 기다려 주지 않았다. 그의 손에 꼬챙이처럼 단단하게 세워진 노끈이 고통에 신음하고 있는 사내의 허벅지를 날카롭게 파고들었다.

"끄아아아악!"

다리를 잘린 고통도 상당한 것이었으나 교묘하게 혈을 자극하고 살을 뚫고 뼈를 갉으며 서서히 파고드는 고통과는 비교가 되지 않았다. 더 이상 비명도 터져 나오지 않았다. 뭔가가 목에 걸린 듯 연신 컥컥대며 괴로워하는 사내는 숨이 넘어가기 일보 직전의 상황까지 몰렸다.

"그, 그만 해라!"

정강이 피를 토하며 소리쳤다. 을지호가 손을 멈추지 않고 되물었다.

"누구냐?"

"우, 우리는……."

그러나 거기까지였다. 비밀을 유지한다는 것, 그것은 모든 비혈대 대원에겐 죽음과도 바꿀 수 없는 신념이었다. 입을 열려던 정강은 두 눈을 질끈 감고 말문을 닫았다. 을지호에게 시달림을 당하던 수하가 그 와중에도 고개를 흔드는 것을 보았기 때문이다.

"제법 끈질긴 면이 있군."

"네, 네놈에게 칭찬 따위는 듣고 싶지 않다. 또한 아무리 악독한 짓을 한다 해도 네놈이 들을 수 있는 말은 없다. 쓸데없는 짓 하지 말고 빨리 죽여라."

죽음을 각오한 정강은 오히려 당당했다. 그를 물끄러미 바라보던 을지호가 피식 웃음을 터뜨렸다.

"다른 것은 몰라도 그 인내심 하나는 인정해 주마. 뭐, 대답을 하지 않아도 어느 정도는 짐작한다. 아마도 패천궁에서 왔겠지. 어디 당신이 대답을 해보시지."

말을 마침과 동시에 갑자기 몸을 튼 을지호가 손을 휘둘렀다. 서너 개로 잘린 노끈이 마치 암기처럼 쏘아져 갔다. 노끈이 날아가는 방향은 은검조의 인원이 숨어 있던 숲 속이었다.

순간 아무런 기척도 없던 숲에서 갑자기 부산한 소리가 들리더니 일단의 무리들이 황급히 몸을 솟구쳐 모습을 드러냈다.

그들은 곧장 을지호를 향해 걸어왔다. 발각된 이상 굳이 몸을 숨길 필요가 없다는 행동이었다.

"알고 있었나?"

가장 앞장서 걸음을 옮기던 중년인이 놀란 가슴을 쓸어내리며 물었다.

그는 다름 아닌 사중명. 남궁세가의 참화를 듣고 분기탱천한 안휘명이 사건의 경위를 파악하기 위해 급파한 비혈대의 대주였다.

"물론."

"흠, 나름대로 조심을 한다고 했는데… 과연 대단하군."

사중명이 수하들을 이끌고 남궁세가에 도착한 것은 을지호의 손속에 은검조 대원들이 다리를 잃고 땅바닥을 구를 때였다. 곧바로 나설까도 생각했지만 사태의 추이를 보고자 잠시 몸을 숨긴 것이었다.

"비혈대요?"

사중명과 함께 나타난 열두 명의 사내를 곰곰이 살피던 을지호가 대뜸 물었다.

"어찌 알았나?"

황급히 되묻는 사중명의 안색에선 당황한 기색이 역력했다.

"그동안 내가 어느 분과 함께 지냈다는 것을 생각한다면 그다지 놀랄 일은 아니잖소. 세세하지는 않으나 패천궁에 대해서 어느 정도 파악은 하고 있소."

"역시… 그렇다면 자네는 내가 짐작하고 있는 인물이 틀림없겠군."

사중명은 을지호의 등에 매달린 궁을 힐끔거리며 그가 남궁세가로 오기 전 군사인 온설화가 누누이 당부했던 말을 떠올렸다.

'군사는 남궁세가에서 을지호를 만나게 될 가능성이 높다고 했다. 만약 만나게 되면 절대로 경거망동을 해서는 안 되며 무슨 수를 쓰더라도 사태를 원만히 해결해야 한다고 말했었지. 그래도 설마 했는데 이렇게 만나게 되었군. 역시 대단한 인물이야.'

한 사람을 평가할 때 나이와 연륜이 그가 지닌 모든 능력을 말하지는 않는 법. 사중명은 이제 겨우 이십대를 갓 넘은 온설화가 어째서 패천궁이라는 거대 세력의 군사가 될 수 있었는지를 느끼며 새삼 감탄을 했다.

"자네가 을지호인가?"

을지호는 부인하지 않았다.

"그렇소."

"말로만 들었던 사람을 이렇게 만나게 되니 반갑군."

"훗, 지금 한가로이 인사를 나눌 때는 아닌 것 같소만."

"그렇기는 하군."

가시가 돋아 있는 대꾸에 사경을 헤매고 있는 수하들의 모습을 인식한 사중명이 짧은 한숨을 내쉬었다.

"단도직입적으로 묻겠소."

사중명은 대답없이 다음 말을 기다렸다.

"패천궁의 짓이오?"

순간, 그는 숨이 막힐 듯한 압박감에 몸을 부르르 떨었다. 을지호의 몸에서 억눌러 겉으로 드러나지는 않았으나 금방이라도 터져 버릴 것 같은 끔찍한 살기를 잠시 느낀 것이었다.

"아니, 절대로 아니네. 남궁세가의 일은 우리와는 무관하네."

사중명의 음성이 자신도 의식하지 못하는 사이 갑자기 커졌다. 그만큼 긴장하고 있다는 증거였다.

"현장에서 저들을 보았소. 그런데도 관련이 없다? 그 말을 믿으라는 거요?"

을지호의 음성이 착 가라앉았다.

위기라고 판단한 사중명이 황급히 말을 이었다.

"자네가 알고 있는지는 모르겠지만 궁주께선 패천령을 내리시며 특별한 당부를 하셨네. 남궁세가만큼은 무슨 일이 있더라도 건드리지 말라는… 명령이 아니라 당부를 말이네."

"지켜지지 않았소."

냉랭한 음성이었다.

사중명이 인정한다는 듯 고개를 끄덕였다.

"해서 내가 왔네. 남궁세가의 일로 대노하신 궁주께선 비혈대의 모든 힘을 이용해서라도 누가 이런 짓을 저질렀는지 확실히 알아내라고 하셨고 또한 사건에 관계된 자들은 모두 목을 베라고 하셨네. 명을 내린 수뇌는 죽이지 말고 잡아들이라 하셨으나 그자의 목숨이 붙어 있을 가능성은 전무하지. 하지만 아무리 생각하고 찾아보려 해도 궁주님의 명은 천명과도 같은 것. 그분의 당부를 무시할 만한 세력은 있을 수가 없었네. 해서 우리는 다른 누군가를 의심하게 되었다네."

"계속해 보시오."

"패천령이 발동되기 며칠 전 패천궁의 몇몇 분타가 일단의 무리들로부터 기습을 당해 전멸당하는 사건이 발생했네. 정도맹에선 부인하고 있지만 그들이 개입했다는 증거가 나왔고."

아무리 정신없이 달려왔다지만 을지호도 풍문을 들어서 그 정도는 알고 있었다.

"듣기는 하였소. 그것이 이번 싸움의 발단이라고 알고 있소만."

"발단이 되기는 하였으나 어차피 벌어질 싸움이었네. 중요한 것은 그것이 본질은 아니라는 것이지."

"무슨 뜻이오?"

사중명의 말에 어폐가 있다는 것을 느낀 을지호가 미간을 찌푸리며 되물었다.

"정도맹이 개입했다는 증거는 확실히 나왔으나 우리는 정도맹에서 그런 짓을 할 배짱이 없다는 것을 알고 있다네."

"하면?"

"누군가, 아니, 어쩌면 제삼의 세력이 있다고 보는 것이 옳겠지. 정도맹과 패천궁의 분란을 야기하려는 사람이. 남궁세가의 일도 그것의 연장선상이라고 생각하네. 패천궁의 분타를 공격해 전면전을 이끌어낸 후 남궁세가를 공격하여 애써 만들어낸 싸움이 멈추는 것을 방지하려는 간단하면서도 확실한 계획."

"증거는 있소?"

사중명이 어깨를 들썩이며 고개를 흔들었다.
"아직은 심증뿐이라네. 그러나 완전 범죄란 있을 수 없듯 아무리 용의주도한 놈들이라도 흔적은 남기기 마련이네. 그것을 찾아야지. 남궁세가를 위해서라도."
"당신들을 위해서라고 하는 것이 맞을 거요."
"그럴 수도. 아무튼 자네가 발견한 수하들은……."
부상을 입은 수하들을 생각했는지 사중명의 안색이 어두워졌다.
"행여나 남아 있을 증거가 훼손되는 것을 막기 위해 은신해 있었던 것이네. 여타 수상한 점들이 있나 주위를 살피는 일도 했었고."
"저들의 일은 유감스럽게 생각하오."
을지호는 짤막하게 사과를 했다. 물론 그다지 미안해하는 표정은 아니었다.
"되었네. 그 일은 덮어두기로 하지."
말을 그리했지만 사중명의 속은 말이 아니었다. 분명 오해가 생길 만한 상황이었으나 을지호의 손에 부상을 당한 이들은 하나같이 아끼는 수하요, 피를 나눈 형제나 마찬가지였으니.
"어떠냐, 뭐라도 발견된 것이 있느냐?"
자꾸만 심난해지는 마음을 애써 수습하기 위해 사중명은 그와 을지호가 대화를 나누고 동료들이 잔뜩 긴장하고 있는 사이 홀로 이것저것 조사를 하고 있던 사내에게 질문을 던졌다.
"별다른 것은 없습니다."
한참 동안이나 시신들을 살피던 사내가 손을 툭툭 털며 걸어왔다. 그는 비혈대에서도 다른 것은 몰라도 추종술 하나만큼은 감히 견줄 자가 없다는 귀안(鬼眼) 한조(漢鳥)였다.

"변변한 반항은커녕 일방적으로 도륙을 당한 상태라 딱히 흔적을 찾아내기가 힘듭니다. 가슴이 짓눌려 목숨을 잃은 노인 한 명을 제외하고는 모조리 검에 당했다는 것 외에는 그다지……."

을지호는 그가 가리키는 노인이 곽 노인이라는 것을 알 수 있었다. 가슴이 짓눌려 당했다는 것은 숨이 끊어지는 동안 그만큼 고통도 컸다는 것, 그는 자신도 모르게 주먹을 쥐고 있었다.

"그 외에는?"

"부패한 상태로 보아 숨이 끊긴 지 대략 칠팔 일이 되었습니다. 인원은 도합 일곱에 좌수(左手)를 쓰는 놈이 있고… 계집도 하나 끼어 있더군요. 놈들은 남궁세가의 북쪽 담을 넘어 공격했고 정문으로 유유히 빠져나갔습니다. 그리고 방향을 동북쪽으로 잡았습니다."

"그것을 어찌 알지?"

을지호가 믿기 어렵다는 듯 물었다.

한조는 별다른 대꾸 없이 심드렁한 표정으로 고개를 돌렸다. 동료를 병신으로 만든 그에게 감정이 좋을 리 없는 것이다. 그러나 순간적으로 가늘어지는 을지호의 눈을 의식한 사중명이 설명을 해주라는 전음을 보내자 어쩔 수 없이 입을 열었다.

"애당초 무공을 쓸 상대들이 아니었기에 어떤 무공이 쓰였는지 찾아내지는 못했소. 다만 시신들의 몸에 난 상흔(傷痕)에 조금씩 차이가 있었소. 상처 부위로부터 부패가 시작돼서 알아보기가 힘들었지만 베어진 각도, 깊이에서 각기 다른 여섯 개의 흔적을 찾아냈소. 늙은이를 밟아 죽인 놈까지 해서 인원은 일곱 명. 그리고 놈들의 움직임을 알 수 있는 것은 희미하게나마 남은 몇 개의 발자국 덕분이오. 자세히 관찰하면 누구라도 알 수 있는 것이오. 어쨌든 더 궁금한 것이 있소?"

짜증난다는 어투였다. 무심히 듣고 있던 을지호가 물었다.
"쫓을 수 있나?"
너무나 차가운 말투였다. 간단히 무시해 버리려던 한조로서도 움찔할 수밖에 없는 음성이었다.
"마음만 먹는다면야 못할 것은 없지만……."
낌새가 이상했는지 한조는 말을 얼버무리며 을지호와 사중명의 눈치를 살폈다. 아니나 다를까, 갑자기 날아온 뭔가가 그의 복부를 강타했다. 그는 외마디 비명도 지르지 못한 채 삼 장이나 날아가 처박혔다.
"자, 자네."
사중명이 당황한 눈으로 을지호와 기절해 버린 한조를 쳐다보는 사이 을지호의 나직한 음성이 이어졌다.
"늙은이라… 앞으로는 말을 조심해서 하는 것이 좋을 거다. 내가 아닌 다른 녀석이 있었다면 그 즉시 목이 떨어졌을 테니. 그나마 일신에 지닌 잔재주로 인해 목숨을 연명하는 줄 알아라."
기절한 한조가 들을 리 없건만 싸늘히 내뱉은 을지호는 나란히 뉘여 있는 시신들을 향해 걸음을 옮겼다.
"후~"
무슨 말인가를 하려던 사중명은 짧게 한숨을 내쉬고 목까지 치밀었던 말을 다시 집어넣었다.

힘찬 기합성과 굵은 땀방울을 흘리는 무인들로 채워져야 할 연무장.
비혈대의 도움을 받아 식솔들의 주검을 수습하여 연무장 한쪽에 가묘(假墓)를 마련한 을지호가 그들의 무덤 앞에 무릎을 꿇고 앉아 있었다.

멍한 눈으로 무덤을 응시하는 그의 뒤에서 한참 동안이나 침묵을 지키고 서 있던 사중명이 슬며시 다가와 어깨를 짚었다.

"이제 그만 떠나는 것이 좋겠네. 시간이 흐를수록 놈들을 쫓기가 힘드네."

고개조차 돌리지 않고 어깨에 올려진 손을 밀쳐 내린 을지호가 천천히 몸을 일으켰다.

'약속하건대 그다지 오래 기다리지 않으셔도 될 겁니다.'

어차피 죽은 사람을 되살릴 수는 없는 법이었고 그가 할 수 있는 최선은 억울하게 죽은 이들의 원한을 풀어주는 것이었다.

'놈들도 곧 보내 드리지요.'

제대로 된 장례조차 없이 아무렇게나 묻힌 식솔들을 생각하며 입술을 지그시 깨문 을지호는 깊게 허리를 숙여 마지막 인사를 하고는 몸을 돌렸다.

출발 준비를 마친 비혈대의 대원들은 정문에서 을지호와 사중명을 기다리고 있었다. 부상자들은 치료를 받기 위해 인근 의원에게 보내진 상태였다. 그들을 보살피기 위해 따라간 인원을 제외하고 대기하고 있는 인원은 모두 열 명. 그런데 뭔가가 이상했다. 차분히 대기하고 있어야 할 비혈대원들이 한껏 고개를 치켜들고 하늘을 쳐다보고 있는 것이 아닌가.

그들은 대주인 사중명이 다가옴에도 정신을 차리지 못하고 웅성대고 있었다.

을지호에게 못 볼 꼴을 보였다고 생각했는지 사중명의 눈살이 절로 찌푸려졌다.

"무슨 일이기에 이리 소란스러운 것이냐?"

그제야 사중명의 존재를 인식한 이들이 황급히 자세를 고쳐 잡았다.
"대, 대주님."
한걸음에 달려온 한조가 어쩔 줄을 몰라 하며 사중명과 을지호를 번갈아 쳐다보았다.
"무슨 일이냐니까?"
한껏 짜증이 묻어나는 음성이었다. 그러나 한조는 사중명의 호통에 반응할 여유가 없었다. 그저 하늘을 가리키며 당황해할 뿐이었다.
"저, 저것을 보십시오."
사중명의 고개가 하늘로 향하고 동시에 그의 입에서 믿을 수 없다는 듯한 경악성이 터져 나왔다.
"마, 말도 안 되는!"
멍하니 하늘을 쳐다보는 그의 반응은 한조와 다르지 않았다.
'이런.'
사중명을 따라 허공을 응시하던 을지호가 피식 웃음을 터뜨리고 말았다.
그들이 보고 있는 것은 다름 아닌 철왕이었다. 아니, 엄밀히 말하자면 철왕이 아니라 철왕의 발에 잡혀 꿈지락대고 있는 고양이와 비슷해 보이는 동물이었다. 한데 반응을 보아하니 비혈대원들은 물론이고 사중명까지 무척이나 중하게 여기는 동물인 것 같았다.
"저게 무엇이오?"
"딱히 어떤 동물이라 말하긴 뭣하지만 우린 그냥 적묘(赤猫)라 부르네."
고개조차 돌리지 않고 대꾸하는 사중명의 음성에서 미세한 떨림이 느껴졌다. 그만큼 중요한 것이리라.

"중요한 것이오?"

그의 음성에서 뭔가를 느꼈는지 사중명의 고개가 전에 없이 빠르게 돌려졌다.

"물론 중요한 것이네. 우리 비혈대의 상징이자 영물 중의 영물이지. 또한 이번 추격에 반드시 필요하기도 하고."

추격이란 말에 무척이나 힘이 실려 있었다.

"알겠소."

고개를 끄덕인 을지호가 휘파람을 불었다. 그러자 허공에서 유유히 날아다니던 철왕이 쏜살같이 날아와 그의 어깨에 안착했다.

"중요한 녀석이란다. 놓아주거라."

그러나 못 들은 척 슬며시 고개를 돌린 철왕은 부리로 겁에 질린 적묘를 툭툭 건드렸다.

"허!"

그 모양을 본 사중명은 화가 나기도 하고 어이도 없어 헛바람을 뱉어냈다.

"빨리 놓아줘."

을지호의 음성이 다소 무겁게 가라앉았다. 주인의 심사를 눈치 챈 것일까? 철왕이 잡고 있던 적묘를 땅에 내동댕이쳤다. 죽음의 위기에서 극적으로 벗어난 적묘는 뒤도 돌아보지 않은 채 한조의 품으로 파고들었다. 사중명 이하 비혈대 대원들은 그런 적묘를 보며 말을 잇고 말았다.

적묘가 어떤 동물이던가!

비록 몸뚱이는 일반 고양이보다 작아도 재빠른 몸놀림과 강인한 발톱으로 여타 짐승은 물론이고 맹호(猛虎)마저 우습게 찢어발기던 영물이었다. 한데 한낱 새 따위에게 잡혀 꼼짝 못한 것도 화가 날 지경인데 꼬랑지를 말고 겁에 질려 도망치는 것을 보니 복장이 터질 지경이었다.

"꽤나… 강해 보이는 녀석일세."

사중명이 주인의 목에 부리를 비비고 있는 철왕을 지그시 노려보며 말을 했다. 어딘지 묘한 어감이 담긴 어투였으나 그런 시선에 기죽을 철왕도 아니었고 신경 쓸 을지호도 아니었다.

을지호는 대견하다는 듯 철왕의 날개를 쓰다듬어 주며 대꾸했다.

"이해해 주시오. 주인을 닮아 성격이 더러우니. 그나저나 한 가지 확실히 해둘 것이 있소."

"말해 보게나."

"아무것도 확정된 것은 없소. 패천궁이 직접 개입되지 않았다는 것도 입증되지 않았고 당신들이 말하는 것처럼 전혀 다른 세력이 개입했다는 증거 또한 확실한 것이 아니오. 정확한 것은 오직 누군가에게 남궁세가가 당했다는 것뿐."

"단언하건대 패천궁과는 관계가 없네. 물론 우리와 관계된 문파의 짓이라고도 생각하지 않네. 지금부터 입증해야겠지만."

"아마 그러는 것이 좋을 것이오. 당신들이 말하는 세력을 찾아내지 못하면 나는 이번 일을 패천궁의 짓으로 단정 짓게 될 것이니."

길게 숨을 내뱉은 을지호가 손을 들어 가슴을 쓰다듬었다.

"이 속에는 또 다른 내가 있소이다. 오랫동안 잠들어 있었지만 꽤나 험한 놈이오. 이놈이 깨어나면 나도 내가 어찌 돌변할지는 모르오. 부디 그런 일이 없기를 빌겠소."

한마디로 죽음을 각오하고 남궁세가의 일이 패천궁과 관계가 없다는 것을 증명하라는 경고였다. 그것을 모를 리 없는 사중명이 다소 불쾌한 표정으로 말을 받았다.
"보채지 않아도 스스로의 눈으로 보게 될 것이네. 한조."
"예, 대주님."
"쫓아라."
한조는 힘껏 허리를 꺾고 그가 파악한 흉수의 흔적을 따라 움직이기 시작했다. 그의 뒤로 대기하고 있던 비혈대의 대원들이 따르고 사중명도 걸음을 옮기기 시작했다.
"그런데……."
"왜 또 그러는가?"
사중명이 또 무슨 할 말이 있냐는 듯 언짢은 표정으로 고개를 돌리자 을지호는 턱짓으로 바람과 같이 움직이는 대원들을 가리켰다.
"이 더운 날씨에 꼭 저렇게 온몸을 감쌀 필요가 있소? 더구나 밤도 아니고 대낮에 말이오. 사람들의 이목만 끌지 않을까 싶소만."
을지호는 나름대로 이해가 가지 않는다는 듯 진지하게 물었으나 냉랭히 고개를 돌리는 사중명의 대답은 들려오지 않았다.
"이것 참."

제 29 장

천라지망(天羅地網)

천라지망(天羅地網)

 안휘성 서남부에 위치한 구화산(九華山).
 천대봉(天臺峰), 천주봉(天柱峰), 십왕봉(十王峰) 등을 비롯하여 아홉 개의 웅장한 봉우리를 자랑하는 구화산은 황산(黃山)과 더불어 안휘성이 자랑하는 명산으로 특히 숭산, 아미산 등에 비견될 정도로 많은 사찰과 불상이 도처에 널려 있어 해마다 많은 참배객이 찾는 불교의 성지(聖地)였다. 또한 탁월한 경치로 인해 철마다 시인 묵객들로 인산인해를 이루는 곳으로도 유명했는데 그것은 어디까지나 사람의 발길이 허락된 몇몇 곳으로 한정될 뿐 십왕봉이나 천주봉 주위는 온갖 기암괴석과 이름을 알 수 없는 수목들이 빼곡히 우거져 인간의 발걸음을 막고 있었다.
 하지만 언제부터인가 인간의 발길이 미치지 못하는 천주봉과 십왕봉 주변을 헤집고 다니는 일단의 무리가 있었다.

"헉헉."

집채만한 바위에 기대어 앉은 비사걸이 힘겹게 숨을 쉬었다. 심장이 터질 것만 같이 요동쳤고 양 어깨는 얼굴 높이까지 들썩였다.

그는 연신 피가 솟구쳐 오르는 허벅지의 혈을 눌러 지혈을 하고 대충 돌로 찧어 뭉갠 약초를 올려놓았다. 그리곤 이미 누더기나 마찬가지인 상의를 찢어 얻은 천 조각으로 상처 부위를 싸맸다.

"후~ 늙기는 확실히 늙었군."

임시방편으로 치료를 끝낸 비사걸이 애써 호흡을 고르며 쓴웃음을 지었다.

남궁세가의 일로 황보세가를 떠난 지 벌써 팔 일, 거리가 멀어 문제지 별다른 일 없이 무난해 보이던 여정은 그가 산동성을 벗어나면서부터 꼬이기 시작했다.

일단의 무리들로부터 처음 공격을 받을 때만 해도 비사걸은 상황의 심각성을 의식하지 못했다. 그저 자신을 적대시하는 백도의 몇몇 옹졸한 위인이 수를 쓰는 것으로 생각하였다. 하지만 그것은 그의 큰 착각이었다.

공격은 한 번으로 끝나지 않았다. 보보마다 위험이 도사리고 있었고 장소 불문하고 함정이 만들어졌다.

그는 낮과 밤을 가리지 않고 끊임없이 이어지는 공격에 맞닥뜨렸다. 귀찮기는 해도 일부러 피하거나 도망치지는 않았다. 물론 손속에 인정을 두는 법도 없었다.

처음 이틀간 열두 번의 기습으로 인해 비사걸이 입은 피해는 고작 팔꿈치에 암기 하나가 박히는 것에 불과했다. 기습을 감행했던 이들은 모조리 전멸을 당했는데 그 수가 오십여 명을 넘었다. 한두 명의 목숨은 살려주고 정체를 물어볼 만도 하건만 그는 그러지 않았다. 스스로의 실력을 믿었기 때문이다.

상황이 급반전한 것은 그가 구화산을 지척에 두었을 때였다.

느긋하게 산길을 걷던 비사걸의 앞을 가로막은 것은 의미를 알 수 없는 글자를 앞뒤로 수놓은 무인들이었다. 그들은 일전에 그를 공격했던 이들과는 차원이 다른 실력자들이었다.

우선 몸에서 뿜어져 나오는 기세부터가 달랐다.

걸음걸이, 무기를 들고 있는 자세가 심상치 않았다. 또한 그의 실력을 완벽히 파악하고 있다는 듯 개인의 무리한 공격보다는 철저하게 합공으로 포위 공격을 하였다. 완벽하게만 보이는 합공에 내심 감탄을 하면서도 비사걸의 자세엔 일말의 흐트러짐이 없었다.

그들과 일각 동안 손속을 겨루고 길을 떠나는 그의 뒤에 싸늘히 식은 열 구의 시신이 남겨졌다. 그것이 사흘 동안 이어지고 지금껏 끝나지 않은 싸움의 시작이었다.

이후, 정확히 네 번의 공격을 더 받은 뒤 점점 어느 한곳으로 몰린다는 생각을 하고서야 비로소 비사걸은 자신이 누군가가 펼쳐 놓은 천라지망(天羅地網)에 빠진 것을 알 수 있었다.

그때부터 모든 싸움을 냉소로써 일관하던 비사걸의 자세에 변화가 오기 시작했다.

천라지망을 벗어나는 것이 급선무라고 생각한 그는 할 테면 해보라는 듯 정면으로 맞서기만 하던 방식을 버리고 포위망을 빠져나가기 위해 몸을 숨기기 시작했다. 추격자들에게 기습을 가하는 것도 마다하지 않았다.

하지만 적은 더욱더 집요하게 그를 노렸고 포위망은 더욱더 견고하게 좁혀들었다. 얼마나 많은 인원과 고수가 동원됐는지 천하에서 으뜸가는 무공과 자존심을 자랑하는 비사걸이 감당하지 못하고 연신 한쪽으로 몰리는 상황에 이르게 된 것이다.

그 와중에 그는 온몸에 무수히 많은 부상을 당했다. 팔다리를 베이는 것은 예사고 대여섯 개의 암기를 몸에 박고 다녔다. 무엇보다 치명적인 부상은 그와 이십여 초를 넘게 싸우다 결국 목숨을 잃은 독목(獨目)의 노인이 죽음을 각오하고 최후에 펼친, 실로 예상치 못한 동귀어진의 수법에 옆구리를 크게 상한 것에 있었다.

임시방편으로 대나무 살을 얇게 잘라 봉합을 하였으나 계속된 싸움에 터지고 봉합하기를 여러 번, 그는 내장이 훤히 보일 정도로 갈라진 상처를 부여잡고 싸우느라 내력은 급속히 고갈된 상태였고 손에 쥔 검이 부담스러울 정도로 체력이 떨어지고 말았다.

그럼에도 백 명이 넘는 고수를 더 쓰러뜨리고 또다시 추격자들을 따돌렸으니 이는 오직 검왕 비사걸만이 가능한 일이었다.

"크, 천하의 비사걸이 말년에 이런 꼴을 당한 것을 알면 구양 늙은이가 꽤나 비웃겠구나."

또다시 터진 옆구리를 봉합하느라 인상을 찌푸리던 비사걸은 부상을 입고 쫓기는 자신의 처지가 어처구니없다는 듯 너털웃음을 터뜨렸다.

"후~ 그나저나 이놈들은 도대체 누구란 말인가?"

그는 조금 전 자신을 공격하다 몰살당한 이들을 떠올리며 곤혹스런 표정을 지었다.

처음 공격을 했던 자들은 제법 날카로운 면은 있어도 생각해 볼 가치도 없는 삼류자객들에 불과했다. 그러나 구화산에서부터 맞부딪친 이들은 뭔가가 달랐다. 실력은 둘째 치고 그들이 쓰는 무공은 소위 명문의 무공들이었다. 검을 쓰는 자도 있었고 도를 쓰는 자도 있었으나 검로(劍路)나 도로(刀路)를 살펴보건대 의심해 볼 여지가 없었다.

비사걸은 그들의 배후에 정도맹이 있음을 확신할 수 있었다. 하지만 계속해서 이어지는 싸움을 통해 그는 자신의 생각을 수정해야만 했다. 이유는 간단했다. 그를 공격하는 자들이 쓰는 무공이 매우 다양했기 때문이다.

이름만 대면 다 알 수 있는 명문정파의 무공도 있었고 그들과 절대로 공존할 수 없는 사파의 무공도 끼어 있었다. 심지어는 구대문파의 무공도 있었으며 패천궁의 무공도 있었다. 상황이 이러하니 비사걸은 정확히 상대가 누군지 갈피를 잡을 수가 없었다.

"조사해 보면 알겠지. 아무튼 지금은 이곳을 벗어나는 것이 급선무이니까."

한 장소에서 일각 이상을 머물다간 곧바로 추격자들에게 발각된다는 것을 알고 있던 비사걸은 고통을 참으며 힘겹게 몸을 일으켰다. 그리고 천라지망을 피해 목숨을 부지할 유일한 가능성이 있는 곳을 향해 천천히 걸음을 옮겼다.

추격자들은 비사걸이 몸을 피하는 것과 거의 동시에 모습을 드러냈다.

태상문주와 그를 보필이라도 하듯 좌우를 따르는 두 명의 노인, 군사인 신도와 이십여 명의 무인이 그 뒤를 따랐다.

"어찌 되었느냐?"

주변의 상황이 대충 정리가 되자 태상문주가 고저(高低)가 느껴지지 않는 음성으로 물었다.

"모조리… 전멸입니다."

힘없이 대꾸하는 신도는 그것이 자신의 잘못이라도 되는 양 고개를 들지 못했다.

"어떠냐? 이래도 쉬운 일이라고 말할 수 있겠느냐?"

"소, 송구합니다."

금방이라도 비사걸을 주살할 수 있다고 장담했던 그가 아니던가. 부끄러움에 절로 낯빛이 붉어졌다.

"하긴, 이만한 인원을 동원했으니 그리 생각하는 것도 무리는 아니지. 나 또한 그다지 어려운 일은 아니라고 생각했으니."

태상문주는 비사걸이 일으킨 검기에 난자를 당해 살아생전의 모습을 찾을 길 없는 수하들의 모습을 일별하며 고개를 설레설레 내저었다.

"지금까지 몇 명이나 당했느냐?"

"배, 백이십이 넘었습니다."

"음……."

입을 다물었지만 입술을 비집고 침음성이 터져 나왔다. 말이 좋아 백이십이지 그만한 인원이라면 웬만한 문파 하나쯤은 하룻밤 사이에 잿더미로 만들 수 있는 인원이었다. 더구나 희생자들 속에는 그들이 심혈을 기울여 육성한 정예 오십도 끼어 있었고 중천의 핵심 인물이자 평생을 함께해 온 친우도 끼어 있었다.

"그자를 이곳으로 몰아세운 것은 훌륭했지만 처음부터 너무 서둘렀다. 애당초 우리들을 기다렸으면 이렇게까지 피해를 보지는 않았을 것 아니더냐?"

"죄, 죄송합니다."

태상문주의 곁에서 뒷짐을 지고 있던 노인의 질책 어린 말에 가뜩이나 위축되어 있는 신도의 어깨는 더욱 오그라들었다. 그러자 홀로 떨어져 주변을 살피던 또 다른 노인이 고개를 흔들며 다가왔다.
"그만두게나. 저 아이가 아무리 뛰어난 머리를 지니고 있더라도 이 정도까지는 생각할 수 없었을 것이네. 태상문주의 말씀대로 우리 또한 그의 능력을 과소평가하지 않았던가? 과연 명성이 헛된 것이 아니었어. 도저히 보고도 믿지 못하겠군. 설마 하니 이 정도일 줄이야."
 지나칠 정도로 적을 칭찬하는 말에 신도를 질책하던 서대경(胥大儆)은 묘한 반발심을 느꼈다.
"이보게, 유 장로. 상대를 과소평가하는 것도 좋지는 않지만 그렇게 과대평가할 필요도 없지 않은가. 명성은 명성일 뿐이야."
"자네 말이 맞을지도 모르지. 하나 다른 누구도 아니고 검왕이네. 인정하고 싶지는 않아도 객관적으로 따져서 우리들 중 누구도 그자의 상대가 되지 못해."
"그 무슨 말을……."
 발끈한 서대경이 뭐라 반박하려 했으나 빠르게 이어지는 유천(流川)의 말이 그의 입을 틀어막았다.
"저 바위를 보게나."
 유천이 서대경의 뒤편에 있는 커다란 바위를 가리켰다. 그의 시선을 따라 서대경과 태상문주의 고개가 바위로 향했다. 바위 주변에는 비사걸에게 당한 자들의 흔적이 처참하게 널려 있었다.
 서대경이 인상을 찡그리며 물었다.
"바위가 어쨌다고 그러나?"
 유천은 대답 대신 바위를 향해 지풍(指風)을 날렸다. 순간 장정 서너

명은 손을 모아야 그 둘레를 잴 수 있을 것 같던 바위가 수십 조각으로 나뉘며 무너져 내렸다.
 "허, 뭐 이런 일이……."
 난데없이 벌어진 일에 서대경은 말을 잇지 못하고 무너져 내린 바위와 유천의 얼굴을 번갈아 쳐다보았다. 태상문주를 따라온 모든 이의 반응도 그와 다름이 없었다.
 그들이 경악을 금치 못하는 사이 바위에 다가간 유천이 매끄럽게 잘린 바윗조각을 집어 들었다.
 "이게 그의 진정한 실력이네. 마음만 먹는다면 자네나 나나 바위를 부수는 것은 그리 어려운 일이 아니야. 뭐, 죽을힘을 다 한다면 잘게 부술 수도 있겠지. 하나 이렇게 매끄럽게는 하지 못해. 그것도 단 한 번으로."
 "하, 한 번이라고?"
 되묻는 서대경의 얼굴은 굳을 대로 굳어 있었다.
 "틀림없네."
 마치 보기라도 했다는 듯 단정 짓는 유천, 그의 안목을 익히 알고 있기에 아무도 토를 달지 못했다.
 잠시 동안 어색한 침묵이 흐르고 조각난 바위를 물끄러미 쳐다보던 태상문주가 입을 열었다.
 "나와 비교해서는 어떤가?"
 유천은 태상문주의 말투에서 참을 수 없이 피어오르는 호승심을 엿볼 수 있었다. 빙그레 웃음 지은 그가 대답했다.
 "검왕이 아무런 부상도 입지 않고 최상의 상태라면 솔직히 역부족으로 보입니다."

"지존신공(至尊神功)으로 싸운다면?"

"완전하지 못한 무공입니다. 그 자체로도 개세적인 위력은 보이나 잃어버린 부분을 찾지 못한다면 무리입니다."

유천은 간단히 잘라 말했다.

"허, 이거야 원. 유 장로, 너무 신랄한 지적 아닌가?"

"사실 결과가 어찌 될는지는 직접 싸워보지 않고는 모르겠지요. 객관적으로 드러난 사실을 말씀드린 것입니다. 다만 그 차이가 극히 적다는 것은 확신할 수 있습니다."

"자네가 그리 말하면 그런 것이겠지. 아무튼 부상을 당한 지금은 내가 필승이라는 말인데… 과연 그러할지는 직접 부딪쳐 보면 알 수 있겠지. 신도."

"옛, 태상문주님."

"쫓아라."

"존명."

신도는 태상문주의 명이 떨어지기가 무섭게 추종술(追蹤術)을 전문적으로 익힌 수하들을 앞세워 비사걸의 흔적을 쫓기 시작했다.

"후우~"

계속되는 추격을 뿌리치고 십왕봉의 정상 어귀에 이른 비사걸은 십왕봉과 천대봉을 가로지르는 물줄기를 바라보며 걸음을 멈추고 말았다. 그는 더 이상 도망치지 않았다. 아니, 도망칠 수 없었다는 것이 정확할 것이다.

그를 잡기 위한 포위망은 치가 떨릴 정도로 집요하고 치밀했다. 수도 없이 많은 위기를 겪고 포위망을 뚫기 위해 애를 썼지만 벗어날 수가 없었다. 그는 최후의 순간이 다가옴을 본능적으로 느끼고 있었다.

비사걸은 붉은 피로 얼룩진 풍혼을 옆에 내려놓고는 가부좌를 틀고 앉아 조용히 눈을 감았다. 그리곤 최후의 기력을 끌어 모으기 위한 운기조식(運氣調息)을 시작했다. 실로 위험천만한 일이 아닐 수 없었다.

일신에 아무리 강한 무공을 지니고 있는 고수라도 운기조식을 할 때만큼은 무방비 상태나 마찬가지였다. 별 볼일 없는 공격에도 순식간에 목숨을 잃을 수 있었고 또 그 공격을 막아낸다 해도 평상심이 흐트러져 주화입마(走火入魔)에 빠지기 십상이었다. 그리되면 목숨을 잃는 것은 물론이고 혹여 간신히 살아난다 해도 폐인이 되는 것은 피할 수 없었다. 해서 운기조식만큼은 은밀히, 그리고 안전한 곳에서 하는 것이 일반적인 상식이었다. 비사걸처럼 적에게 쫓기는 급박한 상황에 처한 사람이 아예 드러내 놓고 운기조식을 하는 것은 자살 행위나 마찬가지였다.

그것은 그를 발견한 추격자들의 반응에서 더욱 극명하게 드러났다.

"이걸 믿어야 하는 건가?"

비사걸을 발견했다는 수하들의 보고를 듣고 다급히 달려온 태상문주는 무모함인지 대범함인지 도저히 구분이 안 가는 비사걸의 행동에 경탄 아닌 경탄을 했다.

"후~ 그토록 애를 먹이더니만… 아무튼 손쉽게 처리할 수 있어 얼마나 다행인지 모르겠습니다."

한없이 늘어가는 인명 피해에 초조감이 극에 이르렀던 신도는 비사걸을 제거할 절호의 기회라 여기며 하늘에 감사했다. 하지만 자신의 말에 당연히 동의하리라 여겼던 태상문주는 그와 전혀 다른 생각을 하고 있었다.

"모두들 물러나라. 경계를 소홀히 하지 않되 조심스레 움직일 것이며 함부로 소리를 내지도 말거라."

좌중을 압도하는 나직한 명령에 신도는 두 눈을 크게 뜨고 태상문주를 응시했다.

"태, 태상문주님. 무슨……."

"기습은 없다. 검왕과 승부를 낼 것이다."

짧지만 힘이 있는 음성이 모든 것을 말해 줬다.

확고한 의지가 담긴 말에 신도는 뭐라 말을 하지도 못하고 뒤로 물러섰다. 그리곤 유천과 서대경에게 고개를 돌렸다. 그는 그들이 태상문주를 말려주길 바랐지만 그리될 수 없다는 것을 금방 알 수 있었다. 처음엔 자신처럼 다소 놀라는가 싶더니 이내 그럴 줄 알았다는 듯 고개를 끄덕인 유천과 서대경의 모습을 보았기 때문이다. 결국 그가 할 수 있는 일이란 땅이 꺼져라 한숨을 내쉬는 것뿐이었다.

무아지경에 빠졌던 비사걸이 눈을 뜬 것은 운기조식에 들어선 지 정확히 반 시진 정도가 흐른 뒤였다.

깊게 들이마셨던 숨을 천천히 내뱉는 것과 동시에 굳게 닫혔던 눈을 뜬 그는 자신의 주위를 겹겹이 포위하고 있는 추격자들을 보면서도 이미 예상했다는 듯 그다지 놀라지 않았다.

잠시 그들을 둘러보던 비사걸의 눈이 태상문주에게 향했다.

"너무 오래 기다리게 한 것 같구나."

천천히 걸어와 비사걸의 정면에 선 태상문주가 담담히 대꾸했다.

"더 기다릴 수도 있었소. 한데 너무 위험하지 않았소이까? 마음만 먹었다면 노선배께서는 눈을 뜨지 못할 수도 있었소이다."

"인생이란 어차피 모험이지. 그리고 날 이 정도로 몰아붙일 수 있는 위인이라면 운공 중에 기습을 하지는 않을 것이라 생각했다."
"칭찬으로 알겠소이다."
"한 가지만 물어보자꾸나."
태상문주는 침묵으로 허락의 의도를 밝혔다.
"너는 누구냐? 아니, 질문이 잘못되었군. 어디의 인물이지?"
"무슨 뜻인지……."
태상문주는 묘한 표정으로 대답하며 말끝을 흐렸다.
"시치미 떼지 마라."
비사걸의 얼굴에 잠시 노기가 떠올랐다.
"처음 공격을 당할 땐 정도맹의 늙은 여우들이 수작을 부리는 줄 알았다. 그리고 정파의 무공을 보면서 확신했고. 그런데 시간이 가고 또 다른 자들을 상대하면서 뭔가가 잘못되었다는 것을 느꼈다. 그 녀석들은 백도의 무공뿐만 아니라 흑도의 무공, 심지어 패천궁의 무공까지 사용하는 놈들도 있었다. 도무지 이해할 수가 없었다. 심지어는 정도맹과 패천궁이 연합하여 나를 공격하는 것은 아닌가 의심할 정도였다. 물론 말이 되지 않는 소리지. 물과 기름이 섞인다는 소리는 들어본 적이 없고 특히 정도맹은 몰라도 패천궁이 나를 해칠 이유가 없었으니까."

잠시 말을 끊은 비사걸이 날카로운 눈으로 태상문주를 응시했다. 그는 담담히 비사걸의 눈빛을 받아들였다.

"결론은 하나였다. 백도와 흑도의 문파를 동시에 아우를 수 있는 제삼의 세력이 있다는 것. 그리고 노부를 공격한 녀석들을 보건대 숨겨진 힘도 막강하다는 것이다."

"흠, 흥미로운 이야기 같소이다."

태상문주는 인정도 부인도 하지 않았다.

"노부는 정도맹과 패천궁의 싸움은 물론이고 남궁세가의 일도 너희들이 개입되어 있다고 생각한다. 틀리더냐?"

"이런 대화를 나누고자 지켜본 것은 아니오. 난 그저 전설 속의 인물인 검왕 노선배와 손속을 겨뤄보고 싶었을 뿐이외다."

비사걸의 입꼬리가 살짝 치켜 올라갔다.

"너는 내 적수가 아니다."

"노선배께서 정상적인 몸이었다면 모를까 지금이라면 좋은 승부를 낼 수 있으리라 생각하오만."

"대단한 자신감이로구나."

"최선을 다할 뿐이외다."

그 말을 끝으로 한 걸음 앞서 나온 태상문주는 검을 거꾸로 잡고는 살며시 허리를 숙였다. 전대의 선배에게 예를 표하는 자세였지만 비사걸은 순간적으로 전신을 옥죄어오는 예기에 호흡을 가다듬으며 풍혼을 잡은 손에 힘을 실었다.

"오냐, 실력을 보겠다."

팽팽한 긴장감이 두 사람을 휘감았다.

"오너라."

검을 비스듬히 누인 비사걸이 선공(先攻)을 양보했다.

무릇 싸움에서는 실력도 실력이지만 기세(氣勢)라는 것이 무엇보다 중요한 법이었다. 엇비슷한 실력을 지녔을 때는 물론이고 상대에 비해 다소 실력이 부족하더라도 기세를 살려 기선을 제압하고 끊임없이 공세를 취하다 보면 싸움의 결과가 예상과는 전혀 다른 식으로 나타날 수 있었다.

그런 의미에서 선공이 가지는 의미는 상당했다. 무림에선 보통 상대에 비해 연배나 실력이 높은 사람들이 선공을 양보하는 것이 일종의 관례처럼 여겨졌다. 그들은 선공을 양보함으로써 자신의 명예와 자존심을 지킨다고 생각했으며 그것은 언제든지 승리할 수 있다는 자신감의 발로이기도 했다. 때때로 쓸데없는 명예나 자존심을 앞세우다 낭패를 보는 사례도 적지 않았다.

어쩌면 비사걸의 모습이 그렇게 보일지도 몰랐다. 며칠 동안 이어져 온 싸움에 지칠 대로 지치고 온몸에는 크고 작은 부상으로 덮여 있었다. 생사기로(生死岐路)에 설 정도로 치명적인 부상도 서너 군데는 되었다. 그럼에도 선공을 양보한 것이다. 누가 보더라도 무모하기 그지없는 행동이었다.

그러나 태상문주는 물론이고 숨도 쉬지 못하고 둘의 싸움을 지켜보는 이들은 그렇게 생각하지 않았다.

눈앞의 노인이 누구던가!!

백 년 이내에 검을 쥔 자들이라면 백도와 흑도를 떠나 소림사의 달마 대사(達摩大師)나 무당의 장삼봉(張三峰) 조사(祖師)보다도 먼저 그이름을 듣고 존경하며 흠모한다는 검왕 비사걸이었다. 선공을 양보하는 것이 너무나 자연스럽게 다가왔다.

'과연, 부상을 당했어도 호랑이는 호랑이란 말인가.'

살짝 숙인 상체엔 힘이 들어가 있지 않아 보였고 비스듬히 누이다 못해 거의 땅에 끌릴 정도로 아래로 내려진 검에선 일말의 날카로움도 느껴지지 않았다. 그럼에도 그는 움직이지 못했다. 이유는 오직 하나, 허술해 보이기만 한 자세와는 달리 지그시 쏘아보는 비사걸의 눈빛 때문이었다.

태상문주는 그의 눈빛에서 여름 한낮에 이글거리는 태양보다 더 뜨겁고 풀 한 포기 자라지 않는 동토를 휩쓸며 지나가는 한풍(寒風)의 차가움을 동시에 느꼈다. 또한 도저히 그 끝을 알 수 없다는 무저갱(無低坑)과 심해(深海)의 고요함을 보았다.

'대, 대단하다. 역시 검왕.'

치열한 싸움을 한 것도 아닌데 등줄기는 이미 축축해진 상태였다. 태상문주는 도저히 가늠할 수 없고 자신의 모든 것을 속속들이 파악할 것만 같은 그의 눈빛에서 형언할 수 없는 힘을 느낄 수 있었다. 수세적인 입장에서 뿜어져 나오는 기운이 이러할진데 만약 공세를 취한다면 얼마나 가공할 것인가!

그러나 언제까지 머뭇거리고 있을 수는 없었다. 상대가 검왕이라면 그 역시 천하를 노리는 거대 세력의 태상문주였다. 힘든 싸움이 될지언정 피할 수는 없었다.

태상문주는 짧게 심호흡을 하며 전신의 기운을 곧추세운 검끝에 모으고 눈을 감았다.

그러기를 얼마간, 그의 눈이 떠짐과 동시에 짧은 기합성이 주변에 울리고 태상문주의 몸이 공간을 가르며 나아갔다.

극고의 경지에 다다른 고수들에게 상대와의 거리는 그다지 문제가 될 수 없다는 것을 보여주듯 기합성이 끝나기도 전에 접근한 태상문주의 검이 낙뢰(落雷)와도 같은 빠름으로 폭사되었다.

눈으로 가늠하기가 힘들 정도로 빠름과 그 순간에도 현란한 변화를 일으키며 접근하는 검. 엄밀히 말하자면 검봉에서 뻗어 나온 기라고 할 수 있었는데 하나하나에 숨이 막힐 정도로 막강한 위력을 내포하고 있었다.

만 근의 거석이라도 단숨에 가루로 만들어 버릴 만한 위력에 비사걸의 얼굴이 묘한 희열감에 사로잡혔다.

자신이 처한 상황을 떠나 오랜만에 제대로 된 상대를 만난 것이 꽤나 즐거운지 방어를 위해 풍혼을 움직이는 비사걸의 입에서 절로 탄성이 터져 나왔다.

"좋군."

*   *   *

'미치겠구나.'

눈이 빠져라 땅바닥을 살피는 한조는 화끈거릴 정도로 따갑게 쏘아보는 시선을 의식하며 연신 식은땀을 흘리고 있었다.

코를 흙 속에 처박은 듯한 자세로 흔적을 찾은 지도 벌써 한 시진째, 고개가 뻣뻣이 굳어오고 허리가 끊어질 정도로 아팠지만 그는 감히 일어날 생각을 하지 못했다.

남궁세가를 몰살시킨 자들을 추격한 지도 벌써 하루하고 반나절이 흘렀다.

시작은 좋았다. 희미하기는 했지만 흔적은 확실히 남아 있었고 평생을 그 방면에 바친 한조에게 있어 역으로 추격하는 것은 기방의 계집을 후리는 것보다 쉬운 일이었다. 한데 전혀 예상치 못한 문제가 터지고 말았다.

동북쪽으로 이어졌던 놈들의 흔적이 갑자기 서쪽으로 바뀌고 설상가상(雪上加霜)으로 지난밤에 꽤나 많은 양의 비가 쏟아져 가뜩이나 희미했던 흔적들이 빗물에 깨끗이 씻겨 내려간 것이다. 하지만 진정한 문제는 두 눈으로 자신들이 어떤 상황에 처했는지 뻔히 봐서 알고 있으면서도 흔적을 찾아내지 못하면 당장에라도 죽일 듯 살기를 풀풀 풍기고 있는 우라질 놈이 있다는 데 있었다.

을지호는 한조에게 정확히 한 시진의 여유를 주었다. 그리고 시간 내에 흔적을 발견하지 못하면 목숨을 보장하지 못할 것이라는 경고까지 하였다. 사중명이 있음에도 대놓고 그리 말한 것은 한조는 물론이고 여차하면 사중명을 비롯하여 비혈대 전원을 쓸어버리겠다는 경고나 마찬가지였다.

어느새 시간은 그가 경고한 한 시진을 넘기고 있었다.

자신은 물론이고 여러 동료의 목숨이 걸려 있는 상황이라 한조는 그야말로 혼신의 힘을 다해 흔적을 찾고자 노력했다. 흔적이 끊긴 곳을 중심으로 사방 백여 장을 뒤져 보았으나 이미 빗물로 씻겨져 완벽히 사라져 버린 흔적을 찾기란 결코 쉬운 일이 아니었다.

'미, 미치겠구나.'

숨이 턱턱 막히고 이마에서 흘러내린 땀으로 인해 눈마저 따끔거렸다. 바로 그때였다.

"어이, 견안(犬眼)!"

싸늘한 음성에 화들짝 놀란 한조가 벌떡 몸을 일으키더니 불안한 눈으로 을지호를 응시했다. 언제부터인가 귀안이라는 멋진 별호가 견안으로 바뀌어 버렸지만 수치감을 느낄 여력도 없었다.

"약속했던 한 시진이 지났다."

"시, 시간이 부족한……."

"시끄럽고… 못 찾았지?"

"그, 그게……."

말을 잇지 못하는 그의 시선은 을지호에게서 벗어나 긴장할 대로 긴장하고 있는 사중명과 동료들에게 향해 있었다.
"분명히 경고했을 텐데."
냉정하게 말을 자른 을지호가 손을 뻗었다.
어느새 옷깃을 잡아채 오는 손, 잡히면 죽음이라는 생각에 한조는 혼신의 힘을 다해 뒷걸음질치며 그의 손을 뿌리쳤다. 그런데 자신의 동료들 틈으로 숨으려고 했던 한조는 그들을 훨씬 지나치더니 요란한 소리를 내며 나뒹굴고 말았다. 을지호에 대한 공포로 인해 강약을 조절하지 못해 중심을 잡지 못한 탓도 있었지만 손을 뿌리치며 도망가는 그에게 날린 을지호의 장력(掌力)이 그의 등에 적중했기 때문이었다.
"멈추게!"
깜짝 놀란 사중명이 을지호를 제지하며 소리쳤다. 일제히 검을 뽑은 비혈대의 대원들이 사중명을 에워싸듯 보호했다. 행여나 그들이 섣부른 행동을 할까 살짝 고개를 흔들어 움직임을 제어한 사중명은 다소 어두운 표정으로 입을 열었다.
"흔적을 놓쳐 유감이네만 자네도 보다시피 한조는 최선을 다하지 않았나. 상황이 좋지 않았네."
그는 나뭇가지에 남아 있는 물기를 훑으며 지난밤의 비를 상기시키려 노력했다.
"이런 일은 과정보다는 결과가 중요할 뿐, 중요한 것은 그자들을 놓쳤다는 것이오."
"무슨 뜻인가?"
"객관적으로 드러난 정황으로 보아 남궁세가의 일에 패천궁이 관련된 것은 부인할 수 없는 터, 당신들이 범인이라고 단정한 그자들을 찾지 못한 이상 책임질 곳은 패천궁뿐이라는 것이외다."

나직이 깔리는 그의 음성에서 살의를 느낀 사중명은 자신들이 꽤나 심각한 상황에 처한 것을 알 수 있었다. 곁을 지키던 수하들도 그것을 느꼈는지 바싹 긴장하는 모습이었다.

'어쩌다……'

자신들이 저지른 일도 아니건만 어쩌다 지금과 같은 상황에 처했는지 어이가 없었다. 그러나 당장 급한 것은 위기를 벗어나는 것. 다만 문제라면 상대의 실력이 너무나 강해 그마저도 요원해 보인다는 것이었다.

'젠장, 자칫 잘못하면 일을 원만히 해결하는 것은 고사하고 이곳에서 뼈를 묻을 수도 있겠구나.'

자신과 수하들의 힘이라면 웬만한 고수는 눈에 차지도 않았을 것이나 눈앞에 있는 인물은 웬만한 정도가 아니라 당금 무림에서 적수를 찾아보기가 힘든 가히 최강의 고수라 할 수 있었다. 더구나 자존심이 하늘을 찌른다는 패천수호대의 대주 화천명이 그에게 한 말이 뇌리를 떠나지 않았다.

"절대로 싸워서는 안 됩니다. 그래도 부득이한 상황이 온다면… 정면으로 대항할 생각은 하지 말고 무조건 피하십시오. 싸우면 죽음뿐입니다."

'죽음뿐이라… 그래, 화 대주는 그와 만난 적이 있었지.'

결국 그가 선택할 수 있는 것은 한 가지뿐이었다.

[여러 말 하지 않겠다. 지금부터 내 말을 잘 들어라.]

사중명의 전음성이 비혈대 대원들의 귓가를 파고들었다.

천라지망(天羅地網) 69

[싸움이 벌어지면 대항할 생각 하지 말고 그 즉시 몸을 돌려 피해라. 지금의 상황을 본 궁에 알려 대책을 강구해야…….]

그러나 다급하게 이어지던 사중명의 전음은 갑작스레 터져 나온 한조의 환호성에 의해 끊어지고 말았다.

"차, 찾았습니다!"

축축이 젖은 땅바닥에 나뒹구는 바람에 옷이며 얼굴이며 할 것 없이 흙투성이였지만 그의 얼굴은 전에 없이 환했다.

"찾다니 뭘?"

그의 곁으로 한달음에 달려간 사중명이 황급히 되물었다.

"놈들이 이곳에 머물렀던 흔적을 찾아냈습니다."

한조는 자신이 처박혔던 곳을 손으로 가리켰다. 모든 이의 시선이 손가락을 따라 움직였다. 그리고 그들은 한조의 몸에 의해 한쪽으로 쓸린 흙 속에서 타다 남은 나뭇가지와 숯덩이를 볼 수 있었다.

"놈들은 이곳에서 야영을 했습니다. 불을 지핀 흔적도 있고 동물의 뼈도 있는 것으로 보아 틀림없습니다."

"흠, 과연 그렇군. 진작 찾아냈으면 험한 꼴을 보지 않았을 텐데."

쓰윽 얼굴을 들이민 을지호가 조금도 미안한 기색 없이 말했다. 발끈한 한조의 대답이 곧바로 터져 나왔다.

"흥, 일각의 시간만 더 주었으면 틀림없이 찾아냈을 것이오."

"덕분에 일각의 시간을 아꼈으면 된 것이지. 그나저나 이것만 찾아냈다고 다는 아닐 텐데?"

야영한 흔적이야 그렇다 쳐도 다른 흔적은 여전히 보이지 않았다. 을지호는 나름대로 걱정을 하여 지적한 것이었으나 한조는 그렇게 생각하지 않는 것 같았다.

"그건 당신이 걱정할 일이 아니오."

냉랭히 쏘아붙이고 몸을 돌린 그는 품에서 꿈지락대고 있던 적묘를 꺼내더니 타다 남은 나뭇가지며 숯, 짐승의 뼈와 그것들에 조금씩 붙어 있던 살점들의 냄새를 맡게 했다.

"저게 뭣 하는 짓이오?"

한조의 의도를 파악한 을지호가 어처구니없다는 듯 물었다.

"냄새를 기억시키는 것일세."

생사의 위기를 벗어났다는 안도감인지 얼굴에 화색이 돌던 사중명이 엷은 웃음을 보이며 대꾸했다.

"그러니까 그게 무슨 짓이냐는 것이오."

"이제부터는 적묘가 놈들을 쫓을 것이네."

"개도 아니고 고양이에게 냄새를 맡게 해서 뭘 어쩌자는 것이오? 그리고 행여나 냄새를 맡을 수 있다고 쳐도 아직까지 남아 있을 리가 없지 않소. 비까지 내린 마당에."

을지호는 불신에 가득 찬 어조로 사중명을 다그쳤다. 하나 적묘를 쳐다보며 고개를 돌린 사중명은 태연스럽기만 했다.

"믿어보게나. 적묘는 다른 고양이와는 달리 조금은 특별한 녀석이니까. 놈들에게 정확히 안내할 것이네. 자, 움직이지."

사중명이 냄새를 맡고 벌써부터 달리고 있는 적묘를 가리키며 몸을 돌렸다.

"후~ 어르신께서 말씀하시길 패천궁엔 괴상한 인간들도 많다더니만 인간들뿐만 아니라 짐승들까지 그렇군. 그나저나 잘 도착하셨는지 모르겠네. 그분의 성정으로 보아 패천궁을 발칵 뒤집고도 남으실 텐데."

그다지 믿음이 가지는 않았지만 별다른 방법이 없었던 을지호는 그들에게 당장 책임을 묻는 것보다는 지푸라기라도 한번 잡아보자고 생각했다. 또한 사중명이나 한조가 그토록 믿고 있는 것을 보니 뭔가 이유가 있을 것이란 생각을 하며 뒤를 따랐다.

*　　　*　　　*

꽈꽈꽝!!

요란한 충돌음이 십왕봉을 뒤흔들었다.

땅이 뒤집히고 나무가 뿌리째 뽑혔다. 오랜 풍상에도 굴하지 않고 꿋꿋이 버텨오던 천년 거석들이 한 줌 가루가 되어 흩날렸다. 좀처럼 인간의 발길을 허락하지 않던 십왕봉은 그렇게 심한 몸살을 앓고 있었다.

태상문주의 선공으로 시작된 싸움은 어느새 수십여 초를 교환하며 치열하게 전개되고 있었다. 처음 기세 좋게 공격을 하던 그는 점차 비사걸의 기세에 눌려 손발이 어지러워지고 차츰 수세에 몰리고 있었다. 하지만 그것은 당사자들만이 눈치 챌 정도로 미약한 것으로 둘의 기세를 감당하지 못하고 황급히 몸을 피한 뒤 고개만을 빠끔히 내밀고 있는 이들의 눈에는 누구 하나 한 치의 물러섬도 없는 치열한 싸움으로만 보였다.

"이제야 알겠다, 네가 누구인지를."

잠시 숨을 고르기 위해 뒤로 물러선 비사걸이 믿어지지 않는다는 표정으로 입을 열었다.

태상문주가 조용히 물었다.

"무엇을 말이오?"

"평생을 검 하나에 목숨 걸고 살아온 나다. 어려서부터 접해보지 못한 검법이 없다. 직접 경험해 보지 못하고 책과 사람의 입을 통해 접한 것은 내 스스로 형상화시켜 보기도 했지. 지금 네가 사용하는 검법 또한 과거 접해본 적이 있는 무공."

"그랬구려. 나름대로 조심한다고 하기는 했는데."

다른 누구도 아닌 상대는 검의 최고봉인 검왕이었다. 태상문주는 그다지 놀라는 표정이 아니었다.

"아무리 조심을 해도 근본을 감추지는 못하는 법이다."

"그렇게 감추고 싶은 마음은 없었소이다."

담담히 대꾸하는 태상문주의 말에는 가시가 돋아 있었다. 굳이 감추고 싶은 마음이 없다는 말의 의미를 모를 비사걸이 아니었다.

"네가 지닌 무공이 천하의 일절이라는 것은 인정하나 그 정도의 무공으론 나를 쓰러뜨리지 못한다."

당장 검을 놓고 쓰러져도 무방할 부상을 당했음에도 툭툭 내던지는 비사걸의 말 한마디 한마디엔 자신감이 배어 있었다. 그것은 단순한 허세나 자만심이 아니라 절대강자만이 자연스레 지닐 수 있는 여유였다.

그런데 당연히 반발할 줄 알았던 태상문주가 인정한다는 듯 선선히 고개를 끄덕였다.

"솔직히 힘들 것이란 생각을 했소."

"승부를 포기한 것이냐?"

"그럴 리가 있겠소? 지금부터 시작이외다."

말을 마친 태상문주가 살짝 자세를 고쳐 잡았다.

"음."

짧은 침음성을 내뱉은 비사걸이 긴장된 자세로 상대를 노려보았다. 검을 고쳐 잡는 순간 지금까지와는 전혀 다른 기운이 피어오르는 것을 느꼈기 때문이다.

"이 무공은 한 번 펼쳐지면 상대를 쓰러뜨리기 전까진 멈춰지지 않소이다. 조심하시구려."

그 말을 끝으로 생사의 결전을 하면서도 변하지 않던, 어찌 보면 노영웅의 풍모가 절로 느껴지던 태상문주의 얼굴에서 생기가 사라졌다. 대신 그의 얼굴을 뒤덮은 것은 죽음의 사자와도 같은 차갑고 소름 끼치는 살기뿐이었다. 검봉에서는 기분 나쁠 정도로 시꺼먼 흑색 안개가 피어올라 검을 휘감았다.

'온다.'

검봉이 살짝 흔들리는 것을 보며 공격을 감지한 비사걸은 전신의 기운을 끌어 모아 호신강기(護身罡氣)로 몸을 보호하며 상대의 공격에 대비했다.

슈우욱!

대기를 가르는 날카로운 소성이 들리고 한줄기 묵빛이 풀숲을 가로지르며 사냥감에 접근하는 독사처럼 비사걸을 향해 은밀히 접근하였다.

'검기?'

하지만 일반적인 검기와는 분명 다른 점이 있었다.

비사걸은 조금도 소홀히 하지 않고 검을 움직였다.

묵빛의 기운은 그의 검에 부딪쳐 튕겨 나갔다. 그러나 단지 방향을 튼 것일 뿐 기운이 완전히 사라진 것은 아니었다.

"헛!"

묵빛의 기운이 훑고 지나간 수풀을 본 비사걸의 입에서 묵직한 함성이 터져 나왔다. 조금 전까지만 해도 싱싱하게 살아 있던 나무며 수풀이 순식간에 생기를 잃고 시들어 버리는 것이 아닌가. 더구나 이름 모를 독에라도 중독된 듯 검을 잡은 손이 마구 저려왔다.

"사이(邪異)하구나!"

그것은 시작에 불과했다.

검을 휘감고 돌던 시꺼먼 기운이 태상문주의 몸을 타고 오르더니 순식간에 그의 몸을 삼켜 버렸다. 그의 전신이 묵운(墨雲)에 덮이고 겉으로 드러난 것은 고작 다섯 치 길이의 검날뿐, 그러나 전해져 오는 기운은 이전과 비할 바가 아니었다.

비사걸의 목숨을 노리고 연거푸 날아오는 묵빛의 기운.

"타핫!"

탁한 함성과 함께 비사걸이 움직였다. 풍차처럼 회전하는 그의 검은 단 한 개의 기운도 몸에 접근시키지 않았다. 그러나 시간이 가면 갈수록 묵빛의 기운은 거세어만 갔고 그 숫자 또한 기하급수적으로 늘어나 서너 호흡도 채 지나기 전 비사걸의 주변은 온통 암흑으로 뒤덮여 버렸다.

"크헛!"

비사걸의 입에서 고통의 신음성이 터져 나왔다. 노도와 같이 밀려든 묵빛의 기운 중 하나가 금성철벽(金城鐵壁)과도 같은 방어막을 뚫으며 적중한 것이었다.

비사걸은 어깻죽지를 파고드는 고통에 이를 악물며 한 주먹도 더 되는 살점을 도려냈다. 묵빛에 적중당한 곳을 중심으로 살이 순식간에

천라지망(天羅地網) 75

썩어 들어가는 현상이 일어났기 때문이었다.
"그렇군. 그것이었어."
방금 어깨에서 도려낸 살이라고는 여겨지지 않을 정도로 심하게 썩어 들어간 살점을 보며 비사걸은 기억 저편에 잠들어 있던 하나의 사실을 되살려 낼 수 있었다.
"암흑(暗黑)… 마검(魔劍)이로구나."
상처에서 흘러나오는 피가 팔은 물론이고 상반신 전체를 붉게 물들이고 있음에도 지혈할 생각을 하지 못한 비사걸은 전에 없이 격동하고 있었다.
암흑마검!!
정사를 떠나 당금 무림에 그 이름을 알고 있는 사람은 그야말로 극소수라 할 수 있었다.
기억하기도 싫고 해서도 안 되는, 모든 이의 뇌리에서 영원히 지워 버리고자 언급하는 것조차 금기시되었으나 그 중대성으로 인해 절대로 잊혀지지 않는 무공이 바로 암흑마검이었다.
그리고 암흑마검은 곧 한 집단과 인물을 떠올리게 만드는 것이었으니…….
육백여 년 전, 미증유의 힘으로 무림을 피로 물들였던 세력이 있었다. 사방에서 일어난 그들은 정확히 백 일 만에 전 무림을 석권하고 피의 통치를 시작했다.
그들을 따르지 않는 문파나 무인들을 무자비하게 숙청하니 고개를 숙이지 않는 문파가 없었고 수많은 기인이사가 무림을 저버리고 은거를 해버렸다. 결국 끝까지 정기를 잃지 않고 대항했던 구파일방과 오대세가의 힘으로 인해 삼십여 년 동안 이어졌던 피의 통치가 끝이 나니 이를 일컬어 사천혈사(四天血事)라 불렀다.

 사천혈사는 중원의 은성장(垠成莊), 북해(北海)의 한빙곡(寒氷谷), 남만(南蠻)의 흑월교(黑月敎), 탑리목의 철혈마단(鐵血馬團)이 연합하여 일으킨 것으로 사람들은 중원에서 일어난 은성장을 중천(中天), 한빙곡을 북천(北天), 남만에서 위력을 떨친 흑월교를 남천(南天), 중원에서 죄를 짓고 쫓겨난 후예들이 중심이 된 철혈마단을 서천(西天)이라 하며 네 개의 세력을 통칭하여 사천혈맹이라 칭했다.

 특히 중천의 우두머리로 실질적으로 사천혈맹을 이끌었던 은성장 장주의 무공은 하늘 아래 감히 대적할 자가 없을 정도로 개세적이었는데 그는 오대세가 가주들의 합공에도 무려 삼 일 낮밤을 버티다가 아깝게 패했다고 전해진다. 그리고 그가 사용한, 묵운에 몸을 숨기고 펼쳐지는 죽음의 검 아래에 그 누구도 칠 초를 버티지 못했다는 무공이 다름 아닌 암흑마검이었다.

 '사천이 일어선 것인가!'

 비사걸은 태상문주가 사용하는 암흑마검이라는 것을 알아보자마자 자신이 어째서 정사 양측의 무인들에게 쫓기게 되었는지, 아니, 그전에 무엇 때문에 패천궁이 전격적으로 장강 이북을 도모하게 되었고 남궁세가에 참화가 일어났는지 알 수 있었다.

 "양의 탈을 쓰고 꽤나 오랫동안 숨어 있었구나."

 "인고(忍苦)의 세월이었소."

 묵운이 격하게 흔들리며 말소리가 들렸다.

 "그나저나 멍청한 백도 놈들. 제놈들을 잡아먹고자 엎드려 있는 늑대도 알아보지 못하다니!"

 "노선배가 이곳에서 죽을 이유가 또 하나 생겼구려."

"쉽게는 되지 않을 것이다."

암흑마검은 그야말로 최강의 무공, 평범한 무공으론 절대로 상대할 수 없었다. 더구나 온몸에 부상을 입고 최후의 기력을 짜내 버티고 있는 지금의 상태라면 제대로 버티는 것은 사실상 불가능했다. 하지만 그에겐 아직 비장의 한 수가 있었다.

죽음을 각오한 비사걸은 풍혼을 거둬들이더니 몸 안에 내재해 있는 선천진기(先天眞氣)를 끌어올릴 수 있는 명옥신공(明玉神功)을 운기하기 시작했다.

선천진기란 수련을 통해 기를 키우는, 보통 내공이라고 칭하는 후천진기(後天眞氣)와는 달리 인간이 태어날 때부터 지니고 있는 힘을 의미했다.

선천진기는 그 어떤 것보다 순수하고 신비하며 무궁한 힘을 가지고 있었지만 이를 끝까지 간직할 수 있는 사람은 없었다. 성장하면서 접하는 세속의 탁기로 인해 의식도 못하는 사이에 흩어져 사라지거나 몸 안 깊숙이 숨어버리기 때문이었다.

이를 안타깝게 여긴 사람들은 그나마 남아 있는 선천진기를 보호하고 사라진 기운을 회복시키기 위해서 온갖 방법을 시도했는데 그중 하나가 바로 내공심법이었다. 하지만 일반적인 내공심법은 몸 안에 후천진기로써 내공을 쌓을 수는 있었지만 선천진기를 회복시키지는 못했다. 극히 일부의 무공만이 선천진기를 보호하고 회복시킬 수 있는 것이었다. 비사걸이 익히고 있는 명옥신공이 바로 그러한 무공이었다.

명옥신공을 운기하자 그 즉시 비사걸의 몸에는 엄청난 변화가 일어났다. 흐릿했던 눈동자에선 쳐다보기가 두려울 정도로 형형한 빛이 쏟아져 나왔고 금방이라도 주저앉을 것만 같았던 전신에 힘이 충만했다.

또한 태상문주가 일으킨 암흑의 기운에 대항이라도 하듯 그의 양손에서는 일설로 표현하기 힘든 눈부신 빛이 뿜어져 나와 하나의 검을 만들고 있었다.

황보세가에서 곽검명 등을 기겁하게 만들었던 무형검(無形劍)이었다.

"검… 강인가?"

"아니, 비슷한 것 같은데 뭔가가 다르네. 분명 뭔가가……."

당장에라도 쓰러질 것 같던 비사걸이 미증유의 힘을 일으키자 서대경과 유천은 그가 지닌 저력에 전율하지 않을 수 없었다. 그러나 그들이 보는 것과는 달리 비사걸의 상태는 가히 좋지 않았다.

비록 선천진기를 일으켜 막강한 힘을 뿜어내고는 있었으나 그것도 한계가 있었다. 특히 무섭게 질주하는 거력을 감당하기엔 몸 상태가 너무 좋지 않았다.

'오직 한 번의 기회뿐.'

시간을 끌면 끌수록 자신에게 불리하다고 여긴 비사걸은 한 번의 공격에 모든 힘을 쏟아내고자 하였다.

드드드드.

마치 지진이라도 난 듯 지축이 울렸다.

나뭇가지에 몸을 숨기고 있던 새들이 일제히 하늘로 날아오르고 온갖 동물이 괴성을 내지르며 달아났다. 수하들에게 피하라고 소리를 질러대는 서대경 등의 다급한 모습도 들어왔다.

그리고 잠시 후, 그 모든 소란을 단숨에 잠재울 거대한 충돌음이 십왕봉을 강타했다.

쿠쿠쿠쿠쿵!

온 세상을 덮어버리기라도 할 듯 가공하게 퍼져 나가는 암흑의 기운과 눈이 부실 정도로 찬란한 빛이 한데 엉켜 뿜어내는 기운은 상상을 초월했다.

짧게는 수백 년, 길게는 천 년을 넘게 뿌리를 박고 십왕봉을 지키던 거목들이 뿌리째 뽑혀 나가고 온갖 풍상에도 늠름했던 거석들이 힘없이 부숴져 버렸다. 미처 몸을 피하지 못한 이들의 애처로운 비명과 함께 갈기갈기 찢어진 그들의 몸뚱이가 대지를 적셨다.

암흑의 기운이 훑고 간 곳에 생명체는 살아남을 수 없었다. 빛의 기운도 모든 것을 파괴하며 지나갔다. 그리고 그 둘의 기운이 부딪친 곳에서 반경 십 장은 더 이상 아무것도 존재하지 않았다.

오래된 거목도, 십왕봉의 수호신과도 같았던 거석도, 비사걸을 잡고자 포위망을 구축하고 있던 인간들도 사라지고 없었다. 남은 것이라곤 서로 마주 보고 있는 두 명의 절대자뿐이었다.

"크으으으."

검을 땅에 박고 힘겹게 버티고 있던 태상문주의 입에서 탁한 신음성이 터져 나왔다.

반은 잘려 나간 머리카락, 입고 있던 옷은 이미 누더기로 변했고 그마저도 붉은색으로 변해 버린 모습. 연거푸 피를 토해내는 그에게서 암흑의 기운은 이미 사라지고 없었다.

그에 반해 굳건히 버티고 있는 비사걸의 모습은 당당하기만 했다. 서서히 고개를 들고 싸움의 결과를 살피던 이들은 태상문주가 패했다는 것을 직감적으로 느끼며 망연자실한 모습이었다. 하지만 그들의 예상과는 다르게 비사걸의 표정은 그다지 밝지 않았다.

"졌다."

"아, 아니외다. 이번 싸움은 나의 패배요."

수하들의 부축을 받으며 힘겹게 중심을 잡은 태상문주가 무거운 얼굴로 입을 열었다.

"큰 부상을 당했지만 너는 살아남았고 나는 그렇지 못하다. 침투하는 독기는 막았으나 오장육부(五臟六腑)가 상했고 거의 모든 심맥(心脈)이 끊어졌다. 이렇게 말을 주고받을 수 있는 것이 기적이지."

"……."

"아쉽구나. 조금만 더 버텨주었다면."

비사걸의 입가에 자조의 웃음이 지어졌다.

선천진기의 거대한 힘을 운용하면서도 위태롭기는 했어도 그런대로 잘 버텨주던 몸이 막 승리를 거둘 찰나 더 이상 감당하지 못하고 무너지며 힘을 끝까지 이어가지 못한 것이 안타깝기만 했다.

길게 장탄식을 한 비사걸이 걸음을 옮겼다. 모든 이의 시선이 그의 발걸음을 따라 움직였다. 그의 몸이 멈춘 곳은 전장에서 좌측으로 십여 장 떨어진 낭떠러지였다.

"최소한 내 목숨을 다른 이들에게 맡기고 싶지는 않다."

"무엇을 하려는……."

태상문주는 점점 기울어지는 비사걸을 보며 황급히 소리쳤다. 하나 그의 발은 이미 지면에서 완전히 떨어지고 있었다.

"좀 더 좋은 승부를 할 수 있었는데 아쉽구나."

"노선배!"

태상문주의 외침을 뒤로 비사걸의 모습은 순식간에 사라지고 말았다.

"쇄혼계(碎魂溪)……."

영혼마저 부순다는 냇물이란 말인가?

"끝났군."

유천은 스물일곱 번을 굽이쳐 흐르는 계곡을 보며 비사걸의 죽음을 확신했다.

"시신도 찾지 못할 걸세."

비사걸의 몸이 계곡으로 사라지기 전 은밀히 비도 하나를 날려 확인 사살을 시도했던 서대경이 맞장구를 쳤다. 그러나 군사인 신도의 생각은 다른 듯했다.

"뭣들 하고 있어? 당장 내려가서 찾아봐!"

절벽 아래로 고개를 내밀었던 그는 멍하니 서 있는 수하들에게 비사걸의 시신을 찾으라고 명을 내렸다.

신도의 행동이 그다지 마음에 들지는 않았지만 이미 기력을 잃고 있는 태상문주는 물론이고 두 장로도 만류하지는 않았다. 모든 일은 확실히 해야 하는 법. 더구나 눈으로 보지 않고는 도저히 믿기 어려운 능력을 보여준 비사걸이 아니던가. 그와 같은 인물의 최후는 반드시 확인을 해야 한다는 신도의 마음을 이해했기 때문이다.

"이보게, 유 장로."

"예, 태상문주님."

"검왕에 대한 자네의 평가는 전적으로 잘못되었네. 차이가 있지만 극히 미미하다고 했던가?"

태상문주의 음성은 허탈하기가 그지없었다.

"그가 정상적인 몸이었다면 난 이렇게 살아 있지 못하겠지. 아니, 애당초 싸움이 되지 않을 수도 있었겠군. 불완전한 지존신공으론 결코 상대할 수 없는 인물이야."

"짧은 안목으로 거목(巨木)을 재단하려 했다는 것 자체가 우스운 일이 돼버렸습니다."
 살짝 얼굴을 붉히며 쓴웃음을 짓는 유천을 보며 태상문주는 고개를 흔들었다.
 "부끄러워할 것 없네. 나 역시 자네와 다르지 않았으니."
 "어쨌든 끝나지 않았습니까? 모든 것은 결과가 말해 주는 법입니다."
 서대경의 말에 태상문주는 나직한 한숨을 내쉬었다. 웬일인지 가슴이 무거워졌기 때문이었다.
 '웃음 때문인가?'
 그의 머리 속에 쇄혼계에 몸을 던지며 살짝 보여주었던 비사걸의 웃음이 떠올랐다.

제 30 장

기호지세(騎虎之勢)

기호지세(騎虎之勢)

패천궁의 악양 분타.

안휘명의 명을 받아 악양에 도착한 양단풍이 분타의 책임을 맡고 있던 고유(高柔)와 마주 앉았다.

"그 정도로 심각합니까?"

양단풍의 질문을 받은 고유는 길게 탄식성을 내뱉었다.

"후~ 심각한 정도가 아니라네. 처참할 지경이야. 제갈세가가 대단하다는 말은 들었지만 이 정도일 줄은 몰랐네. 지난 며칠간의 공격에 목숨을 잃은 자가 벌써 이백을 넘었다고 하는군. 그만한 희생을 치르고서 얻은 결과가 고작 두 개의 방어막을 파괴한 것이라니. 일곱 겹 중에서 말이야."

"다른 곳도 아니고 제갈세가입니다. 간단히 무너뜨릴 수 있는 곳이 아닙니다. 그런데 어째서 그리 무모한 공격을 한 것입니까? 분명 공격을 멈추라는 명이 내려진 것으로 압니다만."
 답답했는지 양단풍의 음성이 다소 높아졌다. 하나 정중함을 잃지는 않았다.
 원래 혈참마대 대주의 지위라면 웬만한 분타주를 아래로 내려다볼 위치였지만 악양은 그 지리적 중대성 때문인지 분타를 책임지는 분타주에게 호법 이상의 지위를 인정하고 있었기 때문이다.
 "명령이 떨어지기 전에 이미 그만큼의 피해를 본 것이네. 지금은 공격을 멈추었을 것이야. 그나저나 앞으로는 어찌 되는 것인가? 본격적인 공격 명령은 떨어진 것인가? 간신히 억누르고 있어도 이곳저곳에서 계속 싸움이 일어나고 있어."
 패천궁에서 공격 명령이 떨어진 것은 아니지만 사실상 전면전이 벌어진 것이나 다름없었다. 아직 주력이 움직이지 않아 규모가 작을 뿐이었다.
 "예. 조금 전 궁주님으로부터 공격을 시작하라는 명을 받았습니다. 그리고 송구합니다만 이곳의 지휘권을 제게 일임하셔서……."
 "무슨 말을. 자네가 맡는 것이 당연한 것이지."
 자신보다 아랫사람에게 명령의 지휘권을 넘겨주고 명령을 받는다는 것은 어찌 생각하면 상당히 기분 나쁜 일이었다. 그러나 다른 사람도 아니고 궁주의 총애를 받고 있는 패천궁 최고의 무력 단체 혈참마대의 대주였다. 또한 지금은 건곤일척의 승부를 앞두고 있는 상황이 아니던가. 불만이 있을 리 없었다.
 "이해해 주시니 감사합니다."
 "그래, 어떤 식으로 공격할 생각인가?"
 고유의 질문에 양단풍은 그들 앞에 펼쳐진 지도를 손가락으로 짚어가기 시작했다.

"가장 먼저 이곳을 공격할 것입니다."

"그러리라 생각했네."

고유는 양단풍이 가리킨 곳이 악양 분타와 가장 근거리에서 대치하고 있는 정도맹의 전초 기지라는 것을 알기에 쉽게 수긍했다. 그런데 곳곳을 짚으며 북상하는 손가락을 보며 그의 눈이 점점 커져 갔다.

"아, 아니……."

양단풍의 손가락은 어느 한곳에 이르러서야 그 움직임을 멈추었다.

"마지막은 이곳입니다."

당연한 것이겠지만 그가 가리키는 곳은 하남성에 위치한 정도맹의 총단이었다.

"그것이 우리만으로 가능하겠는가?"

질문을 던지는 고유는 상당히 회의적인 표정이었다.

"가능하도록 만들어야지요. 하하, 그리고 너무 걱정하지 마십시오. 설마 하니 우리의 힘만으로 싸움이 되겠습니까? 우리는 일단 선발이라고 보면 됩니다. 궁주께서 곧 본 궁의 무인들을 이끌고 오실 때를 대비하여 길을 여는 선발대 말입니다."

"하지만 그것도 그리 만만한 일이 아니네."

고개를 흔드는 고유의 표정은 여전히 어두웠다.

길게 숨을 내뱉은 그가 입을 열었다.

"정도맹에서 파견한 무인들이 남하하고 있다는 소식을 접하기는 했지만 서둘러 공격을 시작한다면 꽤나 많은 곳을 칠 수 있을 것이네. 문제는 바로 이곳."

고유가 가리킨 곳은 바로 제갈세가가 버티고 있는 지역이었다.

"제갈세가를 무너뜨리지 못하고 북상을 하면 옆구리가 비게 되네. 자칫 잘못하면 무방비로 당한단 말일세."

 그런 말을 할 줄 알았다는 듯 양단풍은 조금도 머뭇거림없이 대답을 했다.

 "비지 않게 하면 됩니다."

 "비지 않다니?"

 "이번 공격 계획은 군사께서 세운 것입니다. 물론 분타주께서 염려하시는 제갈세가도 언급하셨지요."

 "무엇인가?"

 급한 마음에 재빨리 되묻는 고유와는 달리 양단풍은 느긋하기만 했다.

 "무리해서 제갈세가를 공격하지는 말 것. 다만 그들이 세가를 벗어나는 것은 무슨 수를 써서라도 막을 것. 선공을 하는 것이 아니라 방어를 한다면 본 궁의 주력이 당도하기까지 충분히 막을 수 있다고 하셨지요. 물론 그 일은 지휘자의 역량에 따라 성패가 갈리겠지만 군사께서는 고 분타주님의 능력이시라면 충분하다고 전해오셨습니다."

 "흠, 공격하는 것이 아니라 진출하지 못하도록 방어를 한다? 그거라면 가능할 수도 있겠네. 제갈세가가 무서운 것은 무공도 무공이지만 세가를 둘러싸고 있는 기관 매복과 괴이한 진이니까. 좋아, 제갈세가는 내가 책임지지."

 군사가 계획을 세웠다고는 해도 궁주가 허락을 하지 않으면 아무짝에도 쓸모없는 법이었다. 그것은 곧 궁주가 자신을 믿고 있다는 것, 절로 힘이 났다. 또한 고유는 이번 일이야말로 하늘이 자신에게 준 중요한 기회라고 여겼다. 패천궁의 수뇌들에게 자신의 존재를 확실히 각인

시킬 수 있는 천재일우의 기회라고.

"각 문파의 수뇌들을 소집해 주십시오. 그들에게도 본 궁의 계획은 알려줘야 할 테니까요."

"그리하겠네. 한데 언제쯤 시작할 셈인가?"

"가능하다면 당장에라도 출발할 생각입니다."

"알겠네. 최대한 준비를 서둘러 보지."

고유는 뚫어져라 지도를 쳐다보는 양단풍을 뒤로하고 황급히 방문을 나섰다.

　　　　　*　　　　*　　　　*

해가 중천에 떠오를 오후.

갑작스레 밀어닥친 전서구와 그에 실린 다급한 내용을 파악하는 왕호연의 얼굴은 굳을 대로 굳어 있었다. 그 모든 소식이 그는 물론이고 모든 이가 결코 바라지 않는 최악의 상황을 알려오는 것이기 때문이었다.

"어느 것 하나 소홀히 하지 말고 확실히 챙기도록 해라. 명심궁에 다녀오마."

몇 가지 서찰을 챙긴 그는 수하들에게 단단히 주의를 준 후 황급히 걸음을 옮겼다.

"멈추십시오."

네 명의 무인이 왕호연의 앞을 가로막고 나섰다. 명심궁을 호위하는 호위무사들이었다.

"급한 일이네."

그의 말이 끝나기가 무섭게 때마침 주변을 순시하던 용정정(龍正正)이 손을 흔들었다.

"길을 터라."

관례를 깬 명령이었으나 명심궁은 물론이고 정도맹의 모든 호위를 책임지고 있는 그의 명은 충분히 힘이 있었다.

"존명."

호위무사들은 대답과 동시에 그들의 은신처로 돌아갔다.

"고맙소."

왕호연은 살짝 고개를 숙여 사의를 표하고 순식간에 명심궁으로 사라졌다.

"흠, 뭔가 큰일이 터진 모양이군."

다른 사람도 아니고 가장 만나기 힘들다는 첨밀각주였다. 첨밀각이 정도맹의 눈과 귀라는 것을 감안한다면 얼마나 중한 일이 터졌는지 짐작하고도 남음이 있었다.

"맹주님!!"

용정정의 도움으로 조금의 지체함도 없이 도착한 왕호연이 명심궁의 문을 박차고 뛰어들었다.

"어허, 여기가 각주의 안방인가? 많은 손님이 계시거늘 이게 무슨 무례한 짓인가?"

가뜩이나 마음에 들지 않는 왕호연이 아니던가. 인상을 구기며 질책을 하는 천강 진인의 음성은 다분히 감정적이었다. 그러나 왕호연은 그의 말에 대꾸도 없이 천장 진인에게 다가갔다.

"맹주님, 큰일났습니다."

"무슨 일인가?"

맹주 옆에 있던 천중 진인이 심상치 않은 기운을 느끼며 재빨리 물었다.

'빌어먹을 말코.'

명목상의 맹주는 천장 진인이었지만 실질적으로 정도맹을 장악하고 있는 사람은 천중 진인이었다.

힐끔 고개를 돌려 그를 쏘아본 왕호연은 결국 엷은 한숨을 내쉬고는 입을 열었다.

"놈들이 대대적으로 북상하고 있습니다. 벌써 한 개의 분타와 세 곳의 문파가 무너졌습니다."

"어느 정도의 규모인가? 설마 저들의 본대가 벌써 올라온 것인가?"

"그것은 아닙니다. 다만 선봉에서 싸움을 이끌고 있는 자들은 혈참마대로 확인되었습니다."

순간 이곳저곳에서 신음 소리가 터져 나왔다.

"음!"

"혈참마대!"

비록 궁주가 이끌고 있는 본대는 아니라지만 삼백여 명의 혈참마대는 명실상부한 패천궁의 주력이었다. 그들이 참여했다는 것은 말 그대로 건곤일척(乾坤一擲)의 전면전이 시작되었다는 것을 의미했다.

"또한 천여 명이 훨씬 넘는 무인이 그 뒤를 따르고 있다 합니다."

"천여 명? 악양에 모인 인원이 그렇게 많았던가?"

"요 며칠 동안 공격이 없다고 하더니만 아무래도 제갈세가를 공격하던 이들 중 상당수가 그쪽으로 빠진 것 같습니다."

"내 이럴 줄 알았소이다. 놈들에게 시간만 벌어준 셈이 아니오."

신경질적으로 몸을 일으킨 기도위가 굳은 표정으로 침묵하고 있는 정소를 노려보며 소리쳤다.

기회는 이때다 싶은지 천강 진인도 거들고 나섰다.

"이런 일이 두려워 선수를 치자는 것이었소이다. 하지만 방주의 주장을 따랐다가 선수는커녕 뒤통수를 맞고 말았소. 피해 또한 기하급수적으로 늘어날 것이고. 도대체 이를 어찌하실 생각이시오?"

정소는 아무런 대꾸도 하지 못했다. 그 역시 패천궁이 이토록 전격적으로 치고 올라올 줄은 몰랐기 때문이다.

"저들에게서 대답은 왔는가?"

대답이란 다름 아닌 사건의 전말을 확실히 파악하자는 정도맹 맹주의 친서에 대한 답변을 의미하는 것이었다.

제갈경의 질문에 왕호연은 손에 들고 있던 서찰을 맹주에게 전달했다. 황급히 서찰을 펴 내용을 확인한 천강 진인은 황망한 표정으로 그 내용을 보여주었다.

서찰에는 단 네 글자만이 적혀 있었다.

기호지세(騎虎之勢).

중인들이 그 뜻의 의미를 몰라 어리둥절해하며 예를 차리지 못한 답변이라느니 불성실한 내용이라느니 하면서 떠드는 사이 그 뜻을 파악한 제갈경이 장탄식을 했다.

"허허, 달리고 있는 호랑이의 등에 올라타 멈출 수 없다라… 지금까지의 상황을 보면 아직 달리는 상황까지 이르지는 않았건만……. 어쩌면 저들도 이미 제삼세력에 대한 의심을 하고 있었던 모양이외다. 아니, 의심하는 정도가 아니라 그에 편승하여 무림을 도모하고 있구려. 한마디로 누가 음모를 꾸미든 말든 우리를 제압하고 그들마저 제압할 수 있다는 엄청난 자신감을 가지고 있는 것 같소이다."

제갈경은 기나긴 한숨을 내쉬는 정소의 어깨를 두들겼다.

"자네의 주장은 확실히 일리있는 것이었네. 하지만 알면서 덤비는 상대에게 무슨 말이 필요하겠는가?"

그때였다. 천중 진인의 손에서 불꽃이 일더니 맹주에게서 건네받은 서찰이 순식간에 한 줌의 재가 되어 사라졌다.

"저들이 그렇게 나온다면 이쪽에서도 적절한 응대를 해줘야겠지요. 준비는 충분히 되었으니."

중인들이 그의 삼매진화(三昧眞火)에 놀라는 사이 천중 진인이 왕호연에게 질문을 던졌다.

"우리의 병력은 어디까지 이동해 있는가?"

"청운과 풍백당은 하남과 호북의 경계에, 명도와 월훈당은 이미 호북으로 들어선 것으로 압니다."

"어디에서 부딪칠 것 같은가?"

"이쯤에서 만날 수 있을 것 같습니다."

재빨리 지도를 펼친 왕호연이 대홍산(大洪山)이라는 곳을 지적했다.

"하지만 전력을 따져 보면 열세입니다."

"흥, 아직도 위기감을 느끼지 못하고 움직이지 않는 문파가 많아서 그런 것이 아닌가!"

천강 진인이 정소를 보며 냉소를 지었다. 소림사와 화산파도 걸고 넘어가고 싶었지만 그들 문파는 정도맹에서도 탈맹한 상태이고 더구나 회의에 참석하고 있는 이들의 존재감이 아무래도 께름칙했기 때문에 그나마 만만한 개방을 선택한 것이었다.
"그만 하게, 사제. 지금은 사사로운 감정을 내세울 때가 아니네."
곽화월의 안색이 일변하는 것을 느낀 천중 진인이 재빨리 눈치를 주고는 말을 이었다.
"청운과 풍백당을 최대한 빨리 이동시킨다면 어떤가?"
"그래도 하루 정도 늦습니다."
"아예 없는 것보다는 낫겠지. 맹주의 생각은 어떠시오?"
질문을 받은 천장 진인은 두 번 생각할 것도 없다는 듯 고개를 끄덕였다.
"좋은 생각입니다. 첨밀각주, 당장 그리 명을 내리게나."
"알겠습니다."
허리를 숙여 명령에 답한 왕호연이 황급히 자리를 떴다. 그의 뒷모습을 보던 천중 진인이 곽화월과 소림사의 대표로 참석한 달마원(達摩院)의 원주 공각(空殼)을 정면으로 바라보며 입을 열었다.
"도움을 주셔야겠습니다."
"물론이외다."
곽화월이 주저없이 대답을 했다. 공각 대사 또한 합장으로 허락의 뜻을 대신했다.
"저들의 본진이 본격적으로 밀고 올라오면 그래도 역부족입니다. 역시 오대세가의 도움이 절실합니다."
"이제는 육대세가라오."
제갈경이 빙그레 웃으며 대꾸했다.
"우리들은 이미 싸움에 참여하고 있소. 본 가에서는 치열한 혈투가 벌어져 수많은 사상자를 내었고 태화 분타에 모여 있던 다른 세가의 정예들도 본 가를 돕기 위해 이미 출발했소이다. 그들과 본 가에 있는 병력이 힘을 합치면 꽤나 큰 전력이 될 것. 곧 연락을 취해 정도맹을 돕도록 하겠소."
"고맙습니다. 허허, 가주의 말씀에 빈도의 막힌 가슴이 뻥 뚫리는 기분입니다."
제갈경의 대답에 천중 진인은 다소 과장된 표현을 써가며 사의를 표했다. 그리곤 다소 무거운 음성으로 말을 이었다.
"하지만 우선 급한 것은 따로 있습니다."
"그것이 무엇이오?"
"제갈세가의 활약이 필요한 일이지요."
천중 진인의 입가에 무척이나 의미심장한 웃음이 지어졌다.

*　　　*　　　*

제갈세가의 모든 대소사를 결정하는 무후청(武侯廳).
"아우는 어찌 생각하는가?"
제갈융이 어두운 표정으로 물었다.
"글쎄요."
너무나 평범해 오히려 비범해 보이는 문성(文星) 제갈은은 질문에 모호한 태도를 취했다.
"저들의 요청대로 방어진을 풀고 공격하는 것은 좋으나 그러다 자칫 역습이라도 당한다면 그야말로 끝장이 아닌가?"
"하하, 그럴 리야 있겠습니까?"
"후유~ 이게 어디 웃을 일인가? 가문의 명운이 걸린 일일세."

제갈은의 여유로운 태도에 가슴이 답답했는지 제갈융은 땅이 꺼져라 한숨을 내쉬었다.

방어막을 풀고 공격을 하자니 역습이 두려웠고 그렇다고 정도맹이 정식으로 요청한 것을 거부하는 것도 쉬운 일은 아니었다.

"시작을 하지 않았다면 모를까 어차피 벌어진 싸움입니다. 죽기 살기로 싸워야지요."

제갈은의 말은 사뭇 비장했지만 표정은 웃고 있었다. 제갈융의 입에서 또다시 한숨이 터졌다.

"우형(愚兄)의 마음을 그만 애태우고 아우의 생각을 말해 보게. 무슨 좋은 의견이 없겠는가?"

"농은 이쯤에서 거두게나. 손님들도 있는데."

보다 못한 제갈근이 제갈세가를 돕기 위해 불원천리 달려온 당욱 등을 의식하며 제갈은을 책망했다.

"농이라니요. 이 아우는 꽤나 심각하게 말을 한 것인데요. 뭐, 형님들께서 정히 그리 말씀하신다면 몇 가지 사안에 대해서 짚어보도록 하지요."

담담히 입을 여는 제갈은의 태도는 조금 전과 다름이 없었다. 그러나 다른 이들은 그의 말을 귀담아듣기 위해 숨소리마저 감추었다. 무후청엔 질식할 것만 같은 긴장감이 맴돌았다.

"어차피 패천궁을 상대하기 위해선 정도맹과 힘을 합쳐야 하고 당연히 그들의 요청은 거부하기가 힘듭니다. 더구나 아버님께서 그곳에 계시지 않습니까? 그들의 요청엔 아버님의 의사가 포함되었다고 보면 옳을 것입니다."

요청을 받아들여야 한다는 말에 제갈융의 안색이 살짝 어두워졌다.

"정도맹의 계획대로 옆구리를 치고 들어가 포위망을 구축할 수 있다면 지금 진출하고 있는 무리들을 섬멸하는 데 큰 무리는 없을 겁니다. 다만."

말을 끊은 제갈은은 기다리는 사람들은 생각도 하지 않고 앞에 놓인 찻잔을 홀짝거렸다. 그리곤 묵직하게 한마디 했다.

"그렇게 할 수 있느냐가 문제지요."

"충분하지 않겠는가? 제갈세가를 공격하던 인원이 대폭 준 데다가 당 가주께서 이끌고 온 지원군도 있고."

제갈극이 당연히 가능하지 않겠냐는 듯 대꾸했다. 제갈은이 고개를 가로저었다.

"저들이라고 그것을 모를 리 없습니다. 그럼에도 인원을 줄여 다른 곳을 공격했다는 것은 그만큼 자신이 있다는 말이겠지요. 철저히 대비가 되어 있을 것입니다. 그렇지 않습니까?"

제갈은의 시선이 제갈능에게 향했다.

"요소요소마다 함정을 파고 매복을 하고 있는 것 같다. 번거롭기는 하겠지만 그렇다고 뚫지 못할 정도는 아니다."

다른 사람도 아니고 무성(武聖)의 말이었다. 이의가 있을 리 없었다.

"형님께서 그리 말씀하시면 그렇겠지요. 하지만 패천궁의 본진이 북상하고 있습니다. 조금이라도 시간을 지체하면 오히려 우리가 포위당할 우려가 있습니다."

"제갈 가주께서 소식을 전하시길 오대세가의 정예들이 이미 이곳으로 출발했다고 하지 않던가."

당욱이 정도맹에서 온 서찰을 힐끔거리며 말했다.

"그래 봤자 패천궁의 본진을 감당할 수는 없습니다."

사실이었다. 정도맹과 육대세가는 물론이고 백도의 모든 힘을 하나로 모아야 싸움이 되는 곳이 바로 패천궁이었다. 육대세가의 힘만으론 대적하기가 불가능했다.

"하니 어쩌면 좋겠는가? 뾰족한 방법이 없잖은가? 최선이라면 이곳에서 놈들과 싸우는 것이겠지만 그럴 수도 없고. 아우의 말대로 정도맹의 요청을 거부할 처지도 아니고."

"최선은 아니지만 차선의 방법은 있을 것 같기도 합니다."

"그게 무엇인가? 어서 말을 해보게."

제갈웅은 지푸라기라도 잡기 위해 발버둥 치는 사람처럼 다음 말을 채근했다.

"말씀드린 대로 저들의 본진과의 싸움은 불가능합니다. 모든 싸움은 그들이 도착하기 전에 끝내야 합니다. 그러기 위해선 넷째 형님의 힘이 절대적으로 필요합니다."

"난 언제나 준비되어 있다."

많은 말을 하는 것은 아니지만 제갈능의 한마디 한마디는 무한한 믿음을 가지게 만들었다.

"야밤에 암습을 하든, 독을 풀든 어떠한 짓을 해서라도 저들이 미처 예상하지 못하는 시간에 포위망을 뚫고 공격을 성공시켜야 합니다."

어떠한 짓이라는 말이 마음에 들진 않았지만 제갈능은 문제 삼지 않았다.

"가주께서 도와주신다면 충분히 가능할 것입니다."

암습에 독만큼 유용한 것이 없는 터, 현 무림에서 그것을 가장 잘 실현할 수 있는 사람이 바로 독왕 당욱이었다.

"어려울 것 없네."

고개를 끄덕이며 대답하는 당욱의 음성은 제갈능과 마찬가지로 자신감에 차 있었다.

"이곳으로 이동 중이라는 오대세가의 정예들에게도 소식을 보내야 할 것입니다. 밤을 새워서라도 최대한 빨리 움직이라고."

"그래야겠지."

"무엇보다도 내일 오전 중에는 포위망을 무너뜨려야 합니다. 그리만 된다면 저들보다 최소한 반나절은 빨리 모든 것을 매듭짓고 역으로 치고 올라갈 수 있습니다. 중간에서 오대세가의 정예들과도 합류할 수 있습니다. 그리되면 먼저 진출한 병력은 독 안에 든 쥐지요."

"역으로 치고 올라간다 해도 선발대를 구하기 위해서라도 기를 쓰고 달려올 놈들의 추격이 만만치 않을 텐데……."

다소 염려가 섞인 당욱의 말에 제갈은은 희미한 웃음을 보이며 고개를 가로저었다.

"쉽게는 되지 않을 겁니다."

"무슨 방도라도 있는가?"

"글쎄요… 뭔가 수가 있겠지요."

담담히 대답하는 제갈은, 표정은 난감한 모양을 하고 있었지만 기이하게 짓는 웃음 속에는 묘한 자신감이 있었다.

"저들은 틀림없이 움직일 것입니다."

온설화는 제갈세가가 틀림없이 움직일 것이라 확신했다.

"우리의 본진이 북상하고 있네. 조금이라도 생각이 있는 자들이라면 역공을 생각하지 않을 수 없을 텐데?"

나후성이 다소 회의적인 표정으로 되물었다.

"그러나 성공시켰을 때의 효과는 충분히 모험을 하게 만들 만큼 유혹적입니다. 또한 그들로서는 정도맹과의 관계도 고려해야만 하지요."

"흠, 그럴 수도 있겠군. 측면을 뚫고 포위망을 구축할 수만 있다면 혈참마대는 물론이고 공격에 나선 대다수의 문파들을 고립시킬 수 있을 테니까."

고개를 끄덕인 나후성이 곁눈질로 안휘명의 눈치를 살폈다. 그는 아무런 말도 없이 지도만 살피고 있었다.

"우리를 막을 방법이 있다는 건가?"

한참 동안 지도를 응시하던 안휘명이 중얼거리듯 물었다. 온설화가 기다렸다는 듯 대답했다.

"아마도 문성 제갈은, 그가 나설 겁니다."

"흠, 그자의 명성은 나 또한 들어 알고 있다. 제갈무후(諸葛武侯) 이후의 천재라지? 하나 그가 우리의 발걸음을 막을 만한 힘이 있다고 믿지는 않는다."

안휘명은 천하의 그 어떤 세력, 인물도 패천궁의 북상을 저지할 만한 힘이 있다고는 보지 않았다. 그러나 온설화의 생각은 달랐다.

"충분히 있습니다."

"충분히 있다?"

되묻는 그의 얼굴에 노기가 피어올랐다. 나후성을 비롯하여 자리를 지키고 있던 여러 호법, 장로가 연신 헛기침을 해댔다. 그들의 표정 역시 안휘명과 다르지 않았다.

날카로운 시선을 한 몸에 받으면서도 온설화는 눈 하나 깜짝하지 않았다.

"저들은 최대한 빨리 포위망을 뚫고 역으로 치고 올라갈 생각을 하고 있을 것입니다. 그리고 그것은 충분히 가능합니다. 제갈능을 선두에 세우고 공격을 한다면 우리들이 생각하는 시간보다 훨씬 빠르게 뚫릴 테니까요."

"흥, 제갈능이 뛰어나기는 하나 놈들과 대치하고 있는 아군도 그리 만만치는 않네."

유난히 성질이 급한 호법 강소(江蘇)가 딴지를 걸고 싶었는지 한소리 했다. 대다수의 인물들이 그의 말에 동조라도 하듯 고개를 주억거렸다.

"강 호법께서는 제갈능의 실력을 너무 과소평가하시는군요. 사람들이 어째서 그를 화풍검이라는 별호 대신 무성이라 부르는지 생각하신다면 그리 말씀하실 수는 없지요."

"하나……."

온설화는 강소가 반박할 시간을 주지 않았다.

"더구나 독왕과 당가의 고수들이 있습니다. 순수한 무공을 따지자면 독왕을 제외하고는 그다지 두려워할 상대는 아니나 그들이 본격적으로 독을 사용한다면 사정은 달라지지요. 제대로 힘도 쓰지 못하고 무너질 수가 있습니다."

"명색이 정파라는 놈들이 독을 쓰겠는가? 곧 죽어도 자존심 운운하는 놈들인데."

나후성이 그럴 리 없다는 듯 대꾸했다. 온설화가 정색을 하며 고개를 저었다.

"이번 싸움에서 가장 중요한 것은 바로 시간입니다. 얼마나 빨리 포위망을 뚫고 치고 들어가느냐에 따라 우리의 본진과 부딪치느냐 그렇지 않고 피해 가느냐가 결정되니까요. 목숨 앞에는 자존심이고 뭐고 없는 법입니다. 사안의 중요성을 감안했을 때 백이면 백 사용할 것입니다."

"뚫린다면 우리와의 거리는?"

안휘명이 물었다.

"짧으면 반나절, 길면 한나절입니다."

"못 잡을 거리는 아니군."

"문성이 나선다고 말씀드렸습니다. 그가 나선다면 꽤나 긴 시간이 될 수 있습니다."

"그가 도대체 어떤 능력이 있어 우리를 막을 수 있단 말인가? 이 늙은이는 도저히 이해할 수가 없네."

고개를 흔드는 나후성의 말에 온설화는 짧게 그러나 더없이 진지한 음성으로 대답했다.

"진법(陣法)입니다."

"진법?"

무겁게 고개를 끄덕인 온설화가 옅은 한숨을 내뱉었다.

"비록 압도적인 전력은 아니더라도 요 며칠 동안 꽤나 많은 인원이 제갈세가를 공격했습니다. 하지만 막대한 피해만 입었을 뿐 얻은 소득은 실로 미미한 정도지요. 그 이유가 무엇이겠습니까? 듣도 보도 못한 괴이한 진법으로 인해 제대로 싸워보지도 못하고 당한 것입니다."

"하면 제갈은이 진법으로 우리의 발걸음을 막는다는 얘긴가?"

"그렇습니다. 그는 북상로마다 온갖 기진을 설치해 우리의 발걸음을 저지하려 할 것입니다."

"그렇지만 진법이라는 것이 애들 장난도 아니고 이만한 병력을 막으려면 꽤나 대규모로 펼쳐야 하는데 그만한 시간이 있을까?"

안휘명이 물었다.

"불가능하겠지요. 하나 제갈은과 제갈세가의 능력을 감안한다면 충분히 괴롭힘을 당할 수 있습니다. 특히 무후 때부터 내려오는 팔진법(八陣法)은 꽤나 난감한 기진으로 난적이 될 것입니다."

"흠, 일리가 있는 말이로군. 그런데 팔진법? 과거엔 어땠는지는 몰라도 팔진법이라면 웬만한 식견을 가진 자라면 모두 알고 있는 가장 기초적인 진법이 아닌가?"

고개를 끄덕이던 나후성이 이해가 되지 않는다는 듯 되물었다.

"그렇지 않습니다. 가장 기초가 되는 진법이라 잘 아는 듯하여도 그 단순함에 담긴 오묘한 힘을 제대로 아는 이들은 전무하다 해도 과언이 아닙니다. 특히 지세(地勢)와 자연기물(自然器物)을 이용하여 펼치는 팔진법은 정말 상대하기 두려운 존재입니다."

"파훼시킬 수 있겠지?"

안휘명이 단도직입적으로 물었다.

"물론입니다. 쉬운 일은 아니지만 불가능한 것도 아니지요. 그러나 시간을 지체하는 것은 불가피합니다."

"어쩔 수 없겠지. 다른 곳도 아니고 제갈세가가 펼치는 진법이니."

안휘명이 인정한다는 듯 고개를 끄덕이자 강소가 조금 전부터 생각하고 있던 의견을 조용히 내비쳤다.

"차라리 제갈세가를 친다면 어떻겠습니까, 궁주님?"

"제갈세가를?"

"안 됩니다."

안휘명을 대신한 온설화의 대답은 전에 없이 강한 어조였다.

"성공할 수는 있으나 피해가 너무 막심합니다. 웅크리고 있는 적을 상대로 일부러 힘을 뺄 필요는 없습니다."

"하지만 자칫 잘못하여 시간을 너무 지체한다면 선발대가 고립될 상황이네. 우리가 저들을 따라잡지 못하는 상황에서 포위망을 뚫은 이들이 역으로 쳐 올라가면 그야말로 최악의 상황이 벌어질 것이네."

나후성이 사뭇 염려스런 몸 동작을 해 보이며 걱정을 했지만 온설화는 태연했다.

"두 가지 변수가 있습니다."

"두 가지라니?"

나후성이 괴이한 표정으로 되물었다. 모양새를 보니 한 가지 변수는 그 역시 알고 있는 모양이었다.

"아시다시피 남하하는 고수들을 막기 위한 패천수호대의 움직임이 그 하나이고 다른 하나는 만독문(萬毒門)의 고수들 중 일부가 포위망에 합세했다는 것입니다."

동시에 이곳저곳에서 탄성이 터져 나왔다.

"오, 만독문이!"

"그것참 다행한 일이로군."

"혹시 독혈인(毒血人)도 있는가?"

"다섯뿐인 독혈인을 함부로 굴리지는 않겠지요. 그러나 문주의 아들이 참여했다고 하니 한 구 정도는 딸려 보냈을 것이라 생각합니다."

"그나마 잘됐군. 독혈인이라면 저들도 꽤나 당황할 것이야. 그 괴물은 누구에게도 쉽지 않은 상대니."

절대적인 힘으로 군림하는 패천궁이 오죽했으면 다섯 이상을 만들지 못하게 했을까? 나후성은 독혈인이 지닌 위력을 생각하며 살짝 몸을 떨었다.

어느 정도 설명이 끝난 듯하자 안휘명이 입을 열었다.

"변수는 변수일 뿐 그 이상도 이하도 아니다. 그것이 빛을 발휘하려면 그것을 얼마나 잘 이용하느냐에 달린 법. 최대한 빨리 도착해야 할 것이다. 무리를 해서라도 속도를 높이라 명하라."

안휘명의 명에 모두의 허리가 직각으로 꺾였다.

"존명."

독혈인(毒血人)

독혈인(毒血人)

"놈들의 공세가 실로 만만치 않습니다."

방금 전까지 치열한 격전을 펼치다 왔는지 거친 숨을 몰아쉬며 보고를 하는 명천(明天)의 얼굴은 하얗게 질려 있었다.

"예상했던 일 아니냐. 그렇게 당황할 것 없다."

제갈세가를 포위하고 있는 각 문파의 수뇌들과 자리를 함께하던 고유는 나름대로 침착성을 유지하며 별일 아니라는 투로 대꾸했다.

"그래, 어느 정도이기에 그리 다급하게 달려온 것인가?"

고유의 눈치를 힐끔 살핀 거륭방(巨隆幇)의 방주 상문동(尙雯瞳)이 물었다.

양 옆으로 가늘고 길게 찢어진 눈이며 염소마냥 가늘게 자란 수염이 꽤나 우스꽝스런 모습이었지만 그런 외모와는 달리 그가 잔인하고 매섭기 짝이 없는 손속을 가지고 있다는 것을 알고 있는 명천은 재빨리 숨을 고르며 대답했다.

"적어도 백여 명은 넘어 보입니다."

지금껏 수세적인 자세였던 제갈세가가 아니던가. 역습치고는 그 규모가 상당한 것에 놀란 고유가 되물었다.

"백여 명? 그 정도라면 제갈세가의 전력이라 해도 과언이 아니지 않느냐?"

"제갈세가뿐만 아니라 다른 세가의 놈들도 보입니다."

"음, 제갈세가를 돕기 위해 왔다는 놈들인가 봅니다."

상문동이 앞에 놓인 술잔을 집어 들며 말했다.

"이미 정면에서 놈들을 막고 있던 흑성문(黑星門)이 무너졌고 그들을 돕기 위해 나선 귀두문(鬼頭門)과 선설파(燼雪派)도 궤멸 직전입니다."

"뭣이! 싸움이 시작되었다고 연락이 온 지가 고작 이각이다. 한데 벌써 그 지경에 이르렀단 말이냐! 그들의 수가 얼마인데……."

나름대로 냉정함을 유지하려 노력하고 있던 고유가 두 눈을 부릅뜨며 벌떡 일어났다.

세 문파가 동원한 무인들의 수는 거의 이백이 넘는 대규모였다. 물론 그 정도의 수로 실력 면에서 월등한 제갈세가의 공격을 막아낸다는 것은 무리였지만 이각이라면 그야말로 손쓸 틈도 없이 일방적으로 학살을 당했다고 봐도 과언이 아니었다.

"흑성문이야 그렇다 쳐도 궁 문주가 직접 나선 귀두문과 선설오객(燼雪五客)이 지휘하고 있는 선설파는 결코 만만치 않은 전력이었을 텐데 그렇게 쉽게 무너졌단 말인가?"

상문동이 악연으로 시작했지만 그것이 최근엔 우정으로 변한 궁해

수(穹咳嗽)의 안위를 걱정하며 질문을 던졌다.

명천의 얼굴이 어두워졌다.

"궁 문주께선 오 초를 버티지 못한 채 목숨을 잃으셨고 선설오객 또한 죽을힘을 다해 합공을 했지만 십여 초를 견디지 못하고 역시 목숨을 잃었습니다."

팍!

상문동의 손아귀에서 춤을 추던 술잔이 산산이 바스러졌다.

"누구냐! 누가 궁 문주를 해한 것이냐!!"

"제, 제갈능입니다."

흠칫 놀라 황급히 대꾸하는 명천, 그 순간 장내엔 깊은 정적이 맴돌았다.

다른 누구도 아니고 무성이었다. 궁해수와 선설오객이 속수무책으로 당한 것도 이해가 갔다

"결국 그가 본격적으로 나섰군."

고유의 입에서 더할 나위 없이 침울한 한숨이 터져 나왔다. 비단 고유뿐만이 아니었다. 이곳저곳에서 침음성과 한숨이 흘러나왔다. 무성이라는 별호는 그만큼 압도적인 힘이 있었다.

바로 그때 한 사내가 몸을 일으켰다.

"그렇게 두려워할 것 없습니다. 놈들을 막아내자면 어차피 건너야 할 산이었습니다. 그자는 우리 만독문에서 맡도록 하지요."

무성이란 이름에 주눅이 들어 한숨을 내쉬는 다른 이들과는 달리 자신만만한 표정으로 나서는 사내는 이십대 중반의 나이에도 무시하지 못할 예기를 뿜어내고 있는 만독문의 소문주 기소강(奇小强)이었다.

"그리만 해주신다면 더 바랄 것이 없겠네."

독혈인(毒血人)

고유가 반색을 하며 환영했다.

"상대는 무성 제갈능이오. 궁 문주과 선설오객을 순식간에 쓰러뜨린 괴물이란 말이오. 솔직히 이곳에 모인 사람 중에는 궁 문주보다 뛰어난 사람도 있겠지만 그 차이는 얼마 되지 않는다고 보오. 내 만독문의 실력을 의심하는 것은 아니나 너무 위험하지 않겠소이까? 행여 낭패라도 당한다면……."

상문동이 짐짓 염려스런 말투로 기소강을 걱정했다. 하지만 속내를 들여다보자면 자신들과 비교해 손색이 없는 궁 문주가 당했는데 무슨 뾰족한 수가 있느냐? 쓸데없이 나서지 말고 목숨이나 보존하라는 듯한 조롱이었다.

그것을 눈치 채지 못할 기소강이 아니었다. 그러나 화를 내지는 않았다. 그저 피식 웃음을 터뜨리며 한마디 했을 뿐이었다.

"만독문을 귀두문 따위와 비교하려 하지 마시오."

"너!"

대노한 상문동이 자리를 박차고 일어나려 했지만 그는 그러지 못했다. 고유가 재빨리 그의 팔목을 잡았기 때문이었다.

동시에 귓가를 파고드는 전음성이 있었다.

[만독문이라는 것을 잊지 마시오.]

유난히 무거운 고유의 전음성에 뭔가를 느낀 상문동이 흠칫 놀라며 재빨리 운기를 했다. 그리고 그의 얼굴은 순식간에 놀람으로 물들었다. 미약하나마 느껴지는 것은 분명 독이었다.

"어, 어느새."

"심각한 것은 아니니까 너무 놀란 표정 짓지 마시구려. 큰 숨을 몇 번 들이쉬면 자연적으로 없어지는 것이니."

"그래도 함께 싸우는 처지인데 너무 심한 것 아닌가?"

고유가 못마땅한 표정으로 물었다. 기소강이 입가에 지었던 미소를 지우며 대꾸했다.

"노선배의 체면을 생각해서 이 정도로 끝낸 것이지 만약 제가 아닌 아버님께서 계셨다면 상 문주는 목숨을 부지하기 어려웠을 겁니다."

"그래도… 후~"

기소강의 부친과는 그 역시 안면이 있었고 폭급한 성정도 알고 있었다. 틀린 말이 아니었기에 고유는 더 이상 질책을 할 수 없었다.

"말씀드린 대로 제갈능이라는 자는 우리 만독문이 맡겠습니다. 그리고 모든 제자에게 이것을 복용하라고 전해주십시오."

명천이 기소강이 내미는 주머니를 받았다.

"그것이 무엇인가?"

"해독약입니다."

"해독약?"

"독을 쓸 생각입니다. 조심은 하겠지만 독이라는 것이 그렇게 쉽게 제어되는 것도 아니고 적과 아군을 구별하는 것이 아니니……."

슬쩍 고개를 돌려 검은 삿갓으로 얼굴을 가리고 시립해 있는 수하를 보는 그의 입가에 너무나도 의미심장한 웃음이 떠올랐다.

"그리고 우리 근처에는 오지도 말라고 하십시오. 해독약을 복용했다고 자만하다간 자칫하면 손쓸 틈도 없이 목숨을 잃을 수도 있으니까요. 그럼 측면 지원이나 확실히 해주십시오."

기분 나쁠 정도로 여유로운 모습을 보이며 사라지는 기소강을 보며 아무도 입을 열지 못했다. 그저 그의 장담대로 만독문이 제갈능을 막아주기만을 바랄 뿐이었다.

　　　　　*　　　*　　　*

 운무(雲霧)에 휩싸인 전방은 아무것도 보이지 않았다. 다만 듣고만 있어도 절로 소름이 끼치고 자신의 목이 잘려 나가는 듯한 느낌을 주는 처절한 비명만이 사람들의 귓가를 자극했다.
 "으아아악!"
 "사, 살려줘!!"
 날카로운 병장기 소리가 들리고 그때마다 귀를 찢는 비명성이 뒤따랐다.
 "문주님, 지원하러 가야 하지 않겠습니까?"
 호정(豪妌)이 다급한 얼굴로 물었다. 그러나 은섬검문(隱閃劍門)의 문주 곽이문(郭梨紋)은 고개를 흔들었다.
 "우리가 나설 때가 아니다. 우리가 해야 할 일은 이곳에서 기다리다 놈들을 기습하는 것이야."
 고유는 제갈세가를 중심으로 그들이 진출을 시도할 여러 길목에 완벽에 가까운 매복을 구축해 놓고 있었다. 그중 은섬검문은 제갈세가의 북문(北門)에서 서북쪽의 산길로 이어지는 조그만 소로를 책임지고 있었다.
 "하지만 오지도 않는 적을 기다리며 시간만 보내다간 저들이 몰살당할 수도 있습니다."
 "그럼 어찌하면 좋겠느냐?"
 "놈들의 모습을 보아하니 일단 서문(西門) 쪽을 집중적으로 노리는 것 같습니다. 차라리 뒤에서 치는 것이 어떻겠습니까?"

"음."

그러나 곽이문은 쉽게 결정을 내리지 못했다. 그가 갈등하는 사이에도 비명은 끊임없이 들려오고 있었다.

"사부님!"

호정이 다급하게 소리쳤다.

"알았다. 그리하자꾸나. 신호를 보내라."

대제자인 호정의 충고를 받아들인 곽이문은 마침내 공격의 결심을 굳힌 듯했다.

호정은 조금도 지체없이 신호를 보냈다.

삐익~

은밀하면서도 평범하기 그지없는 휘파람 소리가 울려 퍼졌다. 몸을 숨기고 있는 이들을 부르는 신호였다. 그러나 운무를 빠져나오는 사람은 아무도 없었다.

삐익~

조금 전보다 다소 날카롭고 커진 음색의 휘파람이 숲을 울렸다.

결과는 다르지 않았다.

"뭣들 하는 거야!!"

당황한 호정이 재차 휘파람을 불려고 입을 오므렸다.

그 순간이었다. 한줄기 비웃음이 그와 곽이문의 귓가로 흘러들었다.

"애쓸 것 없다. 휘파람 소리를 들을 사람은 아무도 없으니."

"누구냐!"

번개같이 몸을 뺀 호정이 검을 치켜세우며 음성의 주인을 찾았다. 하지만 들려온 것은 대답 대신 날카로운 파공음이었다. 그리고 터져 나오는 비명성.

"커컥!"

호정은 자신의 목줄기를 파고든 날카로운 물체가 무엇인지도 알기 전에 목숨을 잃고 말았다.

"정아야!"

곽이문은 애제자의 죽음을 보며 놀라 부르짖었다.

"사제의 정이 돈독하군. 하나 그렇게 애석하게 생각할 것 없다. 금방 따라갈 터이니."

"네놈들이 감히!"

곽이문은 조롱 섞인 음성으로 이죽거리고 있는 중년인, 한때는 당욱과 가주의 자리를 놓고 경쟁을 벌였던 당무흔(唐無痕)을 보며 이를 갈았다.

"아쉬워하지 말라니까."

웃음 띤 당무흔의 음성이 끝나기가 무섭게 어둠 속에서도 하얗게 빛나고 있던 그의 손끝에서 뭔가가 발출되었다.

곽이문은 그것이 호정의 목숨을 빼앗은 것임을 직감하고는 재빨리 몸을 틀며 물체를 낚아챘다.

"이따위 조잡한 물건으로 치졸하게 암습을 하다니."

곽이문이 손가락 사이에 낀 철질려(鐵蒺藜)를 내동댕이치며 노호성을 터뜨렸다.

자신의 공격이 무위로 돌아갔음에도 당무흔은 웃음을 잃지 않았다.

"역시 사부라 실력이 조금 있군. 그렇다고 무작정 잡으면 안 되지. 뭐가 묻어 있는지도 모르는데."

안타까움이 절로 묻어 나올 듯한 그의 음성에 아차 싶은 곽이문이 철질려를 잡았던 손을 살폈다. 철질려에 극독이 묻어 있었는지 손은 어느새 새까맣게 변색되어 있었다.

"비겁한 놈."

황급히 혈을 눌러 독기가 번지는 것을 막은 곽이문이 원독에 찬 눈빛으로 당무흔을 쏘아보며 몸을 날렸다.

"제법 빠르군."

순식간에 접근하는 그를 보면서도 당무흔은 여유를 잃지 않았다. 슬쩍 발걸음을 바꿔 공격을 벗어나면서도 반격을 하지 않았다. 대신 뜻 모를 말을 지껄였다.

"넷, 다섯… 일곱, 여덟. 거기까지."

여덟까지 헤아린 당무흔이 발걸음을 멈추고 불쌍하다는 표정으로 곽이문을 응시했다.

"죽일 놈. 네놈이 언제까지 그런 여유를 부리는지 보겠다."

당무흔의 태도가 자신을 놀리는 것이라 생각한 곽이문은 전신의 진기를 남김없이 끌어올렸다. 그러나 막 걸음을 내딛던 그는 활화산처럼 끌어오르던 진기가 한 줌 먼지처럼 사라지고 머리가 어지럽고 호흡이 가빠짐을 느끼며 그 자리에 주저앉고 말았다.

"이, 이게 무슨……."

영문을 알 수 없었던 곽이문이 힘겹게 입을 열었다.

"팔보추혼(八步追魂)."

사자(死者)에 대한 예의라고 생각했는지 당무흔이 조금은 진지한 음성으로 대답을 했다.

"파, 팔보… 그, 그렇다면… 당가……."

곽이문의 의식은 더 이상 이어지지 못했다. 힘없이 무너져 내리는 그의 칠공에선 검붉은 피가 흘러나오고 있었다.

"끝났군."

곽이문을 끝으로 은섬검문의 삼십 문도는 변변한 대응조차 하지 못한 채 그렇게 전멸당하고 말았다.

대규모의 싸움이 벌어진 지도 벌써 반 시진이 넘었다.

그동안 지키는 데 역점을 두다가 마침내 반격에 나선 제갈세가의 힘은 막강했다. 특히 정면으로 치고 나가 각 문파의 주요 고수들을 제거하는 제갈능의 활약은 단연 발군이었다.

그의 행보는 거칠 것이 없었다. 수도 없이 많은 적에게 둘러싸여 있어도 그의 발걸음을 막을 수 있는 사람은 아무도 없었다. 몇몇 한다 하는 고수들만이 몇 번의 손속을 겨루었고 그나마도 얼마 버티지 못한 채 목숨을 잃기 십상이었다. 거기에 은밀히 뒤로 빠진 당가를 제외한 나머지 세가들의 측면 지원도 상당한 힘이 돼 계속해서 증원되는 적을 맞이하면서도 제갈세가는 거의 일방적으로 적을 몰아붙이고 있었다.

싸움에 있어 승기라는 것은 잡기도 힘들뿐더러 그것을 끝까지 유지하기란 더욱 힘든 법이었다. 더구나 상대의 전력이 그다지 뒤처지지 않고, 아니, 어쩌면 우위에 있는 상황에서는 더욱 그랬다. 자칫 잘못하여 반격의 실마리를 주었다간 낭패를 볼 수 있었다.

닥치는 대로 적을 베면서 제자들과 수하들을 독려하는 제갈극과 팽과해는 누구보다 그것을 잘 알고 있었다.

"멈추지 마라. 손속에 인정을 두어서는 안 될 것이다."

"단숨에 끝내야 한다."

힘들게 잡은 승기를 절대로 놓치지 않겠다는 자세였다.

바로 그때였다.

"으악!"

"크아아악!"

남쪽 어귀에서 난데없이 처절한 비명성이 들리고 기세 좋게 공격을 하던 이들의 진형이 순식간에 무너졌다.

"무슨 일이냐!!"

뭔가 좋지 않은 일이 벌어지고 있다고 직감한 팽과해가 황급히 몸을 날리며 물었다.

대답은 들려오지 않았다. 다만 그를 맞이한 것은 짧은 순간임에도 끊임없이 이어지는 처절한 비명성과 겁에 질려 연신 뒷걸음질치는 제갈세가, 그리고 팽가 무인들의 비참한 모습이었다.

"정신 차려라. 무슨 일이냐?"

그가 정신없이 도주하는 이들 중 팽가의 제자로 보이는 사내의 목덜미를 낚아채며 물었다. 기겁을 하고 소리 지르던 그는 팽과해에게 몇 차례 뺨을 맞고서야 정신을 차렸다.

"네, 넷째 어르신."

"그래, 나다. 도대체 무슨 일이 벌어진 것이냐?"

"괴, 괴물입니다."

"괴물? 괴물이라니?"

헛소리를 해대는 것을 보니 아직도 온전한 정신이 돌아오지 않은 것이란 생각이 들었다.

"정신 차리고 똑바로 말해라. 괴물이라니?"

재차 질문을 던지는 팽과해의 얼굴이 일그러졌다. 그러나 사내는 계속해서 괴물이라는 말만 되풀이할 뿐이었다.

"빌어먹을!"

결국 제대로 된 정보를 얻기 힘들다고 판단한 팽과해는 사내를 뒤로 하고 직접 원인을 알아보고자 하였다.

그렇게 몇 걸음이나 옮겼을까?

팽과해가 잠시 걸음을 멈추고 코를 씰룩거렸다. 묘한 냄새가 후각을 자극했기 때문이었다. 절로 인상을 찌푸릴 만큼 역한 냄새였다.

'독이다.'

팽과해는 그 즉시 호흡을 멈추었다. 특별히 몸에 이상이 온 것이 아님에도 본능적으로 반응한 것이다. 그리곤 주변을 살폈다.

아니나 다를까, 여전히 들려오는 끔찍한 비명성도 비명성이지만 힘 없이 쓰러지고 있는 자들의 안색은 하나같이 흙빛으로 물들어 있었다. 그나마 내공이 강한 몇몇이 힘겹게 버틸 뿐 대다수는 속수무책으로 당하고 있었다.

'독공을 사용하는 자가 있다. 빨리 알려야 한다.'

독은 고수와 하수를 가리지 않고 치명적으로 작용한다. 하수들에 비해 고수들이 쉽게 당하지 않는 이유는 심후한 내공을 바탕으로 독을 억제할 수 있는 능력과 경험이 조금 더 뛰어나서 그런 것이지 만독불침(萬毒不侵)의 경지가 아닌 이상 완벽하게 독을 이겨낼 수는 없었다. 그만큼 독은 상대하기가 까다로웠다. 더구나 이렇듯 다수를 상대로 하여 무차별적으로 하독(下毒)하는 것은 상당히 드문 일로 자칫 소홀히 다루었다가는 돌이킬 수 없는 피해를 입을 수도 있었다.

팽과해는 누가 독을 풀고 마구잡이로 살상을 하는지 알아내는 것보다는 우선 상대가 독을 풀고 있다는 것을 알리는 것이 중요하다고 생각했다. 당가가 함께 있는 이상 빠르게 조치한다면 최소한의 피해로 막을 수 있으리라 여겼기 때문이었다.

"아악!"

그가 막 몸을 돌리려던 찰나 한줄기 비명이 귓가를 강타했다.

너무나도 익숙한 음성이었다.

수천, 수만 명이 한꺼번에 비명을 지른다 하더라도 단번에 알아들을 수 있는 목소리의 주인공은 팽과해가 미처 몸을 돌리기도 전에 무참히 쓰러졌다.

"아, 안 돼!!"

팽과해의 몸이 빛살과도 같이 허공을 가르며 날아갔다. 그리고 간신히 명줄을 붙잡고 있는 청년을 안아 세웠다.

그의 안색은 이미 흑갈색으로 변해 있었다. 찢어진 옷 사이로 드러난 피부 역시 같은 색이었다.

"아, 아버… 지."

고통스러운 듯 오만상을 찌푸린 팽마군이 아버지를 알아보고 힘겹게 말문을 열었다.

"아무 말도 말거라. 군아야, 정신을 놓아서는 안 된다. 힘들더라도 버텨야 한다. 이 아비가 곧 치료를 해주마."

그러나 팽마군은 그의 말을 듣지 않고 있었다.

그는 급격히 꺼져 가는 눈빛으로 부친의 얼굴을 살폈다. 간신히 뻗어 잡은 손에 최후의 힘이 들어갔다. 그리곤 부르르 떨리는 입술로 힘겹게 입을 열었다.

"괴, 괴… 물… 도… 망……."

마지막 말도 제대로 마치지 못한 그는 힘없이 고개를 떨구고 말았다.

"이, 이 녀석. 정신 차려라, 정신을 잃어선 안 돼!"

팽과해는 아들의 몸에 필사적으로 진기를 주입하며 안타까이 부르짖었지만 이미 끊어진 숨이 이어질 리 만무했다.
"군아야……."
망연자실한 표정으로 아들의 이름을 부르는 팽과해의 눈에서 눈물이 흘러내렸다.
사십 평생 하나뿐인 아들이었다. 산고(産苦)를 이기지 못한 부인을 일찍 떠나보내고 홀로 애지중지 키워온 아들이었다. 어려서는 말썽도 많이 피워 힘들게 했지만 커서는 누구보다 아버지를 이해해 주는 듬직한 아들이었다.
그런 아들이, 지금 당장 목숨을 내주어도 아깝지 않을 그런 아들이 무참한 모습으로 누워 있었다. 찢어지는 아픔이 밀려들었다. 하늘이 무너지고 땅이 갈라져도 지금처럼 참담하지는 않으리라.
하지만 그는 아들의 죽음을 애도할 여유조차 갖지 못했다. 날카로운 파공성과 함께 대여섯 개의 암기가 날아들었기 때문이다.
"죽일 놈들!!"
소맷자락을 한번 휘두르는 것으로 암기를 물리친 팽과해가 천천히 몸을 일으켰다. 공격을 막고 몸을 일으키는 동안에도 그의 시선은 아들의 얼굴에서 떨어지지 않았다.
"죽인다."
활화산같이 터져 나오는 기운을 감당하지 못한 옷이 찢어질 듯 부풀어 올랐다. 바람 한 점 없건만 머리카락은 태풍을 만난 듯 휘날렸다. 하늘 높이 치켜세운 도에서는 서릿발 같은 한기와 날카로움이 뿜어져 나왔다.
몸이 움직였다.

십여 개가 넘는 암기가 그의 몸을 노리며 날아들었다. 팽과해는 치켜 올린 도를 재빨리 끌어당겨 암기를 막아냈다. 움직이는 속도는 조금도 늦춰지지 않았다. 아니, 가속이 붙었는지 더 빨라졌다.

"크악!"

그에게 암기를 던졌던 만독문 문도들의 몸이 걸레처럼 찢겨 쓰러졌다. 그저 한번 휘두른 것으로 보였건만 도합 서른두 번의 칼질이 그들의 몸을 휩쓸고 지나간 까닭이었다.

분노로 이글거리는 그의 눈이 다음 상대를 찾고 있었다. 그리고 상대는 차고 넘칠 정도로 많았다.

"모조리 죽인다."

"크윽."

짧고 미약한 외마디 비명과 함께 숲 속에 잠복해 있던 서른여섯의 목숨이 아무도 모르게 이승을 떠났다.

"끝났습니다. 숙부님 쪽에서도 모두 마무리 지었다는 전갈이 왔습니다."

"수고했다. 하지만 고작 한 겹 걷어낸 것뿐이다. 아직도 처리해야 할 놈이 많이 있는 터, 한 치의 방심도 있어서는 안 될 것이다."

"명심하겠습니다."

당가의 장자이자 차기 가주의 자리에 사실상 내정되었다고 해도 과언이 아닌 당온(唐蘊)이 겸손한 자세로 대답했다. 혹여나 마음속에 자만심이 생길까 염려하여 겉으로 드러내지는 않았지만 당욱은 겸손하면서도 당당하기만 한 그의 모습에 내심 흐뭇해했다.

바로 그때 당욱을 향해 한 청년이 다급히 달려왔다.

"백부님!"

"정견(定見)이로구나. 무슨 일이냐?"

"제갈가에서 급한 연락입니다."

"연락? 무슨 연락이?"

당정견의 표정에서 심상치 않은 분위기를 읽은 당욱이 황급히 되물었다.

"독공을 쓰는 자들이 있다고 합니다. 독에 대한 대비가 전혀 되지 않아서 그런지 거의 무방비 상태로 당하고 있답니다. 꽤나 심각한 피해가 발생하는 듯합니다."

"어떤 놈들이 독을 쓴다는 말이냐?"

당욱이 어이가 없다는 듯 되물었다. 다른 누구도 아닌 당가를 상대로 독공을 사용하는 자들이 있을 줄은 꿈에도 생각하지 못했다. 슬그머니 화도 치밀었다.

"아직 정확한 정체는 파악을 못한 듯하나 만독문일 가능성이 높다고 합니다."

순간 당욱의 표정이 확 변했다.

"만독문? 하지만 만독문이 있다는 소리는 못 들었는데?"

당욱이 모르는데 정견이 알 리 없었다. 그는 별다른 대꾸를 하지 못했다.

"아무래도 가보셔야 할 것 같습니다. 저렇듯 다급하게 전갈을 보내 도움을 청할 정도면 일이 급박하게 돌아가는 모양입니다."

당온의 말에 당욱의 고개가 무겁게 끄덕여졌다.

"그래야 할 듯싶구나. 일단은 우리가 가보자꾸나. 네 숙부에겐 계속 움직이라 연락을 하여라. 아니다, 그럴 것이 아니라 네가 직접 가서 숙부를 돕도록 해라."

"하지만 저는 아버님을……."

당온이 멈칫거리자 당욱이 살며시 고개를 흔들었다.

"나는 괜찮다. 어설픈 독공 따위에 당할 내가 아니다."

"알겠습니다."

살짝 불안감을 느끼면서도 당온은 부친의 자신감 넘치는 태도에 안심을 하며 대답을 했다.

'만독문이라…….'

황급히 몸을 돌려 걸음을 놀리는 당욱의 얼굴이 어두워졌다. 자신감 있는 모습을 보여주기는 했어도 걱정이 없을 순 없었다. 만독문이라면 당가와 독을 논할 수 있는 거의 유일무이한 문파였기 때문이었다.

'괴이한 놈이군.'

광풍도라는 명성에 걸맞게 단숨에 십여 명이 넘는 적을 주살한 팽과해가 맹렬히 휘두르던 도를 멈추었다. 그의 시선은 그를 향해 천천히 걸어오는 사내에게 집중되었다.

검은 삿갓을 목에까지 눌러쓴 사내, 별다른 무기도 들지 않았고 걸음걸이도 일정한 그에게선 더할 수 없이 기분 나쁜 기운이 흘러나오고 있었다. 마치 생명을 잃고 차갑게 식은 시신을 마주하는 것과 같이 스산하고 기괴한 느낌. 본능적으로 꺼리게 만드는 묘한 기운이었다.

'위험한 자다.'

팽과해는 조금 전까지 들렸던 끔찍한 비명성이 눈앞의 사내와 연관이 있음을 직감적으로 알 수 있었다. 그리고 그가 하나뿐인 아들을 죽인 자라는 것도 느끼고 있었다.

'네놈이로구나.'

손에 절로 힘이 들어갔다. 하지만 흥분하지는 않았다. 강적을 눈앞에 두고 흥분하는 것은 그냥 목숨을 내주는 것과 다름없는 법이다. 그는 상대가 강할수록 침착하지 못하면 낭패를 본다는 것을 너무나 잘 알고 있었다.

"타핫!"

먼저 공격을 한 것은 팽과해였다.

그는 우선 광풍일순(狂風一瞬)이란 초식을 이용했다.

광풍일순은 그가 익힌 광풍무도(狂風舞刀)의 첫 번째 초식이었다. 광풍일순은 느린 듯하다 상대의 눈앞에서 갑자기 빨라지는 것이 그 움직임을 예측하기가 실로 어려웠다. 그것에 대한 반응으로 상대의 실력이 어떤지 금방 파악할 수 있었다.

그런데 사내는 피하지 않았다. 오히려 정면으로 들이닥쳤다.

"미친……"

예상치 못한 반응에 팽과해의 입에선 허탈한 웃음이 피어올랐다. 별것도 아닌 상대에게 긴장한 자신의 꼴이 그렇게 한심할 수가 없었다. 그러나 그의 웃음이 경악성으로 바뀌는 것은 실로 순식간이었다.

깡!

"헛!"

살을 베고 뼈를 잘라야 하는 느낌은 간데없이 난데없이 들려오는 금속음에 그는 기겁을 했다. 더구나 도신(刀身)을 타고 올라오는 힘에 손아귀가 저려왔다.

무엇보다 그를 놀라게 한 것은 주변에 퍼진 독을 두려워하여 최대한 호흡을 자제하고 있었음에도 단숨에 폐부(肺腑)로 파고드는 독기였다.

극히 소량을 흡입했을 뿐이건만 머리가 어지럽고 전신의 힘이 빠지는 것이 독해도 보통 독한 것이 아니었다.

"독 따위에 지지 않는다."

피가 나도록 입술을 깨문 팽과해가 혼신의 힘을 다해 평생 갈고닦은 절학(絶學)을 펼치기 시작했다.

일진광풍(一陣狂風)과 함께 사내를 향해 무지막지한 공격이 작렬했다. 몸을 돌보지 않고 생명을 담보로 펼치는 팽과해의 공격은 그 누구라도 엄지손가락을 치켜들 만큼 압도적인 힘이 실려 있었다.

그럼에도 사내는 피하지 않았다. 그는 팽과해의 공격을 온몸으로 고스란히 받아냈다. 받아낸 정도가 아니라 오히려 튕겨내기까지 했다. 도기가 그의 옷을 갈가리 찢어놓았지만 그뿐이었다. 구릿빛으로 번들거리는 그의 몸뚱이엔 상처라고 말할 수 있는 것이 하나도 없었다. 가장 큰 흔적이 허벅지 어귀에 난 것이었는데 그나마도 살짝 긁힌 정도에 불과했다.

"괴, 괴물……."

팽과해는 그제야 이곳으로 오기 전에 만난 팽가의 제자와 아들이 죽어가면서 남긴 말을 이해할 수 있었다. 만근거석이라도 가루로 만들어버릴 만한 공격을 받고도 멀쩡하고 움직일 때마다 끔찍한 독기를 뿜어내는 것을 어찌 인간이라 할 수 있을까. 괴물이 아니고서는 진정 있을 수 없는 일이었다.

"컥!"

팽과해가 검붉은 피를 토해냈다. 폐부에 깊숙이 침투하여 순식간에 오장육부를 상하게 만든 독기를 더 이상 억제하지 못한 것이다.

'끝장이군.'

바로 전의 공격에 전신의 힘을 모두 쏟아낸 그는 천천히 다가오는 사내를 보며 죽음을 직감했다. 당장에라도 운기조식을 하여 독에 대항한다면 살 가능성은 있었지만 그럴 여유가 없었다.

'군아야.'

살며시 두 눈을 감았다. 그리고 먼저 떠난 아들의 모습을 떠올렸다. 십수 년의 세월이 주마등처럼 지나갔다.

차가운 손이 가슴을 관통하는 순간까지 팽과해는 눈을 뜨지 않았다.

바로 그때였다.

오로지 공포와 전율만이 존재하는 그곳에 난데없는 파공성이 들려왔다. 동시에 둔탁한 소리가 들려오고 팽과해의 가슴팍을 뚫고 들어간 손을 막 빼내려던 사내가 삼 장이나 뒤로 날아가 처박혔다.

사내를 부리고 있던 만독문의 소문주 기소강을 비롯하여 그를 수행하고 있던 문도들의 눈이 형편없이 처박힌 사내와 그를 공격한 인물에게 일제히 쏠렸다.

"만독문이냐?"

어느새 팽과해의 곁으로 다가선 제갈능이 팽과해의 숨이 끊어진 것을 확인하곤 분노한 음성으로 물었다.

"그렇소이다. 그러는 선배는 뉘시오?"

기소강이 사뭇 긴장하며 되물었다.

팽과해의 무공은 상상외로 뛰어났다. 그런 그의 무공으로도 감히 어쩌지 못한 독혈인을 단 한 번의 공격으로 삼 장이나 날려 버린 인물에 대한 경계가 담긴 음성이었다.

"나는 제갈능이다."

"무성!!"

수뇌들이 모인 자리에서 그토록 자신만만했던 기소강이 그 자신도 모르게 흠칫하며 한 걸음 뒤로 물러났다.

"음."

만독문이 살포한 독 때문에 주변에서 역한 냄새가 가시지 않았다. 아무리 목숨을 걸고 싸움을 한다고는 해도 피아(彼我)를 구별하지 않고 무차별적으로 독을 사용하는 것은 무인으로서 할 짓이 아니라고 생각한 제갈능이 이맛살을 찌푸리며 입을 열었다.

"꽤나 심한 짓을 했구… 음."

제갈능은 미처 말을 잇지 못했다. 삼 장이나 날아가 처박힌 사내, 얼굴을 가리던 삿갓은 이미 사라져 없었고 의복 또한 넝마나 다름없는 사내가 천천히 다가오는 것을 보았기 때문이었다.

'십성의 힘이 실렸거늘.'

혼신의 힘을 다한 것은 아니었으나 그가 펼치는 십성의 공력은 웬만한 고수는 감히 감당하지 못할 만큼 위력적이었다. 조금 전 그의 손에 목숨을 잃은 궁해수나 선설오객을 상대할 때에도 구성 이상의 힘은 사용하지 않았다는 것을 감안하면 그 힘을 능히 짐작할 만했다.

제갈능은 서서히 진기를 모으며 사내를 주의 깊게 살폈다.

구릿빛 피부에 얼굴과 손이 유난히 검었다. 서늘한 기운이 뿜어져 나오는 눈엔 흰자위가 존재하지 않고 오로지 검은 눈동자만이 자리잡고 있었다. 그가 걸음을 옮길 때마다 주변의 잡초들이 순식간에 말라죽었다.

"독혈인이더냐?"

"호~ 선배께서 독혈인을 알고 계실 줄은 몰랐소이다."

기소강이 다소 의외라는 듯 대꾸했다.

"저렇듯 지독한 독덩이는 오직 만독문만이 만들어낸다고 들었다."

"과찬이외다. 아무튼 독혈인에 대해 아신다면 그 위력도 알고 있겠소이다."

처음 그를 볼 때에 순간적으로 느꼈던 막연한 두려움은 이미 사라지고 없는 듯 능글맞게 웃으며 대답하는 기소강은 여유만만했다. 그만큼 독혈인에 대한 확고한 믿음이 있다는 태도였다.

"꽤나 단단한 몸뚱이를 지닌 것으로 알고는 있다. 하지만 못 부술 정도는 아니야."

"훙, 그런지는 두고 보면 알겠지요."

한 발 뒤로 물러서는 기소강이 슬며시 턱을 치켜들었다. 그것이 신호였을까? 그의 곁에서 멈춰 있던 독혈인이 괴성을 지르며 제갈능을 향해 덤벼들었다.

"재밌겠군."

독혈인을 바라보는 제갈능의 입가에 짙은 미소가 지어졌다.

'만독문이란 말인가? 이거 곤란하게 되었군.'

속속 들어오는 보고를 접하는 제갈은의 표정이 심각해졌다.

초반 기선을 제압하는 공격과 은밀히 돌아간 당가의 기습은 스스로 평하기에도 너무나 완벽했다. 특히 당가는 그 이름에 걸맞은 환상적인 활약을 보여주었는데 당장 다섯 곳의 매복지를 뚫어내고 근 백이십이 넘는 인원을 제거하는 데 성공하였다. 그것으로 사실상의 공격은 성공이나 다름없었다. 하지만 갑자기 나타난 만독문으로 인해 모든 것이 꼬이고 말았으니…….

백도에 당가가 있다면 흑도에는 만독문이 있다고 일컬을 만큼 만독문은 당가와 더불어 독에 관한한 타의 추종을 불허하는 실력을 갖추고 있었다. 당장 빗발치듯 날아오는 전갈이 그것을 증명하고 있었다.

"독에 당한 이들이 벌써 사십을 넘었다고 하네."

제갈융의 안색도 제갈은 못지않았다.

"알고 있습니다."

"문제는 지금도 계속해서 당하고 있다는 것이지. 다른 쪽은 문제가 없지만 아무런 준비도 없이 독공을 쓰는 자들과 싸운다는 것은 심각한 문제네."

"저들이 독공을 쓰면 우리도 독공으로 상대해 주면 됩니다. 독왕께서 직접 가셨다니 더 이상의 피해는 막을 수 있을 겁니다. 문제는 광풍도 선배를 물리쳤다는 그 괴물 같은 자인데……."

"분명 만독문에서도 꽤나 중요한 고수일 것이네."

당연한 생각이었다. 팽과해는 팽가는 물론이고 백도에서도 손꼽히는 고수로 통했다. 그가 당했다면 상대는 최소한 한 문파의 장로 이상 되는 실력자라는 것을 의미했다.

"그렇지는 않은 것 같습니다."

"아니라니?"

제갈은의 얼굴이 근심으로 얼룩졌다.

"검기와 도기에도 상하지 않는 강한 몸뚱이를 지니고 있다고 했습니다. 또한 전신에서 상상도 할 수 없는 극독을 뿜어낸다고 합니다. 소제의 기억으로 이런 능력을 지닌 것은 오직 하나뿐입니다."

"그것이 무엇인가?"

"독혈인입니다."

"독혈인이라……."

고개를 갸웃거리며 의아해하던 제갈융의 두 눈이 찢어질 듯 커졌다.
"지, 지금 도, 독혈인이라고 해, 했나?"
"그렇습니다."
"도, 독혈인이라면……."
"공포 그 자체지요. 상대하기가 보통 힘든 것이 아닙니다. 설사 넷째 형님과 같은 실력자라도요."
"그럼 지금 독혈인과 능 아우가 싸운다는 말인가?"
"예. 문제는 넷째 형님이 막지 못하면 여기 있는 그 누구도 독혈인을 막지 못한다는 것이지요. 설사 독왕 선배라도 힘들 겁니다."
"그렇다면 어찌해야 하는가?"
제갈능의 걱정에 또한 전체적인 전세를 걱정하며 제갈융은 어찌할 바를 모르고 있었다. 그러나 다른 문제라면 모를까 예상치 못한 독혈인의 출현에는 제갈은 역시 딱히 이렇다 할 방법이 없었다.
"모르겠습니다. 만독문으로 인해 생긴 전력의 공백은 일단 예비 병력을 모조리 투입해서 만회할 수 있지만 독혈인은… 넷째 형님을 믿어 보는 수밖에요."
싸움이 시작된 이래 제갈은의 안색이 지금처럼 어두웠던 적은 단 한 번도 없었다.

"이미 중독된 사람들은 피독단(避毒丹)을 복용시킨 뒤 뒤로 물러나 치료를 하라 이르고 나머지 사람들에게도 빨리 복용시키도록 해라."
독이 살포된 지역에 도착한 당욱이 황급히 명을 내렸다. 짧은 대답과 함께 그를 따라온 다섯 명의 제자가 바삐 움직이기 시작했다.
"예상외로 피해가 너무 큽니다."

피독단을 삼키며 당욱의 곁으로 다가온 제갈근이 안타깝게 말했다.

"자넨 괜찮은가?"

"이까짓 독에 당할 수는 없지요. 하지만 만독문과 가장 먼저 부딪친 팽가는 전멸을 면치 못했습니다."

"광풍도, 그 친구는 어찌 되었는가?"

당욱이 침울한 표정으로 물었다.

"당했습니다."

"역시……."

이미 짐작했다는 듯 힘없이 탄식성을 내뱉은 당욱이 치열하다 못해 처절하기까지 한 제갈능과 독혈인의 싸움을 가리키며 말했다.

"독혈인… 저 괴물을 상대했다면 목숨을 부지하기 힘들었겠지."

그의 눈에 독기가 피어올랐다.

"만독문! 이 악독한 놈들. 할 짓이 없어서 또다시 저런 마물(魔物)을 만들어내다니!!"

이를 갈며 둘의 싸움을 지켜보던 당욱의 눈에 더없이 심각한 표정으로 싸움을 지켜보는 기소강과 그를 호위하기 위해 주변에 포진하고 있는 만독문도들이 들어왔다.

스산한 눈빛과 함께 당욱의 신형이 움직였다.

"명불허전(名不虛傳)! 어째서 사람들이 무성을 그리도 치켜세우는지 알 듯하군. 당금 무림에 누가 있어 독혈인과 저렇듯 대등한 싸움을 할 수 있단 말인가!!"

하나의 독혈인을 탄생시키기까지 얼마나 힘들고 복잡한 과정이 있는지 또 그렇게 만들어진 독혈인이 얼마나 강한지 누구보다도 잘 알고 있는 기소강은 한 치의 물러섬도 없이, 아니, 오히려 일방적으로 몰아붙이며 공격을 하고 있는 제갈능의 무위에 감탄을 금하지 못했다.
"하지만 인간과 인간의 싸움이라면 모를까 분명 한계는 있다."
아무리 매서운 공격을 펼쳐도 견뎌내는 독혈인, 수없이 꼬꾸라지고 날아가 처박히면서도 꿋꿋이 일어나는 독혈인을 보며 그는 승리를 의심하지 않았다.
기소강의 생각은 정확했다. 비록 팽과해와는 차원을 달리하는 강맹한 검기에 독혈인도 많은 상처를 입기는 했지만 간신히 독기를 억누르며 싸우고 있는 제갈능도 많이 지쳐 있었다.
눈으로 따라잡기도 힘들 정도로 빠르게 놀리던 발걸음도 점점 무뎌지고 간간히 입은 상처는 살을 한 움큼씩 잘라냈어도 순식간에 변색된 것이 보통 위급한 상황이 아니었다. 무엇보다 안으로는 독과 싸우고 밖으로는 독혈인을 상대해야 하는 것이 그를 힘들게 만들었다.
"대단하다는 것은 인정해야겠지만 결과는 변하지 않는다. 내 오늘 이 자리에서 무성을 쓰러뜨리는 만독문의 위대함을 직접 지켜볼 것이다!"
호기롭게 외치는 기소강, 하나 그의 말이 끝나기가 무섭게 차갑기 그지없는 비웃음이 뒤를 따랐다.
"흥, 네놈에게 그럴 기회는 없다."
"누구냐!"
기소강을 호위하던 두 명의 만독문도가 음성의 주인을 찾아 몸을 움직였다. 그렇지만 그들이 볼 수 있었던 것은 순식간에 스쳐 지나가는 검은 그림자와 가슴 어귀에 느껴지는 고통뿐이었다.
"크아악!"

"커흑!"

외마디 비명과 함께 힘없이 쓰러지는 그들의 가슴엔 너무나도 선명한 장인(掌印)이 찍혀 있었다.

"네가 저 마물을 데리고 온 놈이냐?"

일수에 두 명의 목숨을 고혼(孤魂)으로 만들어 버린 당욱이 놀라 쳐다보는 기소강에게 물었다.

"적멸화장(寂滅火掌)!"

의복을 태우고 들어가 수하들의 가슴을 뭉개 버린 장법이 무엇인지 알아본 기소강이 나지막이 중얼거렸다.

"당가로군."

상대가 자신의 무공을 단숨에 알아낼 줄은 몰랐다는 듯 당욱의 눈가에 이채가 흘렀다.

"적멸화장을 알아보다니 제법이구나."

"만독문의 제자가 당가의 무공을 모를 리가 있겠소?"

"위력 또한 알고 있겠구나."

"아직 겪어보지 못해서 모르겠소."

기소강이 기세에 눌리지 않겠다는 듯 소리치며 자세를 잡았다. 그와 더불어 살아남은 일곱 명의 호위가 당욱의 주변을 에워쌌다.

"당가의 실력을 보겠소."

당욱의 시선이 싸늘해졌다.

"실력을 보겠다? 이길 자신이 있는 말투로구나."

"나와 이들이면 충분히 가능하리라 생각하외다."

"네가 저 마물을 데리고 온 순간 너와 네 수하들의 목숨은 이미 끝이 난 것이다."

당욱의 손이 핏기를 잃고 투명하게 변하기 시작했다.
어찌나 투명한지 가닥가닥 이어진 핏줄마저 보일 정도였는데 그것을 본 기소강의 얼굴이 참담하게 일그러졌다.
"빙옥수(氷玉手)!"
빙옥수는 녹피로 만든 장갑이나 여타 도구도 필요없이 맨손으로 독과 암기를 사용할 수 있도록 손을 옥과 같이 단단히 만들어 보호하는 당가의 독문무공이었다. 당가에서도 빙옥수를 익힐 수 있는 사람은 극히 제한된 사람뿐이었는데 그가 알기론 빙옥수는 오직 가주와 가주의 위를 이어받을 소가주에게만 익힐 기회가 주어지는 것이었다.
"그, 그렇다면 당신은……."
눈앞의 사람은 소가주라 하기엔 나이가 너무 많았다. 결론은 하나였다.
"도, 독왕!!"
상대를 알아봄과 동시에 기소강의 몸이 허공으로 치솟았다.
조금 전까지의 자존심은 이미 천 리 밖으로 사라진 지 오래였다. 비겁하다 욕해도 할 수 없었다. 적에게 등을 보이는 것 역시 수치스런 행동이었지만 목숨을 부지하기 위해선 더한 것이라도 할 수 있었다. 다른 사람이라면 모를까 독왕이라면 애당초 상대가 될 수 없음이니.
"이미 끝난 목숨이라고 했다."
싸늘히 외친 당욱의 손이 빠르게 움직였다.
슈슈슉.
뭔가가 허공을 가르며 날아갔다.
소리가 멈춘 곳은 맹렬히 돌진하는 일곱 명의 몸에서였다. 파공성이 끝나는 대신 날카로운 비명성이 그 뒤를 따랐다. 도주하는 주인을 위해 필사적으로 덤볐던 그들은 당욱의 그림자도 밟아보지 못하고 허무하게 목숨을 잃고 말았다.

당욱의 시선은 그들의 주검을 넘어 저 멀리 도주하고 있는 기소강에 이르고 있었다.

"버러지 같은 놈."

제 목숨을 살리고자 수하를 버리고 도주하는 주인처럼 비열한 모습이 또 있을까?

"네놈이 죽어야 할 이유가 또 하나 늘었다."

말이 끝나기가 무섭게 하나의 철접(鐵蝶)이 허공을 가르며 기소강을 뒤쫓았다.

너울너울 날아가는 모습이 영락없는 나비였지만 속도는 나비와 비할 것이 아니었다.

주인의 손을 떠난 철접은 십여 장의 거리를 단숨에 좁혀 기소강에게 짓쳐 들었다. 기겁을 한 기소강이 황급히 몸을 틀며 철접을 회피하려고 하였으나 진기에 의해 조종되는 철접을 피하기란 쉬운 일이 아니었다. 그는 세 번이나 땅을 구른 뒤에야 간신히 철접을 무력화시킬 수 있었다.

"후우~ 하필 독왕이… 컥!"

안도의 한숨을 내쉬며 놀란 가슴을 진정시키던 기소강이 그대로 꼬꾸라졌다.

"컥! 컥!"

땅바닥에서 몸부림을 치며 목을 부여잡던 기소강은 목에 박힌 것을 간신히 빼내 그것의 정체를 확인할 수 있었다.

순간적으로 그의 눈에 불신의 빛이 떠올랐다.

분명 땅에 처박힌 것을 확인했건만 어느새 날아올라 목에 박힌 것은 다름 아닌 철접이었다.

"무, 무슨 놈의 무기가……."

"그렇게 간단히 피할 수 있다면 생사접(生死蝶)이란 이름이 붙지 않았을 것이다."

가소롭다는 듯 외치는 당욱, 이미 숨이 끊어진 기소강은 그의 말을 들을 수가 없었다.

만독문의 등장으로 순식간에 역전되었던 전세는 당욱을 필두로 하여 당가의 무인들과 그들로부터 피독단을 얻은 무인들의 활약으로 다시 뒤집어졌다.

모든 이가 최선을 다해 싸웠는데 동에 번쩍 서에 번쩍 움직이는 독왕의 활약은 눈이 부실 정도였다. 그 누구도 그의 일수를 감당하지 못하고 힘없이 쓰러졌다. 특히 만독문의 문도들은 단 한 사람도 독왕의 손속을 벗어나지 못했다.

장내의 싸움은 순식간에 정리가 되었다.

"문제는 저쪽인데."

어느덧 걸음을 멈춘 당욱이 염려스런 눈길로 제갈능과 독혈인의 싸움을 주시했다.

"후~ 더 이상 시간을 끌면 위험할 것 같은데."

현재 제갈능의 상황은 보기만 해도 위태로울 지경이었다. 공격을 제대로 적중시키지 못하고 피하는 데 급급했는데 힘겹게 몸을 놀리는 것이 이미 한계에 이른 듯싶었다.

그의 짐작대로라면 제갈능은 얼마 버티지 못하고 쓰러질 것이었다. 마음 같아서는 당장에라도 합공을 하여 물리치고 싶었으나 제갈능의 체면을 생각해서 쉽게 행동할 수는 없었다. 하지만 당욱은 곧바로 결심을 굳혔다. 체면도 중요한 것이지만 대적(大敵)을 앞둔 당금의 상황에서 제갈능과 같은 뛰어난 고수는 무엇과도 바꿀 수 없을 만큼 가치가 있기 때문이었다.

바로 그때였다.

금방 쓰러질 것만 같았던 제갈능의 몸에서 빛이 나는가 싶더니 그의 신형이 독혈인을 향해 맹렬히 돌진했다. 어찌나 빠르던지 독혈인이 미처 반응하기도 전에 그의 몸과 독혈인의 몸이 하나가 되듯 겹쳐졌다.

당황한 당욱은 그가 할 수 있는 최대한의 속도로 몸을 날렸다. 하나 그가 도착하기도 전에 어깨 쪽에 일장을 맞고 독혈인에게서 떨어진 제갈능의 몸은 흩날리는 낙엽처럼 날아가 처박혔다.

"안 돼!"

기겁을 한 당욱이 제갈능의 몸을 안아 들었다. 그리곤 빠른 동작으로 그의 전신을 살피기 시작했다.

언뜻 보기에도 제갈능은 살아도 산 사람이 아니었다. 어쩌면 수십 번도 더 죽었어야 할 정도로 많은 상처를 입었고 극독에 중독된 상태였다.

시간이 없었다. 당장 조치를 취하지 않는다면 목숨을 구할 수 없다고 판단한 당욱은 독혈인이 어찌 되었는지를 살필 겨를도 없이 치료를 시작했다. 황급히 뒤따라온 당가의 제자들이 그들을 호위했다.

당욱은 우선적으로 독혈인의 일장에 제대로 맞은 어깨를 살폈다. 그 주변부에 벌써부터 괴사가 일어나는 것이 여간 심각한 상태가 아니었다. 일단 품에 있던 피독단을 복용시켰다. 그리고 빠른 손놀림으로 살을 베어내고 피를 뽑아 어깨에 파고드는 독기를 억눌렀다. 독기가 더 이상 파고들지 않는 것을 확인하고 진기를 주입시키기 시작했다.

그렇게 얼마의 시간이 흘렀을까?

제갈능이 간신히 의식을 찾았다.

"정신이 드는가?"

대답할 힘도 없는지 그는 희미한 웃음으로 대답을 대신했다.

"쯧쯧, 무척이나 심하게 당했네. 완쾌되려면 꽤나 오랜 시간을 보내야 할 걸세. 마물의 독이 워낙 지독한 것이라서."

"노, 놈은……."

"독혈인 말인가? 걱정 말게나. 제대로 해치운 것 같으니."

당욱이 웃음 띤 얼굴로 가슴팍에 검이 꽂힌 채 쓰러져 있는 독혈인을 가리켰다.

"도대체 어떻게 한 것인가? 금방 쓰러질 것 같던 몸에서 그만한 힘이 솟아나오다니. 놈이 끝장난 것도 모르고 자네를 치료하면서 놈이 달려들까 어찌나 간을 졸였는지 모른다네."

제갈능은 대답 대신 쓴웃음을 지었다. 그리곤 곧바로 의식을 잃었다. 하지만 고통으로 일그러졌던 조금 전과는 달리 눈을 감은 그의 안색은 평온하기만 했다.

제 32 장

혈전(血戰)

혈전(血戰)

호남과 사천의 경계에 위치한 황곤객점(凰鯤客店).

주인의 이름은 왕각(王珏)이었다.

비록 규모는 작아도 근처에 유일한 객점으로 제법 짭짤한 재산을 모아 어깨에 힘을 주는 그에게 난데없는 재앙이 들이닥친 것은 동녘 하늘에 떠오른 해가 본격적으로 열기를 뿜어내기 시작한 늦은 오전이었다.

"틀림없겠지?"

"그렇습니다. 분명 말씀하신 자들입니다."

행여라도 상대의 기분을 상할까 두려워하며 굽실거리는 왕각은 자신의 의도와는 전혀 상관없이 흘러내리는 땀방울을 훔쳐 내기에 정신이 없었다.

한데 대답하는 그의 몰골이 말이 아니었다.

눈두덩이는 시퍼렇게 멍이 들었고 헝클어진 머리카락이며 더럽혀진 의복이 모르긴 몰라도 대여섯 번은 땅바닥을 구른 모습이었다.

"어디로 간다고 하더냐?"

추격을 시작한 지도 벌써 닷새째. 그간 을지호의 닦달로 인해 울화가 쌓일 대로 쌓인 한조의 인상은 슬쩍 쳐다보기만 해도 오금이 저릴 정도로 살벌했다.

이미 그에게 한차례 경을 친 왕각은 질문이 끝나기도 전에 대답을 했다.

"사, 사천으로 간다고 했습니다. 아이쿠!"

정강이를 걷어차인 왕각이 죽는소리를 내며 땅바닥을 뒹굴었다. 그 나름대로 성실히, 정성을 다해서 한 대답이었건만 한조의 마음에는 들지 않는 듯했다.

"그럼 여기까지 와서 사천으로 가지 산동으로 갈까! 그리고 사천이 뉘 집 안방인 줄 알아?! 정확히 어디로 갔느냔 말이다!"

"그, 그것까지는……."

정강이를 붙잡고 어쩔 줄을 몰라 하는 왕각, 보다 못한 을지호가 한소리하고 나섰다.

"어이, 견안."

"왜 그러시오?"

퉁명스런 말투였다. 하지만 움찔하며 물러나는 것이 그동안 시달려도 보통 시달린 것이 아닌 듯했다.

"도둑놈이 행선지 얘기하고 다니는 것 봤냐?"

"무슨 뜻이오?"

"간단히 생각해 보면 알 것 아냐. 그놈들 나름대로 조심조심 움직이고 있는 것 같은데 미쳤다고 자신들의 행선지를 마구 떠벌리고 다니겠느냔 말이다."

"알 수도 있는 것 아니오?"

한조가 지지 않고 대답했다. 물론 돌아온 것은 한심해하는 비웃음뿐이었다.

"쯧쯧, 머리라는 것은 생각을 하라고 있는 것이지 싸움할 때 들이받으라고 달고 다니는 것이 아니다. 억지 부리지 말고 대충 끝났으면 빨리 쫓기나 해. 엉뚱한 사람 잡지 말고."

"엉뚱하기는 뭐가……."

"시끄럽고."

발끈하려는 한조의 반응을 한마디로 무시한 을지호가 사중명에게 고개를 돌렸다.

"한조가 이쪽 방면의 달인이라고 하셨는데… 진심이었소? 아무리 봐도 그렇게 보이진 않는데. 이거야 영 믿음이 가질 않으니……."

한조의 얼굴이 형편없이 구겨졌다. 민망하다는 듯 헛기침을 내뱉은 사중명의 낯빛도 붉게 물들었다.

"내가 생각하기에도 저자에겐 더 이상 알아낼 것이 없는 듯하다. 어쨌든 제대로 쫓고 있는 것은 증명됐으니 머뭇거리지 말고 계속 추격해라. 상처를 입혔으니 저자에게도 그에 대한 보상을 하고."

쏘아대듯 말을 마친 사중명은 한조의 대답을 듣지도 않고 몸을 돌렸다. 그리곤 물 주머니에 식수를 챙기고 있는 여상(呂瞥)을 불렀다.

"누군가가 우리를 뒤쫓는 것 같다. 이곳에 숨어 있다가 그들이 누구인지 알아내. 너무 오래 기다릴 필요는 없다. 반나절을 기다리되 아무런 이상이 없다면 즉시 쫓아오고."

"알겠습니다."
 을지호가 괴이하다는 듯 물었다.
"누군가 쫓아오다니 그건 또 무슨 소리요?"
"아직 확실하지는 않네. 다만 우리를 감시하는 눈길이 느껴져서 확인해 보고자 함이네."
"그런 기척은 느끼지 못했는데……."
"확인해 보면 뭔가 알게 되겠지. 일단 조심해서 나쁠 것은 없지 않겠는가?"
"뭐, 그건 그렇소만."
 사중명의 말에 일리가 있다고 여긴 을지호는 더 이상 토를 달지 않았다.
"확실히 해라. 혹시 모르니 조심하고."
 사중명이 한 번 더 당부를 했다.
"맡겨두십시오."
 여상이 자신만만하게 대답했다.
 그러나 정확히 이각이 흐른 후, 그들은 그토록 자신만만했던 여상이 어떤 꼴을 당하는지 상상도 할 수 없었다.

* * *

"팽과해 대협을 비롯하여 목숨을 잃은 자가 도합 삼십육 명입니다. 부상을 당했거나 중독 현상을 보이는 이들은 그보다 조금 많고 특히 팽가는 두 명을 제외하고는 전멸을 당했습니다."
 제갈은의 음성은 침울하기 그지없었다. 한숨짓는 제갈융 역시 그와 다르지 않았다.

"후~ 예상외로 피해가 너무 큰 것 같네. 시간도 많이 지체된 것 같고."

단 한 번의 교전으로 얻은 승리의 대가는 달콤하기보단 참혹했다. 비록 삼백이 훨씬 넘는 적을 궤멸시키고 포위망 또한 완벽하게 걷어냈으나 제갈세가 역시 전력의 반을 상실했다.

"아우의 상세는 어떻습니까?"

제갈근이 조심스레 물었다.

아우라면 제갈능을 일컫는 말이었다. 당욱의 안색이 다소 어두워졌다.

"다행히 생명에는 지장이 없을 듯싶네. 그만한 부상을 당하고도 목숨을 부지할 수 있다는 것을 보면 과연 인물은 인물이야."

"가주께서 살펴주신 덕분이지요."

곁에서 주의 깊게 듣고 있던 제갈융이 사의를 표하고 나서자 당욱은 고개를 흔들었다.

"그 마물의 독은 금방 해독할 수 있을 정도로 간단한 것이 아니었네. 난 그저 약간의 도움을 주었을 뿐 그가 무사할 수 있었던 것은 오직 그의 내공이 심후하기 때문일세."

하지만 당욱의 헌신적인 노력이 아니었다면 제갈능은 독혈인과 싸웠던 바로 그 자리에서 목숨을 잃었을 것이라는 사실은 누구나 알고 있었다.

"그래도 완벽하게 회복하기까진 제법 시간이 걸릴 것 같군. 워낙 부상이 중해서……."

"목숨을 건진 것만 해도 다행이라 생각하고 있습니다. 거듭 감사드

립니다."

"무슨 말을······. 그나저나 남은 인원으로 치고 올라가는 것이 가능하겠는가?"

당욱이 제갈은을 향해 물었다.

"절대 불가능합니다."

제갈은이 단호히 고개를 저었다.

"생각보다 피해가 너무 큽니다. 무리를 해서 공격을 감행할 수는 있겠지만 그리되면 본 가가 위험해집니다. 진법만으론 막을 수 있는 한계가 있으니까요. 또한 말씀드린 대로 시간이 너무 지체되었습니다."

"결국 만독문 하나 때문에 일을 그르쳤군."

사실이 그랬다.

목숨을 잃은 대다수의 사람이 만독문의 독과 독혈인에게 당한 것이나 마찬가지였다. 만약 제갈능이 무리를 해가면서까지 독혈인을 막지 않았다면 싸움의 결과가 뒤바뀌었을지도 모를 만큼 독혈인의 힘은 가공 그 자체였다.

"후~ 모두가 그들의 존재를 눈치 채지 못한 제 불찰입니다."

제갈근이 제갈은의 처진 어깨를 다독였다.

"분명 어제까지만 해도 만독문의 존재는 감지되지 않았어. 아우의 잘못이 아니네."

"자, 어쨌든 싸움의 결과는 이리 나왔네. 이제 어찌하면 좋겠는가?"

제갈융의 말에 제갈은은 잠시 눈을 감았다. 그러나 그 시간은 극히 짧았다.

"일단 지금 이곳으로 오고 있는 오대세가의 정예들을 싸움이 벌어지고 있는 곳으로 돌려야 할 것입니다."

"오대세가의 정예들을?"

당욱이 의외라는 표정으로 되물었다.

"어차피 우리들이 움직이지 못하는 이상 그들이라도 정도맹을 도와야겠지요. 방향을 틀어 서쪽으로 움직인다면 이곳으로 오는 것보다 조금은 더 시간이 걸리겠지만 확실한 도움이 될 수 있을 겁니다."

"흠, 그럴 수도 있겠군."

"또한 그들이 도착할 시간을 벌어주기 위해 계획대로 패천궁의 본진이 북상하는 주요 길목에 진을 설치하겠습니다."

"너무 위험하지 않겠는가? 도주는 했지만 아직도 많은 적이 숨어 있네. 게다가 예상외로 빨리 들이닥칠 수도 있어."

제갈융이 염려스런 표정으로 물었다.

"어차피 위험했던 계획입니다. 그러나 할 수 없습니다. 저들의 본진을 이대로 북상시킬 수는 없으니."

"나와 우리 당가의 식솔들이 자네를 돕겠네."

당욱이 호기롭게 소리쳤다.

"고맙습니다. 가주께서 도와주신다면 위험할 일이 없겠지요. 누가 감히 덤비겠습니까?"

"하하, 당연한 일을 가지고 얼굴에 금칠은 하지 말게나."

"후~ 가주께서 너무 애를 쓰시는 것 같습니다. 아무튼 이 일이라도 의도대로 되었으면 좋으련만."

당욱에게 고개를 숙이는 제갈융의 한숨은 끝이 없었다.

  *   *   *

무한에서 서북쪽으로 삼백여 리 떨어진 곳.

제갈융의 전갈을 받고 급히 진로를 바꾼 오대세가의 정예들은 패천궁의 선발대와 정도맹의 무인들이 대치하고 있다는 대홍산을 향해 발이 보이지 않을 정도로 빠르게 움직이고 있었다.

황보세가의 가주 황보윤, 팽가의 가주 팽무쌍, 악가의 가주 악위군을 필두로 하여 그 인원이 이백을 육박했다.

남궁세가는 무리의 가장 뒤편에서 이동했다.

"많이 처진 것 같은데 괜찮을까?"

"어쩔 수 없지. 천뢰대 때문에 시간이 지체되었다는 소리를 들을 수는 없으니까."

다소 떨어지는 무공 때문에 어쩔 수 없이 뒤로 처진 천뢰대를 걱정하는 해웅과 강유의 안색은 어두웠다.

"너무 걱정하지 마십시오. 하나같이 독종들 아닙니까? 곧 뒤쫓아올 겁니다. 그나저나 늦지는 않았을까?"

고개를 돌려 묻는 물음에 초번이 어깨를 으쓱거렸다.

"뭐, 아직까지는 괜찮은 것 같은데. 정도맹도 필사적이니까."

"그곳에서 밀리면 사실상 끝장나는 것이나 마찬가지니 호락호락 당하지는 않을 거다."

덧붙이는 강유의 말에 해웅이 끼어들었다.

"젠장, 해적질이나 하던 내가 뭐 하는 짓인지 모르겠다. 이런 거대한 세력 싸움에 참여하게 되고. 그것도 우리를 무시하기 바쁜 놈들을 위해서 말이다."

"그래도 해적질하는 것보다는 낫지 않냐? 이게 다 우리 세가를 위해서 하는 일이라고."

"우리를 위해서라니?"

"이번 싸움에서 큰 공을 세워봐라. 누가 감히 우리를 업신여길 수 있겠냐? 하긴, 이미 보는 눈이 달라지기는 했지만."

지난 비무대회에서 남궁세가가 보여준 무위는 충격을 주기에 조금도 부족함이 없었다.

연능천과 강유의 연승도 크게 작용했지만 무엇보다 팽한을 상대로 선전을 한 남궁민과 팽한과 팽무쌍을 압도한 을지호의 실력에 모두들 감복하는 눈치였다. 물론 그날 이후 남궁세가를 대하는 모든 이의 태도 또한 크게 달라졌다.

"좋아, 이참에 우리들의 힘을 만천하에 보여주는 것도 나쁠 것은 없지. 안 그러냐?"

해웅의 말에 연능천이 묵묵히 고개를 끄덕였다. 그에 반해 천도문은 두 눈을 치켜뜨며 호기롭게 소리쳤다.

"물론이지요. 패천궁 놈들 아예 싹 쓸어버릴 겁니다. 빨리 도착했으면 좋겠습니다."

그것은 다른 사람들도 마찬가지였다.

남궁세가는 다른 어떤 세가, 문파보다 한이 많은 이가 뭉친 문파였다. 가문이 거의 멸문에 가까운 피해를 입은 남궁민은 물론이고 그를 따르는 천양, 천음대의 대원들 모두 패천궁으로부터 씻을 수 없는 치욕과 굴욕을 당한 문파의 후예들이었다. 패천궁과의 일전을 앞두고 있는 지금 그들의 심정은 다른 어느 때보다 떨리고 흥분되었으며 날카로웠다.

바로 그 순간, 앞쪽에서부터 웅성거림이 시작되더니 파도를 타는 양 뒤로 전달되었다.

"그렇게 기다리지 않아도 될 것 같군요."

남궁민이 뜻 모를 말을 남기며 황급히 앞쪽으로 움직였다. 강유와 해웅이 그 뒤를 따르고 그녀의 수신호위인 뇌전과 초번도 움직였다.

선두에 도착한 남궁민은 오대세가의 앞길을 막아선 일단의 무리를 볼 수 있었다. 패천궁의 무인들이었다.

"원래는 이곳에서 만날 것이 아니었는데 갑자기 방향을 틀어서 따라잡느라 무척이나 고생했소."

패천수호대의 대주 화천명이 일말의 표정도 없는 얼굴로 말했다.

"흠, 내 듣기로 패천수호대는 궁주의 곁을 떠나지 않는다고 했는데 여기까지 어인 걸음이신가?"

잔뜩 긴장했으나 이를 내색하지 않은 황보윤이 물었다.

"물론 그렇소. 하나 명을 받았으니 어쩔 수 없는 노릇."

"명이라… 그래, 어떤 명을 받았는가?"

"남하하는 오대세가의 정예를 막으라는 명이었소."

"흥, 패천수호대의 명성이 높다는 것은 잘 알고 있다. 그만한 실력이 있다는 것도 알고 있고. 그러나 우리의 앞길을 막을 수 있다고 생각하지 않는다."

그러잖아도 동생 팽과해를 잃은 슬픔에 잠겨 있던 팽무쌍이 냉랭히 대꾸했다.

"솔직히 우리들의 힘만으로도 충분하다고 생각하오."

"건방진!!"

자못 오만해 보이기까지 하는 화천명의 대꾸에 팽무쌍이 당장에라도 손을 쓸 듯 분노를 드러냈다. 그의 반응에 화천명은 조금의 동요도 없이 말을 이었다.

"그러나 군사께서 오대세가의 전력을 상당히 높이 평가하신 터, 어쩔 수 없이 몇몇 어르신을 모시고 왔소."

말을 끝마친 화천명이 몸을 뒤로 돌리며 한 걸음 물러섰다. 동시에 모습을 드러내는 몇몇 노고수. 느긋한 걸음걸이로 나서는 이들의 수는 정확히 열 명이었다.

가장 앞선 노인은 가슴에 커다란 도를 품고 있었는데 황보윤은 그가 누군지 즉시 알아보았다.

"도, 도왕!"

황보윤의 눈이 찢어질 듯 커졌다.

"노부를 알고 있는가?"

동방성이 다소 의외라는 듯 물었다.

"먼발치에서 뵌 적이 있소이다."

그 옛날, 단 한 번 보았을 뿐인데도 상대를 일도양단하는 그 막강한 실력이 지금껏 뇌리에 박혀 있었다. 황보윤은 자신도 모르게 손을 떨고 있었다. 하지만 놀라기는 아직 일렀다.

동방성의 뒤로 모습을 드러낸 이들 모두가 하나같이 쟁쟁한 명성을 떨치고 있는 패천궁의 호법들이었다. 특히 맨 마지막에 천천히 걸음을 옮기던 호리호리한 노인의 정체가 드러났을 때 황보윤과 팽무쌍은 눈앞에 닥친 난관을 결코 간단히 헤치고 나갈 수 없음을 직감했다.

그는 다름 아닌 암왕 낙운기였다.

패천수호대와 패천궁의 호법들로도 부족해 도왕과 암왕까지 모습을 드러냈으니 어쩌면 희망을 갖는 것 자체가 우스운 일일지도 몰랐다.

"오왕 중 두 분을 뵙게 되어 영광입니다. 황보윤이라 합니다."

황보윤이 정중히 허리를 굽히며 예를 표했다.

"음, 황보윤이라면 권왕 선배가……."
"부친 되십니다."
"그렇군. 그래, 권왕 선배는 오시지 않았는가?"
"예."
"아쉽군. 한번쯤은 실력을 겨뤄보고 싶었는데."
낙운기는 진정으로 아쉽게 되었다는 듯 낭패한 표정이었다.
"그러게 말입니다."
동방성이 맞장구를 쳤다.
순간, 팽무쌍 등은 묘한 굴욕감에 사로잡혔다.
그런 태도야말로 '너희들은 상대할 가치가 없다' 라고 강변하는 것과 다름없었기 때문이다.
"후배가 상대해 드리겠소."
"자네는 누군가?"
"팽무쌍이라 하외다."
그의 이름을 듣자 동방성의 눈동자에서 기광이 번뜩였다.
"호~ 팽가의 가주셨군. 어쩐지 기도가 남다르더니만. 좋네, 자네 정도라면 상대로 부족함이 없겠지. 합공을 해도 상관없네."
"합공은 하지……."
그러나 팽무쌍의 말은 이어질 수가 없었다. 그는 말을 잇는 대신 순식간에 접근하는 동방성의 도를 피하기 위해 황급히 발걸음을 놀려야 했다.
"비겁하지 않소!!"
"하하하! 자네가 막지 못할 공격은 아니지 않는가? 자, 그럼 어디 본격적으로 어울려 볼까?"

"쉽지만은 않을 것이외다."

호흡을 가다듬고 자세를 잡은 팽무쌍이 신중히 발걸음을 놀렸다.

"가주를 도와야 할 것이오. 자존심 따위가 문제가 아니오. 자칫하다간 우리 모두 이곳에서 뼈를 묻을 수가 있소."

황보윤이 팽가의 고수들을 보며 나직이 소리쳤다.

그들도 이미 사태 파악을 하고 있었다. 말이 떨어지기가 무섭게 도를 치켜세웠다.

더 이상의 대화는 필요없었다.

동방성과 팽무쌍의 싸움을 신호로 팽팽히 대치하던 양측의 무인이 한데 엉키기 시작했다.

싸움은 한 치의 양보도 없이 치열하게 전개되었다.

패천수호대는 패천궁에서도 가리고 가려서 뽑은 최고의 정예들로 그들 한 명 한 명이 고수가 아닌 자들이 없었다. 그럼에도 쉽사리 승기를 잡지 못했다.

"흠, 제법 만만치 않군. 역시 오대세가야."

조금도 물러섬없이 치열하게 전개되는 싸움을 지켜보던 낙운기는 사람들이 어째서 오대세가를 치켜세우는지 다시금 깨달을 수 있었다.

"이즈음 되면 자네들도 나서야 할 것 같은데."

패천수호대를 따라온 열 명의 노고수 중 본격적으로 싸움에 개입한 사람은 팽무쌍과 그를 따르는 고수들의 협공에도 여유로운 모습을 보이는 동방성, 그리고 시작과 동시에 뛰쳐나가며 살수를 휘두르고 있는 단열(段烈)뿐이었다. 낙운기는 물론이고 나머지 호법들은 맨 뒤에서 아직 움직이지 않고 있었다.

"그렇지 않아도 손이 근질거려서 참을 수 없을 지경입니다."

"하하, 오랜만에 제대로 몸을 풀을 수 있을 것 같습니다."

그들은 낙운기의 말이 떨어지기가 무섭게 저마다 눈여겨보았던 상대를 찾아 몸을 날렸다.

"그럼 어디 나도 움직여 볼까?"

상대는 이미 정해져 있었다.

싸움이 시작된 지 일각도 지나지 않았건만 상대의 실력을 속속들이 파악한 그가 선택한 사람은 악가의 가주 악위군이었다.

"내 상대는 자네밖에 없는 것 같군."

악위군은 아비규환이 따로 없는 전장을 한가로이 누비며 다가온 낙운기를 보며 다소 놀라는 듯했다.

그것도 잠시, 그의 입가에 묘한 웃음이 맴돌았다.

"후배가 상대가 될 수 있을지 모르겠소이다."

"충분하네. 자네는 이곳의 그 누구보다 강하니까."

"과찬의 말씀이시오."

"과찬인지 아닌지는 두고 보면 알겠지. 그래, 검을 사용하려는가? 내 듣기로 악가의 창이 무림의 일절이라 들었는데."

"선배께서 원하신다면 보잘것없는 재주지만 보여 드리겠소."

검을 거둔 악위군이 곁을 지키고 있던 제자로부터 창을 건네받았다. 그리곤 오른발을 몸 뒤쪽에서부터 좌로 교차시키고 비스듬히 누여 잡은 창끝을 빙글빙글 돌렸다.

"선공을 양보하겠네."

"사양하지 않겠소이다."

악위군은 조금도 주저없이 공격했다.

교차됐던 발을 힘차게 내딛자 아래로 향했던 창끝이 어느새 낙운기의 가슴팍을 파고들었다.

낙운기는 슬쩍 뒤로 발을 빼며 공격의 사정권에서 벗어나고자 하였다. 하지만 적당한 거리에서 멈추어야 할 창이 갑자기 늘어나는가 싶더니 순식간에 거리를 좁혀들었다.

"허~"

예상치 못한 빠름, 그리고 생각보다 긴 사정거리에 헛바람을 삼킨 그는 황급히 허리를 젖혔다.

낙운기의 몸이 지면과 거의 나란히 누워버렸다.

"타핫!"

그렇게 반응할 줄 알았다는 듯 어느새 창을 회수하고 허공으로 뛰어오른 악위군이 맹렬한 기세로 창을 내려치고 있었다.

피하기엔 악위군의 창이 너무 빨랐고 자세도 좋지 않았다.

"대단하군."

감탄성을 내뱉은 낙운기가 살짝 몸을 일으키며 손가락을 튕겼다. 그러자 눈으로 식별하기도 어려운 작은 돌멩이가 허공으로 치솟았다. 그것은 창을 잡고 있는 악위군의 손을 노리고 있었다.

상상도 할 수 없을 정도로 빨랐지만 막지 못할 정도는 아니었다. 악위군은 창을 살짝 내려 날아오는 돌멩이를 막았다.

창에 부딪친 돌멩이가 그 힘을 이기지 못하고 산산이 부서져 가루가 되어 흩날렸다. 그리고 그 짧은 순간 낙운기는 위기에서 벗어났.

고작 손톱만한 작은 돌멩이에 공격이 막힐 줄이야 누가 상상이나 할 수 있을까. 오직 암왕이기에 가능했다.

"과연… 암왕이라는 칭호가 무색하지 않소이다."

악위군은 진정 놀란 표정으로 상대를 칭찬했다.

"자네의 공격 또한 예사롭지 않았네. 자, 그럼 이제 내 공격을 받아보게나."

낙운기는 오랜만에 제대로 된 상대를 만났다고 생각했는지 살짝 상기된 표정으로 몇 개의 돌멩이를 집어 들었다.

악위군은 긴장된 표정으로 돌멩이를 살폈다. 그는 아무리 하찮은 돌멩이라도 암왕의 손에 들어간 순간부터는 그 어떤 무기보다 두려운 것으로 돌변한다는 것을 알고 있었다.

"일순간이었지만 공격은 훌륭했네. 방어는 어떤지 궁금하군."

돌멩이를 만지작거리던 손이 움직임을 잠시 멈추는가 싶더니 팔목이 살짝 움직였다.

낙운기가 던진 돌멩이는 정확히 열두 개였다.

맹렬한 파공성과 함께 한 손에서 출발한 것이라 여겨지지 않을 정도로 위아래, 좌우로 퍼진 돌멩이는 악위군의 각 요혈을 노리며 일제히 날아들었다.

눈으로 쫓아가기에도 버거운 속력이었다.

"타핫!"

나직한 기합성과 함께 악위군의 창이 움직였다.

파파팍!

가슴팍을 향해 오던 두 개의 돌멩이가 창끝에 부딪쳐 흔적도 없이 사라졌다. 허벅지를 노리며 날아들던 돌멩이가 사라진 것도 거의 동시였다.

악위군의 손에 들린 창은 하나였건만 접근하는 돌멩이를 차단하기 위해 움직이는 창은 돌멩이의 수와 같은 열두 개였다. 마치 분신술이라도 부리듯 늘어난 창은 환상적인 움직임과 함께 단 한 개의 돌멩이도 접근시키지 않았다.

그가 창을 거두고 호흡을 가다듬자 낙운기는 경탄해 마지않았다.

"놀랍군, 정말 놀라워."

"손속에 인정을 두신 덕분이외다."

"자네의 실력이 뛰어난 것이네. 아무튼 서로의 실력은 대충 보아 알았으니 이제 본격적으로 겨뤄보세나."

순간 낙운기의 기도가 순식간에 변했다. 허허롭고 여유롭기만 하던 모습은 간데없고 그의 전신에서 엄청난 예기가 뿜어져 나오기 시작했다.

자신도 모르게 침을 삼킨 악위군의 손에 절로 힘이 들어갔다.

"물러서지 마라! 패천수호대의 명예가 걸린 일이다!"

화천명이 목이 터져라 소리쳤다.

종횡무진 전장을 누비며 오대세가의 무인들을 쓰러뜨리는 그의 실력은 어째서 그가 패천수호대의 대주가 될 수 있었는지 여실히 보여줄 만큼 발군이었다.

빠르고 격하게 움직이면서도 그의 동작에는 조금의 군더더기도 없었다. 그는 가장 효과적인 공격을 했고 최선의 방어를 했다. 그 누구도 그와 십 초식 이상을 겨루지 못했다. 그나마 황보가의 장자 황보군만이 그와 더불어 이십여 초가 넘는 손속을 교환했을 뿐이었다. 물론 일방적인 수세 속에서 큰 부상을 입고 물러났지만.

그의 발걸음이 막힌 곳은 남궁세가의 무인들이 있는 곳이었다.

"너는 누구냐?"

화천명이 자신을 막아선 사내에게 물었다.

"강유."

"남궁세가의 사람인가?"

"그렇다."

"남궁세가라… 아무튼 좋은 자세다. 쾌검을 사용하나?"

강유는 대답 대신 살짝 고개를 끄덕였다.

"그렇다면 일합의 승부로군."

검을 거둔 화천명은 거의 무방비 상태로 강유에게 접근했다. 강유는 움직이지 않았다.

검을 뻗는다면 그대로 목숨을 취할 수 있을 만큼 접근을 하고서야 걸음을 멈춘 화천명이 입을 열었다.

"나도 꽤나 빠른 검을 자랑한다."

말을 하는 동안에도 그는 강유의 눈에서 시선을 떼지 않았다.

질식할 것만 같은 긴장감이 둘 사이에 흐르고 있었다. 다만 강유보다는 화천명이 한결 여유가 있었다.

강유는 화천명의 눈동자를 보며 그의 움직임을 파악하려고 하였지만 상대의 눈에선 아무런 정보도 얻을 수 없었다.

전신의 세포가 꿈틀댔다. 손가락에 잔 떨림이 왔다. 뭔가를 해야 한다고 느끼고는 있어도 몸이 움직이지 않았다.

나름대로 일취월장한 실력을 갖춘 강유에게도 화천명이란 인물은 거대한 장벽과 같았다.

그렇게 대치하기를 잠시, 둘 사이로 부러진 검날이 날아들었다.

바로 그 순간, 화천명과 강유의 어깨가 동시에 움직였다.

"크윽."

누군가의 입에서 탁한 신음성이 터져 나왔다.

신음성의 주인은 강유였다.

길게 뻗은 화천명의 검이 강유의 폐부를 찔렀으나 그의 검은 화천명의 목에서 다섯 치 정도의 거리에 멈춰져 있었다.

'진 건가?'

강유는 상대에게 패했다는 사실, 그리고 전신을 타고 흐르는 고통보다도 상대의 움직임을 읽어내지 못했다는 것에 화가 났다.

검을 뻗는 화천명의 눈에선 조금의 동요도 없었다. 그가 움직이는 것을 알았을 땐 이미 찰나의 시간이 지난 뒤였다. 그때 이미 승부는 끝난 것이나 다름없었다.

화천명의 움직임을 조금만 더 빨리 감지했더라면, 자신의 팔이 다 펴졌더라면 패한 사람은 자신이 아니라 화천명이었을 것이다.

"빌어먹을!"

강유의 신형이 급격히 흔들렸다. 그리곤 힘없이 무릎을 꿇었다.

'후~ 꽤나 아슬아슬했어.'

분명 먼저 기회를 잡았고 발검도 빨랐음에도 강유의 검은 순식간에 그 차이를 좁혀 버렸다. 쓸데없는 객기로 하마터면 목숨을 잃을 뻔한 화천명은 짧은 한숨을 내쉬며 놀란 가슴을 쓸어내렸다.

"이놈!"

조금 떨어진 곳에서 싸우고 있던 해웅이 힘없이 쓰러지는 강유의 모습을 보며 미친 듯이 달려왔다.

'저자 역시 남궁세가.'

강유의 모습을 보고 그토록 노한 것을 보니 그 역시 남궁세가의 사람일 것이다.

아무리 목숨을 걸고 싸우는 상황이었지만 화천명은 을지호와 비사

혈전(血戰) 163

걸의 체면을 생각해서라도 남궁세가 식솔들의 목숨을 함부로 빼앗을 수는 없었다. 애당초 그런 사정을 감안하지 않았다면 강유를 쓰러뜨린 검도 폐가 아닌 심장에 박혀 있을 것이었다.

상처 입은 곰처럼 우직하게 달려드는 그를 향해 화천명의 검이 움직였다. 그는 적당히 상처만 입히리란 생각에 검에 실린 힘을 상당 부분 거둬들였다.

그것은 틀림없는 그의 실수였다.

깡!

인육(人肉)과 오랜 제련 끝에 탄생한 검이 부딪치는 소리치고는 무척이나 낯선 소리가 울려 퍼지고 화천명은 자신의 검이 힘없이 튕겨져 나가는 황당한 경험을 해야 했다.

"헛!"

그의 입에서 다급한 음성이 터져 나왔다.

튕겨져 나간 검을 수습할 시간도, 미처 몸을 피할 틈도 없이 들이닥친 해웅의 몸이 그의 가슴팍을 들이받았다.

"큭!"

해웅의 육중한 몸에 부딪친 화천명의 신형이 끊어진 연처럼 오 장여를 날아가 땅에 처박혔다.

"괜찮으냐?"

단번에 화천명을 날려 버린 해웅이 강유를 안아 들었다.

"뭐… 그런… 대로."

강유가 씨익 웃으며 대꾸했다. 그러나 급격히 흔들리는 눈동자가 결코 작은 부상이 아님을 보여주고 있었다.

"상세가 어떻습니까?"

어느새 곁으로 다가온 천도문이 거친 숨을 몰아쉬며 물었다. 꽤나 치열한 싸움을 벌였는지 그의 몸 이곳저곳에 혈흔이 보였다.
"모르겠다. 우선 안전한 곳으로 옮겨야겠다."
"어서 피하십시오. 저자는 제가 막겠습니다."
천도문이 잔뜩 긴장한 음성으로 말했다. 뭔가 심상치 않다고 느낀 해웅이 그의 시선을 따라 고개를 돌렸다.
"후~ 무척 아픈데. 꽤나 단단한 몸뚱이를 지니고 있어."
입으로는 웃고 있었으나 한 발 한 발 내디디며 걸어오는 화천명의 기도는 조금 전과 비할 바가 아니었다.
최후의 순간에 호신강기를 일으켜 몸을 보호했기에 망정이지 일말의 방심에 자칫 목숨을 잃을 뻔했던 화천명의 뇌리엔 해웅이 남궁세가의 사람이라는 것은 깨끗이 사라지고 없었다. 오직 자신의 목숨을 빼앗으려는, 죽이지 못하면 죽임을 당하는 적으로만 여길 뿐이었다.
"혼자선 무리다. 나와 함께하자."
천도문의 곁으로 다가선 사람은 연능천이었다. 그 역시 먼발치에서 강유의 위기를 발견하고 달려온 것이었다.
"무척이나 강한 놈이다."
두 사람의 무공을 믿지 못하는 것은 아니었지만 강유를 쓰러뜨리고 혼신의 힘이 담긴 자신의 공격에 제대로 맞고서도 멀쩡히 일어난 상대였다.
"우리도 강합니다."
물과 불처럼 판이한 성격을 가지고 있는 두 사람이 동시에 대답했다.
"알았다. 금방 돌아오겠다."

걱정은 됐지만 망설일 시간이 없다고 생각한 해웅은 강유를 들쳐 업고 즉시 몸을 날렸다.

그의 등 뒤로 천도문과 연능천의 기합성이 들려왔다.

"어린 계집이 제법이구나."

"시끄럽다, 노물!"

"쌍판때기도 더럽게 생긴 늙은이가 감히 어따 대고 그 더러운 입을 함부로 놀리느냐!!"

초번과 뇌전이 상대를 향해 욕설을 퍼부었다. 하나 정작 모욕을 당한 남궁민은 아무런 대꾸도 하지 않았다. 그저 흐트러진 기혈을 가다듬기 위해 필사적으로 애쓸 뿐이었다.

남궁민과 그녀를 보호하는 두 수신호위 뇌전, 초번은 지금 패천궁의 호법 금룡수(擒龍手) 탁강강(卓剛剛)을 맞이하여 무척이나 힘든 싸움을 하고 있었다.

탁강강은 금룡수라는 별호만큼 뛰어난 금나수(擒拿手)와 조공(爪功)을 지닌 자로 금룡팔해(擒龍八解)라는 금나수법과 두 치가 넘는 손톱을 이용하여 펼치는 비응혈조(飛鷹血爪)는 무림의 일절로 인정받고 있었고 도왕 동방성과 천초를 겨룰 정도로 대단한 것이었다.

"나이도 어린 놈들이 버르장머리가 없어도 보통 없는 것이 아니로구나."

"퉤퉤! 너 같은 노물에게 예를 차리느니 차라리 혀를 깨물어 뒈지고 말겠다."

뇌전이 누런 가래침을 뱉으며 욕설을 퍼부었다. 한데 그의 몰골이 말이 아니었다.

산발한 머리며 찢어진 의복은 둘째 치고 조공에 당한 듯 왼쪽 뺨에 흉측하게 패인 다섯 줄의 상처에선 아직도 피가 흐르고 있었다. 어깨의 살점도 짐승의 발톱에 당한 듯 뭉텅이로 떨어져 나가 있었다. 그뿐만이 아니었다. 왼쪽 팔은 어깨부터 탈골된 것인지 아니면 아예 부러진 것인지 힘을 받지 못하여 덜렁거리고 있었고 제대로 서 있지 못하는 것을 보면 다리에도 꽤나 심각한 부상을 당한 듯했다.

그럼에도 그는 조금도 물러서지 않았다. 그에겐 목숨을 바쳐서라도 가주인 남궁민을 보호해야 할 책임이 있었기 때문이다.

그것은 초번 역시 마찬가지였다.

뇌전에 비해 상처가 가볍기는 했으나 초번 또한 만만치 않은 상처를 입고 있었다.

"사지가 떨어져 나가도 그 따위 말을 내뱉는지 내 두고 보겠다."

잔인한 살소를 지은 탁강강이 손가락을 까딱거렸다.

손톱을 붉게 물들인 것은 그들의 피였고 군데군데 묻어 있는 흔적은 그들의 살점이었다.

초번과 뇌전은 잔뜩 긴장하며 그의 공격에 대비했다.

그 둘에 비해 외상은 없었지만 내상 때문에 잠시 물러나 있던 남궁민도 마구 날뛰는 기혈을 간신히 제어하고 다시 싸움에 나섰다.

탁강강의 몸이 허공으로 뛰어올랐다.

마치 날개를 펴듯 양손을 활짝 펴며 접근하는 그의 모습은 사냥감을 노리며 하강하는 매의 모습과 닮아 있었다.

그가 노리는 사람은 그를 향해 유난히 욕설을 퍼부어댄 뇌전이었다. 다리가 불편한 뇌전은 그 자리에서 꼼짝도 않고 검을 치켜들었다.

카캉.

뇌전의 검과 탁강강의 손톱이 부딪치며 기괴한 마찰음을 냈다.

탁강강의 손이 전광석화같이 움직이며 검을 낚아챘다.

오른손의 손톱을 이용해 검을 결박한 탁강강이 교묘한 각도로 왼팔을 휘둘렀다. 붉은빛이 감도는 손톱이 뇌전의 두 눈을 노리며 접근했다.

깜짝 놀란 뇌전이 검을 움직이려 했으나 요지부동, 어느새 다리마저 그에게 밟혀 있어 몸을 뺄 수조차 없었다.

"죽어라, 노물!"

기왕 당할 바엔 발악이라도 하자는 심산인지 뇌전이 머리를 들이밀었다. 뒷골목에서나 볼 수 있는 듯한 박치기였다. 그러나 그의 머리가 도착하기 전에 방향을 튼 탁강강의 손톱이 관자놀이를 노리며 접근했다.

"호호호."

탁강강은 이제 곧 버릇없기가 하늘을 찌르는 건방진 애송이의 뇌수를 볼 수 있겠다는 생각에 회심의 미소를 지었다.

실로 위험한 순간이었다.

"멈춰랏!"

뇌전의 목숨이 경각에 달린 찰나 남궁민과 초번의 검이 동시에 움직였다.

남궁민의 검은 뇌전에게 향하는 팔을 공격하고 초번은 다리를 노렸다.

"홍."

나직한 냉소와 함께 탁강강의 재빠른 반응이 이어졌다.

그는 우선 뇌전의 관자놀이를 향하던 팔을 돌려 남궁민의 검을 쳐냈다. 동시에 뇌전의 움직임을 봉쇄하던 다리를 들어 그의 정강이를 걷어찼다.

"크악!"

다리가 부러지는 고통을 참지 못하고 주저앉는 뇌전의 입에서 비명성이 터져 나왔다. 충격이 컸는지 그는 곧바로 의식을 잃고 말았다.

탁강강의 공격은 거기서 끝나지 않았다.

그는 뇌전의 다리를 부러뜨린 오른쪽 발을 들어 초번의 검을 위에서부터 밟아 눌렀다. 그 힘이 어찌나 강한지 검의 방향을 틀거나 뺄 사이도 없이 지면과 발바닥 사이에 끼어버렸다.

당황한 초번이 검을 빼기 위해 힘을 쓰는 사이 빙글 몸을 돌린 탁강강의 발이 그의 옆구리를 걷어찼다.

"컥!"

단말마의 비명과 함께 날아가는 초번.

둔탁한 격타음이 들린 것으로 보아 목숨은 몰라도 최소한 갈빗대 서너 개는 부러진 모양이었다.

단숨에 뇌전과 초번의 움직임을 봉쇄한 탁강강의 시선이 홀로 남은 남궁민을 향했다.

입술을 질끈 깨문 남궁민이 그가 펼칠 수 있는 최강의 무공 제왕검법을 사용하여 탁강강을 공격했다. 그러나 지난 황보세가의 비무에서도 보았듯이 그녀의 제왕검법은 완전한 것이 아니었다. 더구나 그것은 막강한 내공을 바탕으로 펼쳐야만 비로소 그 위력을 보이는 무공이었다. 이미 한차례 큰 내상을 당한 남궁민으로선 분명 무리가 있었다.

기혈이 역류했는지 입에선 피가 흘러나왔고 움직임 또한 활기차지 못했다.

혈전(血戰)

탁강강 정도 되는 고수가 그런 공격을 피하지 못할 리가 없었다.
"계집, 아까의 기세는 어디 간 것이냐?"
좀 더 그럴듯한 공격을 기대했던 탁강강이 짜증난다는 듯 소리쳤다. 그의 심정을 대변이라도 하듯 기묘한 움직임으로 검을 피해 그녀에게 접근하는 손은 너무나 빠르고 날카로웠으며 무시무시했다.
탁강강은 남궁민이 미처 반응할 사이도 없이 손목을 제압하더니 힘없이 떨어지는 검을 발로 차버렸다. 검은 까마득히 날아가 전장 한복판으로 떨어졌다.
"아!"
더 이상 방법이 없었다. 그녀는 목줄기를 파고드는 손톱을 보며 도저히 피할 길이 없다 여기고 체념 섞인 표정으로 눈을 감았다.
바로 그때였다.
"안 돼!"
누군가의 다급한 음성이 들려오자 남궁민은 감았던 눈을 번쩍 떴다. 눈을 뜬 그녀는 자신의 앞을 가로막고 있는 한 사람을 볼 수 있었다.
"크으으."
왼쪽 손의 공격을 어깨로 받아내고 재차 휘두른 오른쪽 손의 공격을 옆구리로 받아낸 사람은 다름 아닌 황보, 아니, 남궁류였다.
"피… 피하… 세요."
힘없이 고개를 돌린 남궁류가 안타깝게 소리쳤다.
"빠… 빨리……."
"너… 너… 누, 누가 도와달라고…….''
더없이 커진 눈으로 무참히 무너져 내리는 동생을 보는 남궁민은 뭐라 말을 잇지 못했다. 그녀는 바로 앞에 적이 있다는 것도 생각하지 못하는 듯 멍한 표정이었다.

"쯧쯧, 쓸데없는 발악들을 하고 있구나."

혀를 끌끌거리며 접근하는 탁강강의 얼굴에 조소가 가득 떠올라 있었다.

"어련히 알아서 죽여줄까. 윽!"

그런데 끝장을 내주겠다는 듯 거들먹거리던 탁강강의 입이 쩍 벌어졌다.

"크크큭. 재수대가리없는 늙은이… 이대로 끝날 줄 알았냐?"

탁강강의 발등에 단도를 쑤셔 박은 뇌전이 키득거리며 웃었다. 단도는 발등과 땅바닥을 뚫고 들어가 손잡이만 보일 정도로 깊게 박혔다. 잠시 기절했다가 깨어난 그가 남궁민의 위기를 보고 최후의 힘을 짜낸 것이다.

"버러지 같은 놈!!"

다리로부터 밀려오는 통증이 머리끝까지 타고 올라왔다.

고통보다는 애송이 따위에게 당했다는 수치감에 치를 떤 탁강강은 발등에 꽂힌 단도를 뽑을 생각도 하지 않고 성한 발을 들었다. 그리곤 단숨에 밟아 죽이겠다는 듯 뇌전의 머리를 향해 힘껏 내리찍었다.

절체절명의 순간이었다.

심각한 부상을 당한 초번과 남궁류는 움직일 수가 없었고 그나마 성한 남궁민은 아직 정신을 차리지 못하고 있었다.

"먼저 간다."

이미 죽음을 직감했는지 뇌전은 초번을 향해 웃음 지었다.

예리한 파공성이 들린 것은 바로 그 순간이었다.

쐐애액!

공기를 갈가리 찢을 듯 날카로운 소리와 함께 열 발도 넘는 화살이 탁강강을 노렸다. 화살의 빠르기가 예사롭지 않다고 느낀 탁강강이 재빨리 발을 거두고 신중히 팔을 휘둘렀다. 그의 손톱과 강기가 실린 소맷자락에 막힌 화살이 땅에 떨어졌다.

화살을 막은 탁강강은 뇌전을 향해 또다시 살수를 뻗었다. 그만은 반드시 죽이고 말겠다는 태도였다. 그러나 그는 성공하지 못했다. 간발의 차이로 먼저 날아온 두 발의 화살이 각각 뇌전의 몸통과 허벅지 쪽의 옷을 꿰더니 그를 옆으로 살짝 이동시켰기 때문이었다.

"흐흐흐, 드디어 왔군."

탁강강을 공격하고 자신을 구한 화살이 누구의 것인지를 파악한 뇌전이 실없는 미소를 지었다.

"어디서 잔꾀를 부리느냐!"

눈앞의 고기를 놓친 맹수가 그러할까.

화가 치밀 대로 치민 탁강강이 그를 잡기 위해 몸을 날렸다. 하지만 발등 깊이 박힌 단검이 그의 움직임을 가로막았다.

그는 목의 심줄이 튀어나올 정도로 이를 악물더니 단검을 빼기 위해 허리를 숙였다.

그 순간, 또다시 한 무더기의 화살이 날아들었다.

"빌어먹을!"

단검을 뽑는 것을 포기한 탁강강은 침착히 화살을 막아갔다. 그의 손이 움직일 때마다 화살이 하나씩 땅에 떨어졌다.

그러나 그것은 시작에 불과했다.

처음 그의 가슴 쪽으로 날아들던 화살이 점점 방향을 바꾸기 시작했다. 그 수 또한 기하급수적으로 늘기 시작했다.

하나를 막으면 어느새 다른 하나가 똑같은 자리를 노리며 날아들었고 그것을 막아내면 또 다른 화살이 날아들었다. 더구나 목표가 머리, 목, 가슴, 복부, 팔다리로 분산되면서 탁강강은 정신을 차릴 수가 없었다. 발이 묶인 상황에선 버티기가 힘들다고 판단한 그가 죽을힘을 다해 다리를 뽑아 들었지만 이미 그가 움직일 방향은 완전히 차단된 상태였다.

마침내 그의 왼쪽 허벅지에 한 개의 화살이 적중했다.

"큭!"

그의 입에서 단말마의 신음성이 터져 나왔다. 그 찰나 또 하나의 화살이 그의 발목에 박혀들었다. 공교롭게도 뇌전에 의해 다친 발등 바로 위였다.

"크아악!"

탁강강의 입에서 괴성에 가까운 비명이 흘러나왔다.

기회를 놓치지 않겠다는 듯 화살의 공세는 더욱 거세졌다. 이제는 승리가 아닌 생존을 위해 필사적으로 막는 탁강강의 노력에도 그의 몸에 꽂히는 화살은 하나씩 늘어만 갔다. 그리고 혼신의 힘을 다한 천뢰대주 율천의 화살이 그의 목에 박히면서 남궁세가를 유린하던 거목은 쓰러졌다.

확인 사살을 하듯 쓰러진 몸으로 두 발의 화살이 더 날아들었다.

"괜찮으십니까?"

한달음에 달려온 율천이 물었다.

"율 대주가 우리의 목숨을 구했어요."

죽음의 위기에서 벗어난 남궁민이 안도의 한숨을 내쉬며 고개를 끄덕였다.

"정말 기막힌 순간에 도착했다. 난 이대로 황천으로 가는 줄 알았는데."

왕욱의 부축을 받으며 몸을 일으킨 뇌전이 목을 긋는 시늉을 하며 기꺼워했다.

"하하, 꽤나 심하게 당하셨군요."

"저 늙은이가 워낙 지독해서 말이야."

"그나마 늦지 않아서 다행입니다. 자, 뭣들 해? 가주님과 동생 분, 그리고 두 분 호위님을 빨리 모셔."

그의 명에 따라 부상자들이 순식간에 뒤로 옮겨졌다.

부상자들의 안전을 확보한 율천과 천뢰대원들이 숲으로 몸을 숨겼다. 본격적으로 싸움에 끼어들기 전 안전을 위한 거리를 확보하기 위함이었다.

"목표는 좌측, 키 큰 놈."

율천의 명에 따라 천뢰대원들의 화살이 일제히 한 사람을 향해 겨눠졌다.

율천의 궁에서 가장 먼저 화살이 날아갔다. 그것과 동시에 여섯 발의 화살이 허공을 갈랐다.

"으악!"

난데없이 날아온 화살에 상대를 핍박하고 있던 패천수호대 대원은 기겁하지 않을 수 없었다. 황급히 검을 휘둘렀지만 그의 검에 막힌 화살은 정확히 네 개뿐, 세 개의 화살이 그의 몸에 적중했다. 물론 그에게 밀리던 사내의 검도 그의 배를 가르고 지나갔다.

천뢰대의 도움으로 위기에서 벗어난 천양대 소속의 좌청(左靑)은 화살의 주인이 누구인지 직감하고 숲을 향해 검을 흔들었다.

시간이 흐를수록 싸움은 처절의 극을 이루고 있었다.

상대를 죽이지 못하면 죽는 냉정한 상황에서 사망자와 부상자가 속출하고 고작 삼각여의 시간이 흘렀을 뿐인데도 양측의 인원은 삼 분지 일 이상 줄어 있었다.

초반의 전황은 딱히 어느 쪽이 우위에 있다고 말할 수 없을 만큼 팽팽하게 유지되었다. 하나 본격적으로 움직이기 시작한 패천궁의 노고수들로 인하여 수적인 열세에도 불구하고 승부의 추는 패천궁 쪽으로 기울고 있었다.

그것을 다시 원점으로 돌려놓은 것이 바로 천뢰대였다.

뒤늦게 도착하자마자 위기에 빠진 남궁민과 뇌전 등을 구한 그들이 본격적으로 손을 쓰기 시작하면서 지쳐 가던 오대세가는 가히 천군만마라도 얻은 듯 기세를 올렸다. 반면에 언제 어디서 날아올지 모르는 화살을 신경 쓰며 싸워야 했던 패천수호대는 당황한 기색이 역력했다.

그들이 날리는 화살은 한 사람을 공격하되 단 한 개의 화살도 같은 곳을 노리지 않았고 빗나가는 법이 없었다.

순식간에 다섯 명이 화살에 맞아 목숨을 잃고 말았다.

수하들의 피해가 기하급수적으로 증가하자 허연 수염을 휘날리며 살수를 펼치고 있던 단열이 몇몇 대원을 이끌고 천뢰대원들이 은신하고 있는 숲으로 접근을 시도했다. 그러나 을지호로부터 철저하게 훈련받은 천뢰대는 결코 호락호락하지 않았다.

율천을 중심으로 일곱 명의 천뢰대원은 마치 한 몸이라도 되는 것처럼 완벽한 호흡을 보여주었다. 우선적으로 단열을 뒤따르던 패천수호대 대원들을 목표로 화살을 날려 운신의 폭을 좁힌 다음 선두로 달려오는 단열의 움직임을 봉쇄했다.

절묘한 시간 차와 한꺼번에 요소요소를 노리며 날아드는 화살들, 더구나 어찌나 손이 빠른지 하나를 막으면 대여섯 발의 화살이 날아들었다. 경천동지할 무위를 지니고 있는 단열임에도 결국 물러서지 않을 수 없었다.

고개를 절레절레 흔들며 물러나는 그의 어깨에 두 발의 화살이 꽂혀 있었다.

하지만 천뢰대의 활약으로도 전세는 뒤집을 수 없었다. 불리했던 전황이 잠시 비등하는가 싶었는데 또다시 패천궁의 우위로 바뀌고 말았다.

이유는 두 가지였다.

하나는 그동안 팽무쌍과 팽가의 고수들에게 묶여 있던 도왕 동방성이 치열한 격전 끝에 그들을 물리치고 자유롭게 활개를 치기 시작했다는 것이었다.

팽무쌍과 팽가의 고수들을 격퇴하느라 상당한 내공을 소모하고 온몸에 갖은 부상을 당한 그였지만 그의 일도를 막을 수 있는 사람은 아무도 없었다. 그나마 그를 상대할 수 있는 사람은 황보윤을 비롯하여 각 세가의 연배 높은 고수들뿐이었으나 그들 역시 패천수호대의 부대주 황산(黃山)을 비롯하여 나머지 호법들에게 묶여 별다른 힘을 쓰지 못하고 있었다.

전황이 패천궁의 우위로 바뀐 두 번째 이유이자 결정적인 원인이 된 것은 오대세가에 든든한 지원을 해주었던 천뢰대가 더 이상 힘을 쓰지 못하게 되었다는 데 있었다.

싸움에선 승리를 거두고 있었지만 화살에 의한 수하들의 피해가 계속해서 늘어나자 동방성과 한번 패퇴한 단열은 작심하고 천뢰대원들을 노렸다.

천뢰대는 앞서거니 뒤서거니 하며 접근하는 그들을 막기 위해 필사적으로 화살을 날렸다. 하지만 그들의 전진을 막지는 못했다. 결국 더 이상 그들의 접근을 제지할 여력이 없었던 천뢰대는 전격적으로 후퇴를 했다. 그들로서는 감당하지 못할 적을 만나면 무조건 도망치라는 을지호의 당부에 따른 것이었으나 어찌나 빨리 뒤도 돌아보지 않고 도망을 치는지 쫓던 동방성과 단열이 무안해할 지경이었다.

그것으로 사실상 싸움은 끝이 난 것이나 마찬가지였다.

이후, 오대세가의 정예들은 거의 일방적으로 밀리기 시작했다. 버티는 사람들은 낙운기를 상대로 놀라울 정도로 선전을 하고 있는 악위군과 파양이살(鄱陽二煞)이라 불리는 두 명의 호법을 상대로 막 승리를 거둔 황보윤을 비롯하여 몇몇뿐이었다.

'더 이상 버티는 것은 무리다.'

힘들게 승리를 거두고 거친 숨을 몰아쉬며 전세를 살피는 황보윤의 얼굴이 어두워졌다.

이백에 육박했던 인원은 어느새 절반 이하로 줄어 있었고 멀쩡한 사람은 또 그 절반에 불과했다. 패천수호대의 인원이 상당히 줄기는 했어도 어림잡아 사십은 되어 보였다. 승산은 없었다.

'머뭇거리다간 전멸을 면치 못한다. 일단은 후퇴를 해서 전열을 가다듬어야겠다. 그나저나 악 가주… 정말 대단한 인물이다. 천하의 암왕을 상대로 저토록 치열하게 싸울 수 있다니.'

지금 모여 있는 모든 사람을 통틀어 최고수를 꼽으라면 세인들은 단연 도왕 동방성이나 암왕 낙운기를 꼽을 것이다. 그것은 팽무쌍이 합공을 펼치고도 동방성에게 패했다는 것으로 증명됐다.

그런데 악위군은 비록 수세에 몰리고 있어도 낙운기와 나름대로 팽팽한 싸움을 하고 있었다. 그것도 다른 누구의 도움도 없이 홀로였다. 어쩌면 오대세가가 지금껏 버틸 수 있었던 것은 낙운기의 발걸음을 막아낸 악위군의 공이라 해도 과언이 아니었다. 그러나 그도 더 이상은 가망이 없어 보였다.

"후퇴하라!"

참으로 하기 힘든 말이라는 듯 퇴각을 명하는 황보윤의 얼굴이 일그러졌다.

"후퇴하라."

이곳저곳에서 퇴각을 명하는 명령이 떨어졌다.

혼란은 극에 달했다.

물러나려는 오대세가의 무인들과 그들을 쫓는 패천수호대의 함성이 한데 뒤엉켜 온 땅을 울리고 숲을 뒤흔들었다.

그 함성 속에 작지만 그 의미는 결코 작지 않은 신음성이 들려왔다.

"졌소이다."

어깨를 축 늘어뜨리고 창을 떨어뜨린 악위군이 패배를 인정했다. 그의 전신은 크고 작은 상처로 가득 덮였는데 특히 어깨엔 손바닥만한 비도가 깊숙이 박혀 있었다.

그런데 승리를 기뻐해야 할 낙운기의 표정이 가히 좋지 않았다. 언뜻 보기엔 노기마저 서려 있었다.

"우리의 승부는 다음으로 미루지."

냉랭히 말을 마친 그는 조금의 미련도 없이 몸을 돌렸다.

악위군은 뜻 모를 미소를 지으며 그를 쳐다보았다.

"징그러운 놈들. 싸움은 끝났다. 이제 그만 가라."

검을 거둔 화천명이 질린 표정으로 고개를 흔들었다. 그의 앞에 사람인지 아니면 고깃덩어리인지 구분이 가지 않을 정도로 심하게 망가진 네 사람이 서 있었다.

그들은 아무런 대꾸도 하지 않고 몸을 돌렸다. 그리고 비틀거리는 걸음걸이로 움직이기 시작했다.

"막지 말고 그냥 보내줘."

화천명이 그들을 향해 접근하는 수하들을 제지했다. 하지만 그럴 필요는 없었다. 후퇴하는 네 사람의 주변으로 무수히 많은 화살이 쏟아지고 있었기 때문이다. 그 화살에 얼마나 많은 동료가 목숨을 잃었던가. 감히 접근하는 사람이 없었다.

무수한 화살의 호위를 받으며 물러서는 그들, 패천수호대의 대주 화천명과 치열한 격전을 펼치며 지금껏 살아남은 그들의 이름은 해웅, 천도문, 연능천, 염복이었다.

"이겼다!"

승리를 알리는 화천명의 음성이 울려 퍼졌다. 그러나 환호성은 없었다. 살아남은 패천수호대 대원들은 더 이상 움직일 힘도 없는지 저마다 땅바닥에 주저앉았다.

그렇게 싸움은 종결되었다.

제33장

승천지계(昇天之計)

승천지계(昇天之計)

패천궁의 최정예 패천수호대와 오대세가의 주력이 맞붙은 싸움은 비상한 관심의 대상이 되었다.

결국 오대세가의 정예들이 엄청난 사상자를 내며 패퇴하고 패천수호대의 승리로 끝난 싸움이었지만 승리한 패천수호대의 상황도 그다지 좋지는 않았다. 사십여 명이 넘는 인원이 목숨을 잃었고 그나마 성한 사람은 삼 분지 일도 되지 않을 정도였다.

혹자는 패천수호대가 패천궁에서 차지하는 위치를 들어 어느 한쪽의 승리가 아닌 사실상 양패구상이란 주장을 하기도 하였다.

아무튼 흑백 양 진영의 최고 정예들이 맞부딪친 싸움은 그렇게 끝이 났고 그 싸움을 시작으로 흑백대전으로 인한 피의 광풍이 전 무림에 휘몰아치기 시작했다.

두 번째의 대규모 접전은 대홍산에서 벌어졌다.

대홍산에서 혈참마대와 흑도의 여러 문파로 이루어진 패천궁의 삼백 선발대를 상대한 것은 정도맹에서 급파된 명도와 월훈당의 고수들이었다.

선발대와 대치하고 있던 기존의 병력과 명도, 월훈당의 백오십 병력이 합쳐지자 정도맹은 수적인 우위를 점할 수 있었다. 그리고 전격적으로 공격을 감행했다.

싸움에 참여한 백도의 수뇌들은 승리를 믿어 의심치 않았다. 새벽녘 야음을 틈탄 기습이 완전히 먹혀들었기 때문이다.

기습당한 선발대의 무인들은 우왕좌왕, 속절없이 목숨을 잃고 말았다. 하지만 그들의 예상과는 다르게 금방 끝날 것 같던 싸움은 한나절이 지나고 밤을 꼬박 새울 때까지 끝나지 않았다.

수없이 많은 이가 목숨을 잃었다.

시신이 산을 만들고 그들이 흘린 피가 내를 이루었다.

전장이 된 숲은 마치 가을 단풍이 진 것처럼 숲 전체가 붉게 물들었다.

새벽이 다가올 즈음해서 선발대 측에 큰 위기가 찾아왔다.

삼백이 넘던 병력은 이미 칠십여 명으로 줄어들어 있었고 살아남은 사람 중 대부분은 혈참마대의 대원들이었다. 그들은 대주인 양단풍을 구심점으로 조금도 물러섬없이 끝까지 대항했다.

그러나 수적으로 열세인 상황에서 싸우다 보니 상대에 비해 피로감이 극에 달했다. 더 이상 버티지 못하고 점점 무너지는 상황에서 동방성과 낙운기를 필두로 오대세가의 정예를 물리치고 방향을 튼 패천수호대가 전장에 도착했다.

부상자들을 제외하고 급히 달려온 인원이라 고작 이십여 명밖에 안 되는 인원이었지만 그토록 치열했던 싸움에서 살아남은 그들이야말로 최고의 용사들이었다.

패천수호대의 등장으로 전세는 완전히 뒤바뀌었다. 특히 백도 측에선 전장을 헤집고 다니는 동방성과 낙운기를 상대할 만한 고수가 없었다. 몇몇이 어설픈 합공을 시도했다가 피떡이 되어 나가떨어지기를 여러 차례, 그들은 결국 눈물을 머금고 후퇴를 해야만 했다.

명도, 월훈당에 이어 정도맹에서 급파한 청운, 풍백당이 전장에 도착한 것은 퇴각 명령이 떨어지기 바로 직전이었다.

청풍명월이라 하여 같은 반열에 있었지만 일반 문파의 제자들로 이루어진 명도와 월훈당에 비해 청운당과 풍백당은 구파일방 중 쇠락한 곤륜(崑崙)과 탈맹한 종남, 화산, 소림을 제외한 각 문파의 제자들과 낙원장(樂園莊), 낙검문(落劍門) 등 근자에 크게 명성을 떨치고 있는 문파들의 제자들로 구성되어 있었다.

패천궁에 패천수호대가 있다면 정도맹엔 청풍이 있다고 일컬어지는, 그들이야말로 정도맹 최고의 정예라 할 수 있었다.

그뿐만이 아니었다.

대홍산과 그 어떤 문파보다 지리적으로 가까웠고 그만큼 위기감을 느끼고 있던 무당파에서 하산한 노고수들이 대거 싸움에 참여했다. 비록 인원은 아홉에 불과했지만 동방성과 낙운기를 상대하기엔 조금도 부족함이 없었다.

동방성과 낙운기를 비롯하여 다른 호법들마저 손발이 묶이면서 전세는 또다시 역전이 되었다.

그러나 그것으로 싸움이 끝난 것은 아니었다. 아직도 극적인 변수 하나가 남아 있었다.

난데없는 함성과 함께 속속들이 모습을 드러내는 무인들, 그들은 이제 막 대홍산 어귀에 도착한 본진에서부터 달려온 패천궁의 고수들이었다.

그들의 여정도 결코 편한 것은 아니었다.

제갈은과 제갈세가의 숨은 지자(智者)들이 심혈을 기울여 펼쳐 놓은 서른두 개의 기진(奇陣)을 힘겹게 뚫었고 또한 밤낮을 가리지 않고 급히 달려오느라 피로가 극에 이르렀다.

곳곳에 설치된 진법에 걸려 검 한번 휘둘러 보지 못하고 목숨을 잃은 이가 그 얼마나 많았던가. 그나마 순식간에 파훼법을 찾아낸 온설화의 능력이 아니었다면 피해는 상상도 할 수 없을 만큼 늘었을 것이다. 아니, 어쩌면 지금까지도 발이 묶여 있을지도 모르는 일이었다.

청운과 풍백당의 기세가 아무리 대단해도 패천궁 본진을 상대로 싸울 수는 없었다. 그들과 싸우려면 정도맹의 힘과 오대세가는 물론이고 백도의 모든 문파의 힘을 아우르고서야 가능했다.

괜한 모험으로 피해를 보는 것보다는 훗날을 기약하는 것이 낫다고 판단한 백도의 수뇌들은 그 즉시 후퇴를 결정했고 대홍산에서 북으로 이백여 리 떨어진 황룡문(黃龍門)까지 물러나 전열을 재정비했다.

대홍산에서 값진 승리를 얻은 패천궁은 그 여세를 몰아 서서히 서북진을 시작했다.

맹주를 비롯한 맹의 수뇌들이 싸움에 참여할 때까지 속절없이 밀렸던 정도맹은 이후 검왕 곽화월이 화산파의 제자들을 이끌고 합류하고 종남파와 소림사가 속속 도착하면서 무당산을 코앞에 둔 곡성(谷城)에서 패천궁의 전진을 막을 수 있었다.

패천궁은 무당파라는 큰 벽을 무너뜨리고자 노력했다. 그것만은 무슨 수를 쓰더라도 막아야 했던 정도맹에선 필사적으로 대항했다.

대홍산 싸움이 끝난 지 어느새 닷새가 지났건만 그렇게 밀고 밀리는 치열한 싸움은 계속되고 있었다.

　　　　　　　＊　　　＊　　　＊

"무슨 일이냐?"

오랜만에 청한 오수(午睡)를 방해받았음인지 신도를 바라보는 태상문주의 눈초리가 가히 좋지 않았다. 그런데 신도는 태상문주의 불편한 기색에도 전혀 개의치 않았다.

"무슨 일이냐고 묻지 않더냐?"

태상문주가 짜증 섞인 음성으로 재차 물었다.

신도는 최대한 낮은, 그러나 더없이 떨리는 음성으로 대답했다.

"승천지계(昇天之計)를 펼치라는 전갈입니다."

잠이 확 달아나는 소리였다.

"지금 뭐라 했느냐?"

벌떡 자리에서 일어난 태상문주가 되물었다.

"승천지계라 했습니다."

"드디어!"

태상문주는 자신도 모르게 주먹을 꽉 쥐었다.

"그래, 언제부터 시작하라더냐?"

"전갈을 받는 즉시입니다."

"사천이 동시에 움직이는 것이더냐?"

"그것은 아닙니다. 일단 삼천을 움직이라 하셨습니다."

태상문주의 고개가 끄덕여졌다.

"음, 아무래도 그렇겠지."

"하지만 조금 불안합니다."

"불안하다? 뭐가 말이냐?"

"너무 서두르시는 것은 아닌가 걱정이 됩니다. 흑백대전이 아직 끝나지 않았습니다."

"꽤나 치열하지 않았더냐? 그만하면 충분히 타격을 받았을 것이다."

"양측에 많은 피해가 있었다는 것은 소신 또한 잘 알고 있습니다. 적어도 예전 전력의 절반 이상은 희생되었을 겁니다. 하나 싸움은 여전히 계속되고 있습니다. 조금만 더 기다린다면 완벽한 어부지리(漁父之利)를 노릴 수 있습니다."

"그것이 싫은 걸 게다."

"예?"

말의 의미를 파악하지 못한 신도가 두 눈을 크게 뜨며 물었다.

"어부지리라… 좋은 생각이지. 피해도 최소한으로 줄일 수 있겠고. 그러나 대항하는 자가 없으면 정복할 가치도 없는 법이다. 헛기침만으로 무림을 정복할 수 있다면 지금껏 숨어산 세월이 아깝지 않더냐? 문주는 우리의 힘을 보여주고 싶은 것이다. 대항하는 자들을 철저히 짓밟으며 군림하고 싶은 것이란 말이다."

"그렇군요."

문주의 의도도 파악하지 못하고 괜한 걱정을 했다는 생각인지 신도의 얼굴이 살짝 붉어졌다.

"문주의 명대로 한 치의 어김도 없이 이행해야 할 것이다."

"명심하겠습니다. 그리고 한 가지 더 말씀드릴 것이 있습니다."

"무엇이냐?"

"신물을 찾으셨다고 합니다."

태상문주의 눈이 더할 나위 없이 커졌다. 승천지계를 펼치라는 말을 들었을 때보다 더욱 놀라는 눈치였다.

"그, 그게 진정이더냐?"

"그렇습니다."

"신물이라면 남궁세가 가주의 손에 있다고 하지 않았더냐? 잠시 뒤로 미룬다고 하였는데… 어찌 얻었다고 하더냐?"

"소신도 자세히는 모르겠습니다만 지난번 패천궁과의 충돌에서 자연스레 얻으신 것 같습니다."

"허허허, 참으로 다행스런 일이로구나. 신물의 행방을 알고는 있었지만 솔직히 마음에 걸렸었는데 승천지계의 발동을 앞두고 되찾다니… 길조(吉兆)로다, 참으로 길조로다. 허허허!!"

실로 수백 년 만에 되찾은 조사의 신물이었다. 더구나 그 신물에는 암흑마검을 완성시킬 수 있는 지존신공의 마지막 구결이 숨겨져 있었으니…….

"허허허허!"

태상문주의 웃음은 그칠 줄을 몰랐다.

*   *   *

진시구에 달린 밀서를 보던 광풍조(狂風組) 조장 호군위(胡君偉)의 눈자위에서 잔 떨림이 일었다.

"승천… 지계가 발동했다."

호군위의 말에 그를 따르는 여섯 명의 대원의 눈에 격동의 빛이 흘렀다.

"승천지계란 말입니까?"

"그렇다. 틀림없는 승천지계다."

"그럼 어찌해야 하는 것입니까?"

맨 좌측에 있던 젊은 여인이 물었다.

"예정대로 움직인다. 다만 지금부터는 각자 움직여야 할 듯싶다. 철혈마단이 벌써 움직였다고 한다. 간동(幹棟), 육승(陸昇)!"

"예, 조장."

"너희들은 지금 즉시 아미산으로 떠나라."

이유는 곧 설명해 줄 터, 그들은 주저없이 대답을 하였다.

"고정(顧町), 너는 염희(苒熙)를 데리고 점창으로 가라."

"알겠습니다."

고정과 염희가 고개를 끄덕였다.

"그렇다면 저희들은 청성입니까?"

양무강(陽務岡)과 낙천(駱釧)이 고개를 갸웃거리며 물었다.

"그렇다. 나는 당가로 간다. 각자 해야 할 일은 알고 있겠지?"

애당초 그들이 사천으로 온 것은 철혈마단에게 길 안내를 하기 위함이었다. 그들도 나름대로 정보력이 있고 또 현지에서 안내자를 구할 수 있었지만 중원 방방곡곡을 빠짐없이 돌아다니며 지형을 익힌 그들에 비할 수 없었다. 물론 철혈마단의 움직임을 관찰하기 위한 목적도 있었다.

"같은 편이라지만 감시가 상당할 것이다. 본 문에 연락을 취할 때

특히 조심하고."

"명심하겠습니다."

"시간이 없다. 최대한 빨리 움직여라."

바로 그때였다.

조소 섞인, 그러나 너무나도 싸늘한 음성이 들려왔다.

"가긴 어딜 가."

"누구냐!"

양무강이 음성이 들려온 곳을 향해 비도를 던지며 소리쳤다.

"질문을 하며 공격한다? 누군지 확인도 안 하고? 버릇없는 놈이로군."

양무강이 던진 비도를 손가락 사이로 받아낸 을지호가 비도를 만지작거리며 모습을 드러냈다.

"정말로 만나고 싶었다."

절로 친근감이 느껴지는 어조였다. 하지만 그의 음성을 듣는 순간 어찌 된 일인지 호군위를 비롯한 광풍조의 조원들은 전신에 소름이 돋았다.

"이런 위험한 물건을 함부로 던지는 것이 아니다. 내 물건이 아니니까 돌려주마."

쐐애액!

그의 말이 끝나기가 무섭게 날아간 비도가 양무강의 미간(眉間)을 관통했다. 피하고 어쩌고 할 엄두를 내지 못하는 빠름이었다.

"큭!"

그의 입에서 비명이 터져 나온 것은 비도가 미간 사이를 관통하고 뒤에 있는 나무에 깊숙이 박힌 다음이었다.

승천지계(昇天之計) 191

순식간에 벌어진 일에 모두들 아연실색했다.

"쯧쯧, 그러게 위험하다고 했잖아."

싱글거리며 접근하는 을지호의 시선이 고정에게 향했다.

"네놈이로구나, 좌수를 쓴다는 놈이."

고정이 뭐라 대꾸를 하기도 전에 그의 눈은 염희를 훑고 있었다.

"계집이 하나 끼어 있다는 말도 맞는군."

좌수를 쓰는 자와 여자가 포함된 일곱 명의 인원. 한조가 말한 것에서 한 치의 틀림도 없었다.

"너는 누구냐?"

이미 상대가 좋지 않은 뜻을 가지고 있다는 것은 양무강의 죽음으로 확실해졌다.

질문을 던지는 호군위의 음성엔 진득한 살기가 묻어 있었다. 그러나 을지호는 그의 질문에 대답하지 않았다.

"오늘로써 정확히 보름이었다."

치미는 살기를 억제하기 힘든지 입술을 지그시 깨문 을지호가 말을 이었다.

"혹시나 네놈들을 찾지 못하면 어쩌나 얼마나 두려움에 떨었는지 모른다."

"헛소리 지껄이지 말고 정체를 밝혀라!"

검을 꼬나 쥔 육승이 소리쳤다.

"헛소리? 내가 해야 할 말을 네놈이 하고 있구나."

을지호의 눈이 더없이 차가워졌다.

"정녕 죽고 싶어서……."

발작적으로 소리를 지르며 몸을 날리려던 그는 황급히 입을 다물고 말았다. 속속 모습을 드러내 자신들을 포위하고 있는 비혈대 대원들을 본 까닭이었다.

"지금부터 내가 묻는 말에 대한 정답이 아니면 무조건 헛소리로 간주한다. 내 귀를 더럽힌 대가는 상상에 맡기도록 하지."

을지호의 시선이 호군위에게 향했다.

"네놈들이냐?"

"뭐가 말이냐?"

"남궁세가."

"음."

호군위의 눈동자가 급격히 흔들렸다. 비로소 상대가 어떤 의도를 가지고 접근했는지 알아챈 것이다.

"네놈들의 발자취를 쫓아 여기까지 온 나다. 발뺌하려 해도 늦었다."

"무슨 소리를 하는지 모르겠군."

그 즉시 을지호의 손이 움직였다. 그리고 터져 나오는 비명성.

"으악!"

육승이 갑작스런 통증에 얼굴을 붙잡고 땅을 뒹굴었다.

을지호가 던진 돌멩이가 그의 왼쪽 눈을 관통해 버린 것이다.

관심도 없다는 듯 눈길조차 주지 않은 을지호가 다시 물었다.

"네놈들이지?"

"아니다."

호군위는 이번에도 고개를 가로저었다.

을지호의 입가에 싸늘한 미소가 지어졌다.

어느새 그의 손에는 검 한 자루가 들려 있었다.

그것이 자신의 검이라는 것을 확인한 한조가 황당해하는 사이 그 검에 간동과 낙천의 양팔이 떨어져 나갔다.

너무나도 처절한 비명성이 숲을 울렸지만 을지호는 눈 하나 깜빡하지 않았다.

"내가 말했을 텐데. 내 질문에 제대로 답하지 않은 말은 모조리 헛소리요, 귀를 더럽힌 대가는 상상에 맡긴다고."

"……."

"네놈들이 제대로 말을 할 때까지 백 번이고 천 번이고 물을 것이다. 헛소리를 지껄여도 좋다. 어쩌면 그것이 내가 바라는 것일지도 모르니까."

"잔인한 놈!"

"잔인? 네놈 입에서 그런 말이 나올 줄은 몰랐군. 무공도 없는 식솔들을 처참히 죽인 네놈들의 입에서."

"홍, 어차피 약육강식(弱肉强食)의 세계다. 힘없는 자신들의 무능을 탓해야지."

더 이상 발뺌할 수 없다고 판단했는지 호군위는 될 대로 되라는 식으로 말을 내뱉었다.

"그렇지, 진즉에 그렇게 나왔어야 했다."

검을 땅에 박은 을지호가 호군위를 향해 걸었다.

"약육강식이 어떤 것인지 보여주마."

호군위는 자신을 옭죄어오는 압박감을 견디며 검을 치켜들었다. 그의 곁으로 부상을 당하지 않은 나머지 조원들이 호위하듯 늘어섰다.

"죽엇!"

염희가 앙칼지게 외치며 달려들었다.

슬쩍 몸을 틀어 검을 피하고 손을 뻗어 그녀의 손목을 잡은 을지호가 힘을 주었다.

우직.

듣기에도 괴로운 소리와 함께 그녀의 손목이 그 자리에서 부러졌다. 손목만이 아니었다. 발길질 한 번에 무릎이 산산이 부서지고 정강이 뼈가 살을 뚫고 삐죽이 솟아나왔다. 어찌나 끔찍했는지 제대로 쳐다보는 사람이 없을 정도였다.

염희는 비명도 지를 엄두를 내지 못한 채 그대로 기절하고 말았다. 그녀의 입에선 흰색 거품이 배어 나왔다.

을지호의 신형은 거기에서 멈추지 않았다.

빙글 몸을 돌린 그의 발이 고정의 아랫배를 강타했다. 그 발길질엔 천 근의 힘이 실려 있었다.

"크아악!"

고정은 걸레조각이 된 오장육부의 흔적을 입으로 토해내며 온몸을 꿈틀거렸다. 미약하나마 숨은 붙어 있는 것으로 보이지만 얼마 못 갈 것이라는 것은 한눈에 알 수 있었다.

그 모든 공격이 이루어지기까지 걸린 시각은 숨을 한번 내쉬는 순간보다 짧았다.

"휴~"

좌중의 분위기와는 어울리지 않는 한숨이 새어 나왔다. 못마땅해하는 사중명의 눈초리가 한숨의 주인인 한조에게 향했다.

한조가 기어 들어가는 목소리로 변명을 했다.

"제대로 찾아내지 못했다면 어찌 됐을 것인가 생각하니까……."

더 들어보지 않아도 알 수 있었다. 그의 말대로 추격에 실패했다면 비혈대가 을지호의 잔인한 손속을 감내해야 했을 것이다. 필사적으로 대항한다 해도 결과는 바뀌지 않을 것, 안도의 한숨을 쉬는 것은 어쩌면 너무나 당연한 일이었다.

그들이 대화를 나누는 사이 호군위도 을지호의 손속을 벗어나지 못했다.

그래도 광풍조의 조장이라고 호군위는 목숨을 담보로 한 최후의 한 수를 펼치려고 했다. 하지만 그런 행동을 비웃기라도 하듯 유유히 접근한 을지호는 그가 미처 손을 움직이기도 전에 목줄기를 움켜쥐었다.

"염려하지 마라. 네놈만큼은 쉽게 죽일 생각이 없으니까."

분노도, 그 어떤 감정도 느껴지지 않는 음성이었지만 호군위에겐 명부의 목소리만큼이나 끔찍하게 들렸다.

"똑같이 돌려주지."

무엇을 돌려준다는 것일까? 모든 이가 궁금해하는 사이 호군위의 몸뚱이가 땅바닥을 나뒹굴었다.

"아, 그렇구나!"

한조가 가장 먼저 을지호가 한 말의 의미를 깨달았다.

"밟아 죽일 셈입니다. 남궁가의 노인이 죽은 것처럼."

사중명의 시선을 받은 그가 재빨리 입을 열었다.

"음."

곽 노인이 어떤 죽임을 당했는지 기억해 낸 사중명이 침음성을 내뱉으며 고개를 끄덕였다.

을지호의 발이 조금씩 움직였다.

가슴을 짓눌러 오는 힘에 호군위의 얼굴이 일그러지기 시작했다.

우직.

폐부를 보호하고 있는 뼈가 부러지는 소리는 몸서리를 칠 만큼 소름이 끼쳤다.

차라리 비명이라도 지르면 나으련만 을지호는 그런 기회마저 주지 않았다. 아혈이 제압당한 호군위의 입에선 아무런 말도 흘러나오지 않았다. 그저 더없이 커진 눈과 좌우로 미친 듯이 도리질 치는 머리가 그의 고통을 간접적으로 보여줄 뿐이었다.

잠시 멈추었던 을지호의 발이 약간 방향을 바꿔 움직였다. 어김없이 뼈 부러지는 소리가 들려왔다.

을지호는 서두르지 않았다.

호군위의 가슴뼈를 모조리 부순 그의 발은 지루하다 못해 과연 움직이고 있는지를 의심할 정도로 느리게 가슴팍을 파고들었다.

호군위의 입에서 시뻘건 핏물이 흘러나왔다. 빨갛게 충혈된 눈과 코에서 피가 흘렀다. 호군위는 더 이상 인간의 모습이 아니었다.

"잠시만, 잠시만 멈추시게나."

보다 못한 사중명이 을지호를 말리고 나섰다.

"아무리 용서 못할 적이라도 이것은 아니라고 보네. 그리고 저자에게서 잠시 알아볼 것도 있으니 그만 멈춰주게나."

그러나 뇌리 속에 온통 곽 노인과 남궁세가 식솔들의 처참한 모습만이 가득 차 있던 을지호의 입에선 참으로 냉랭한 대답이 흘러나왔다.

"싫소."

더 이상 말 붙이기도 민망할 정도로 차가운 대답에 사중명은 그 어떤 말도, 행동도 할 수 없었다. 그저 불쾌한 심정으로 고개를 돌릴 뿐이었다.

이성을 잃은 을지호의 행동은 호군위의 가슴을 완벽하게 짓눌러 파괴하고 사시나무 떨듯 요동치던 그의 사지가 축 늘어질 때까지 멈추지 않았다.
 호군위의 몸에선 미약한 떨림도 없었다. 을지호도 움직이지 않았다. 그렇게 얼마의 시간이 흘렀을까?
 물끄러미 하늘을 쳐다보던 을지호가 힘없이 고개를 떨구었다. 식솔들의 주검을 묻으며 약속한 대로 복수를 했건만 이 개운치 않은 기운은 뭐란 말인가.
 '젠장.'
 더없이 허탈한 표정으로 물러선 을지호가 한조에게 손을 내밀었다.
 "술."
 한조는 그의 말이 끝나기도 전에 몰래 감추어두었던 주머니 하나를 건네주었다.
 을지호는 숨도 쉬지 않고 술을 바닥냈다.
 "괜찮군."
 한조의 얼굴이 환해졌다. 그 한마디에 아끼고 아껴가며 마신 술이었지만 이상하게 아깝지 않았다.
 "부탁을 들어주지 못해서 미안하오. 물어보고 싶은 것이 있다면 다른 놈들에게 물어보시구려."
 을지호는 더 이상 관심이 없다는 듯 몸을 돌렸다.
 "참, 어떤 놈이 시켰는지는 반드시 알아내시오."
 일시적인 허탈감에 빠졌지만 그 역시 사건의 본질을 잊지는 않고 있었다.
 사중명의 말대로라면 누군가 흑백대전을 일으키기 위해 음모를 꾸몄고 남궁세가는 그 음모의 희생양이었다. 결국 비명에 간 식솔들의 원혼을 진정으로 달래려 한다면 음모의 주재자를 찾아내어 복수를 해야 했다.
 묵묵히 고개를 끄덕인 사중명이 두려움에 떨고 있는 육승에게 다가갔다.
 을지호의 매서운 손길에 양무강과 고정은 그 자리에서 즉사했고, 사지가 꺾이다시피 한 염희와 양팔을 잘린 간동, 낙천은 워낙 많은 피를 흘려서인지 정신이 혼미한 듯했다. 그나마 육승의 몸 상태가 가장 양호했다.
 "누구냐?"
 짧은 질문이었지만 그 안에는 그와 을지호가 알고 싶어하는 모든 것이 들어 있었다.
 "……."
 육승이 고개를 돌려 외면했다. 사중명의 입술이 살짝 뒤틀렸다.
 "입을 다물겠다? 과연 잘될까? 난 너희 같은 인간들을 어찌 다루어야 하는지 잘 알고 있지. 더구나 지금처럼 입을 열 사람이 한 사람이 아닌 서너 명이 더 존재한다는 것은 꽤나 유리한 조건이다."
 입을 열지 않으면 다른 사람에게 물을 수도 있다는 말, 그것은 곧 죽음을 의미했다.
 "또한 어떤 방법을 쓰면 쉽게 입을 여는지 기억나는 것만 해도 수십 가지다. 물론 나보다 더욱 유능한 수하들도 있고."
 "맡겨만 주십시오. 일각 안에 놈의 십팔대 조상이 어떤 계집을 끼고 놀아났는지까지 불게 만들겠습니다."
 한조가 음침한 미소를 지으며 다가왔다. 그리곤 육승의 얼굴을 슬그머니 쓰다듬었다.

"그거 알아? 사람의 눈동자를 꺼내 침과 섞어 잘게 부수면 사서오경(四書五經)을 쓰고 남을 만큼의 먹물이 만들어진다는 것을. 흠, 네 녀석은 눈깔이 한 개뿐이니 천자문(千字文) 정도밖에 안 나오겠다."

눈동자를 갈아 먹물을 만들어 쓴다? 입에 담기에 너무나도 끔찍한, 감히 상상도 못할 잔인무도한 말이었다. 딴생각에 잠겨 있던 을지호마저 어처구니없는 표정을 지으며 고개를 돌릴 정도였으니 육승의 심정은 말할 필요도 없었다.

"금수만도 못한……."

그는 자신도 모르게 한쪽 눈을 가리고 있었다.

"쯧쯧, 그 정도를 가지고 금수 어쩌고 하면 듣는 사람은 섭하지. 그나마 가장 약하고 무난한 것인데."

"이… 개만……."

한조에게 욕설을 퍼부으려던 육승이 황급히 말문을 닫았다. 싱글싱글 웃는 한조의 손이 자신의 눈을 향해 접근하는 것을 보았기 때문이었다.

"그만."

사중명이 한조의 손을 막았다.

"아직도 말할 생각이 없나?"

"주, 죽여라!"

육승이 이를 악물며 소리쳤다.

"그럴 수야 없지. 죽여도 쉽게 죽이지 않아. 단, 네가 아는 것을 말해 준다면 목숨은 보장해 줄 수 있다."

"개소리!"

"비혈대의 명예를 걸고 약속하는 것이다."

순간, 육승이 흠칫한 표정으로 사중명을 바라보았다. 막연히 남궁세가와 관계가 있는 사람들로만 생각했는데 그것이 아니었다.

'비혈대…….'

비혈대라면 그들과 비슷한 부류의 사람들이었고 그것은 곧 지금까지 했던 말은 결코 허언이 아니라는 것을 의미했다.

'빌어먹을!!'

육승의 안색이 참담하게 일그러졌다. 자신이 끝까지 입을 다물 수 없으리란 것을 직감적으로 느꼈기 때문이었다.

"야, 약속이 다르지 않느냐?"

당황한 육승이 도리질을 치며 고개를 흔들었다.

미약하게나마 숨을 쉬던 동료들은 한조가 접근한 이후로 미동도 없었다.

막 손을 뻗던 사중명이 옅은 한숨을 내쉬었다.

"하지만 어쩌겠느냐? 너를 살려주면 우리의 목숨이 위태로울 것 같은데."

턱짓으로 을지호를 가리킨 사중명이 미안한 표정을 지으며 멈칫했던 손을 움직였다.

"대신 편안하게 보내주마."

"더, 더러운 놈들 같으니!! 아, 안 돼!!"

그러나 그의 음성은 더 이상 이어지지 않았다.

어느새 접근한 사중명의 손이 그의 사혈에 놓여 있었다.

"어찌하려는가?"

육승의 정수리에서 손을 뗀 사중명이 물었다. 음성은 더없이 무겁고 어두웠다.

"생각 중이오."

대답하는 을지호의 음성 역시 그와 다르지 않았다.

육승은 온갖 협박과 회유, 그리고 고문 속에서도 한참을 버텼다. 땀으로 뒤범벅이 된 한조가 고개를 절레절레 흔들며 나가떨어질 정도로 그는 지독했다. 하지만 매에는 장사가 없다던가. 무려 한 시진에 이를 정도로 계속 이어진 고문에 결국 그의 의지는 꺾이고 말았다.

체념한 듯 순순히 토해내는 육승의 말은 실로 경천동지, 모든 이의 눈을 휘둥그레하게 만들 정도로 충격적이었다.

그의 말은 크게 두 가지로 요약될 수 있었다.

사중명의 예측대로 흑백대전의 배후엔 거대한 세력의 음모가 작용한 것이었고 남궁세가는 그 음모에 희생당했다. 음모의 주재자는 다름 아닌 과거 무림을 공포와 피로 지배했던 사천혈맹이었다.

두 번째는 승천지계와 관련된 것이었다.

승천지계란 그동안 어둠 속에 숨어 있던 사천혈맹이 하늘로 비상하는 것이니 오랜 세월 동안 축적된 힘을 바탕으로 그들의 오랜 숙원이었던 무림제패를 위해 본격적으로 행동을 개시한다는 것을 의미했다.

육승은 현재 움직이고 있는 북해의 한빙곡, 남만의 흑월교, 탑리목의 철혈마단은 과거 삼천과 다르지 않다고 했다. 그러나 그는 중천의 정체에 대해선 끝까지 입을 다물었다.

그 옛날 사천혈맹의 핵심이자 실질적인 우두머리며 중천으로 불렸던 은성장은 더 이상 존재하지 않았다. 그렇다면 분명히 뭔가 다른 세력으로 변신하여 암약했을 것이다. 사중명은 그것을 집중적으로 추궁했다. 하지만 알아낸 것은 중천이 여전히 건재하다는 것과 그들 스스로가 한천문(恨天門)이라 부른다는 것뿐이었다.

"한천문이라고 했소?"

을지호가 육승의 시신을 물끄러미 바라보다 물었다.

"그렇네."

"뭣 하는 문파요?"

"잘 모르겠네. 아무리 기억을 더듬어 봐도 그런 문파는 들어본 적이 없네."

"그럼 놈이 거짓말을 했다는 것이오?"

사중명이 고개를 흔들었다.

"그런 것 같지는 않네. 그들 스스로가 한이 많다고 자처하여 붙인 이름일 걸세. 물론 대외적으론 다른 문파로 얼굴을 내밀고 있겠지."

"음."

을지호의 안색이 찌푸려졌다.

남궁세가를 한낱 장기판의 졸로 취급한 자들에게 그것이 얼마나 큰 화를 자초했는지를 보여줘야 했다. 문제라면 대가를 치러주어야 하는 상대는 정해졌는데 그들이 어디에 있는지를 모른다는 것.

그가 잠시 생각에 잠긴 사이 사중명이 말을 걸어왔다.

"가장 시급한 것은 지금 벌어지고 있는 싸움을 중단시키는 것이라고 보네. 사천혈맹이 준동했다는 것은 흑도, 백도를 떠나 전 무림의 위기라 할 수 있으니."

"승천지겐가 뭔가 하는 것이 발동되었다고 하는 것으로 보아 모르긴 몰라도 흑백대전에서 양측 모두 엄청난 피해를 본 것 같소. 놈들이 충분히 자신감을 갖고 움직일 정도로. 하긴 죽기 살기로 싸웠을 테니까."

"그렇지만 어쩌겠나. 지금이라도 전력을 수습해서 놈들에게 대항해야지. 이러다간 변변한 대응도 하지 못하고 끝장나는 수가 있네."

"누구 맘대로!"

을지호는 자신도 모르게 버럭 화를 냈다. 그러더니 멍한 표정으로 쳐다보는 사중명에게 물었다.

"여기서 아미파까지는 얼마나 걸리오?"

"이미 아미파의 세력권까지 들어왔으니 반나절만 족히 달리며 도착할 수 있을 것이네. 왜 그러나?"

을지호는 대답하지 않고 거듭 물었다.

"당가까지는?"

"아무리 빨라야 하루하고 반나절."

"점창이나 청성까지는 얼마나 걸리오?"

그제야 그의 의도를 파악한 사중명이 당황하기 시작했다.

"자, 자네……"

"얼마나 걸리느냐 물었소."

"저, 점창파는 당가와 비슷, 아니, 조금 더 걸릴 것이고 청성파까지는 사흘은 족히 걸리네."

"사흘이면 너무 늦고… 일단 가장 가까운 아미파로 가봅시다."

을지호는 순식간에 모든 것을 결정해 버렸다.

"아, 아미파에 무엇 하러 간다는 것인가?"

뻔히 알면서도 혹시나 하는 마음으로 묻는 사중명의 낯빛은 새하얗게 질려 있었다.

"철혈마단인가 뭔가 하는 놈들이 움직였다고 했잖소. 낯짝이 어찌 생겼나 구경이나 하러 가봅시다."

"자, 자네 미쳤나?"

"뭐가 말이오?"

"여기 있는 인원을 다 합쳐 봐야 고작 열하나네. 어디에 자빠져 있는지는 모르겠으나 여상이 도착해도 고작 열둘이고. 상대가 된다고 생각하는 것인가?"

을지호가 피식 웃음을 터뜨렸다.

"싸우러 가자는 것이 아니라 어떤 놈들인지 구경이나 하자는 것이외다."

남궁세가의 적은 중천이었고 중천은 사천혈맹의 우두머리였다. 그것은 곧 사천혈맹이 결코 용서해선 안 되는 원수라는 것과 상통했다. 원수가 코앞에 있는데 그냥 물러설 을지호가 아니었다. 단순히 얼굴 구경이나 하러 갈 리가 없는 것이다.

"장난치지 말게."

사중명이 다소 언성을 높였다.

"놈들을 쫓는 것보다 지금의 일을 궁주님과 정도맹에 알리는 것이 우선이네."

"살도 통통하게 찐 것이 먹음직하기는 하나 전서구는 비상 식량이 아니잖소. 이럴 때 쓰라고 있는 것이외다."

"그, 그래도 일단 돌아가서……."

"어차피 놈들과 싸우게 될 것, 미리 봐두는 것도 좋을 것이오. 갑.시.다!"

을지호가 마지막 말에 유난히 힘을 실었다. 그것은 곧 협박이나 다름없었다.

"그리고 열둘이 아니라 꽤나 많아질 것 같소."

을지호가 뜻 모를 소리를 하며 나뭇잎 한 장을 떼어냈다.

"그건 또 무슨 소린가?"

이미 돌아가기는 틀렸다고 생각했는지 힘없이 묻는 사중명의 얼굴엔 체념의 빛이 역력했다.

"적이 아니라면 그렇다는 것이오!"

말이 끝나기가 무섭게 그의 손이 허공을 갈랐다.

슉!

나직한 파공성과 함께 나뭇잎이 십여 장이 넘는 거리를 단숨에 날아갔다.

"적엽비화(摘葉飛花)!!"

을지호의 한 수가 절정의 암기술이라 불리는 적엽비화라는 것을 알아본 사중명이 놀라 부르짖었다.

'도대체 이자가 지닌 능력의 끝은 어디란 말인가?'

하지만 그의 생각과는 달리 을지호는 적엽비화가 뭔지도 몰랐다. 그저 울창한 숲 속에 누군가가 은신하고 있다는 것을 느끼고 나뭇잎에 기를 실어 날린 것뿐이었다.

그러나 사중명이 깜짝 놀란 만큼 숲으로 날아가는 나뭇잎은 빠르고 날카로웠다.

"으악!"

숲에서 난데없는 비명이 터져 나온 것은 나뭇잎이 수풀을 뚫고 들어간 바로 직후였다.

"누구냐!"

비혈대의 대원들과 사중명이 일제히 몸을 날려 비명이 들린 곳으로 달려갔다. 그리고 숲을 헤치고 들어간 그들은 더없이 황당한 표정으로 치켜들었던 검을 내리고 말았다.

"오랜만이에요, 사 대주님."

숲에는 하얗게 질린 얼굴의 여상, 그리고 그의 코앞에서 나뭇잎을 낚아챈 사마유선이 밝은 미소를 짓고 서 있었다.

第 34 장

아미혈풍(峨嵋血風)

아미혈풍(峨嵋血風)

"다, 단주가 어떻게 여기를……."

지금쯤 한창 흑백대전에 참가해야 할 사마유선이 아니던가!

전혀 엉뚱한 장소에서 그녀를 만나게 된 사중명은 도저히 믿기지 않는 얼굴이었다.

"그렇게 되었어요."

그의 반응이 재미있는지 사마유선이 배시시 웃으며 말했다.

"반가워요, 을지 공자님. 또 보게 되었네요."

"흠, 누군가 했더니 사 소저였구려."

그녀가 남궁세가로 향하는 길에 만났던 사마유선임을 기억한 을지호가 아는 체를 했다.

그런데 을지호를 발견하고 밝게 웃던 그녀의 얼굴에서 순간적으로 웃음기가 사라졌다.

"흥, 누가 사 소저라는 거지요? 제 이름은 사마유선이에요."
아차 싶었던 을지호가 재빨리 사과를 했다.
"내 잠시 착각을 했소이다. 미안하오, 사마 소저."
"제 이름 따위는 기억할 가치도 없었나 보군요."
화가 풀리지 않는 듯 그녀의 음성은 냉랭했다.
"하하, 그럴 리가 있겠소. 내 다시 한 번 사과하니 화를 푸시오. 아무튼 다시 만나게 되어 반갑소이다."
"반갑다고요? 그 말이 사실인가요?"
"물론이외다."
"흥, 그런 사람이 다짜고짜 살수를 펼치나요?"
"살수라니, 그 무슨 말이오?"
"그럼 이건 뭐지요?"
그녀가 손가락 사이에 낀 나뭇잎을 앞으로 내밀었다.
"그, 그것은……."
그가 나뭇잎을 던진 것은 숲 속에서 인기척을 느꼈기 때문이었다.
을지호는 또한 그렇게 가까이 접근했는데도 사중명이 눈치 채지 못할 정도라면 숨어 있는 사람이 상당한 무공을 지니고 있으리라 생각했고 그다지 위력이 실리지 않은 나뭇잎에 목숨을 잃을 리가 없다고 확신하고 있었다.
애당초 살수를 펼치고자 했다면 나뭇잎 따위를 날릴 이유가 없었다. 화살 하나면 조용히 끝날 일이었으니까.
"왜 말을 못하지요?"
사마유선이 앙칼지게 쏘아붙였다.
뭐가 그리 재밌는지 사중명과 비혈대 대원들은 다들 흥미진진한 표정이었다. 특히 한조는 이런 일이 있을 수도 있구나 하는 표정으로 킥킥거리고 있었다.

울컥 화가 치밀었다.

'누가 쥐새끼처럼 숨어서 엿들으라고 하였소!!' 라고 말하고 싶었지만 그럴 수가 없었다.

이름을 기억하지 못한 것은 분명 그의 잘못이었다. 아니, 차라리 기억을 못했다면 이렇게 시달릴 일이 없었다. 상대야 화가 나겠지만 그냥 관심이 없었던 것으로 끝났을 테니까. 하나 어설프게 기억한 것이 실수라면 실수였다.

'젠장, 누가 알고 싶다고 했나?'

그 역시 목구멍에서만 맴돌 뿐 정작 입을 통해 나온 말은 그의 생각과는 전혀 달랐다.

"그 또한 실수였소. 미안하오."

마음에도 없는 사과를 하자니 그처럼 고역이 없었다. 그의 인내심도 슬슬 한계에 이르고 있었다.

그것을 눈치 챈 사마유선이 표정을 싹 고쳤다.

"좋아요, 그렇게까지 말씀하시니 사과를 받아들이지요. 다시는 잊지 마세요. 제 이름은 사마유선이에요."

마치 어린아이를 달래는 듯한 말투였다.

"……"

이런 망신을 당했는데 어찌 잊을 수 있을까. 사마유선이라는 이름은 이미 그의 뇌리에 깊숙이 새겨져 있었다.

쩔쩔매는 을지호의 모습에 은근히 통쾌감을 느끼고 있던 사중명이 정색을 하며 물었다.

"그나저나 도대체 어찌 된 일인가? 단주가 어찌 이곳에… 혈궁단도 함께인가?"

"그럴 이유가 있다고 말씀드렸잖아요. 더는 묻지 말아주세요. 그리고 혈궁단도 가까운 곳에서 대기하고 있어요. 아, 때마침 오는군요."

그녀가 가리킨 곳에서 부단주 윤극진을 필두로 정확히 스물한 명이 달려오고 있었다.

"좋아, 이유는 묻지 않겠네. 한데 어찌 쫓아온 것인가? 꽤나 힘들었을 텐데."

사마유선이 의미심장한 미소를 지으며 고개를 흔들었다.

"그것도 비밀이에요."

그런데 한조는 그 비밀을 아는 듯했다.

"아마도 동생 녀석이 움직였을 겁니다. 놈에게 백……."

그러잖아도 을지호의 몸에서 솔솔 풍기는 백일몽의 향이 내내 의심스러웠던 한조는 슬그머니 손을 들어 아는 체를 하는 한곡을 발견하곤 혈궁단이 어떻게 자신들을 쫓아올 수 있었는지 금방 알 수 있었다.

하지만 그는 백일몽이란 단어를 미처 내뱉기도 전에 결코 그 사실이 알려지기를 원하지 않는 사마유선의 전음성을 들어야만 했다.

겉으로는 활짝 웃고 있었지만 실로 무시무시하고 끔찍한 경고의 내용이었다.

그사이 윤극진에게 다가간 사중명이 조용히 속삭였다.

"혈궁단이 어째서 여기 있는 것인가? 단주야 그렇다 쳐도 자네는 뭘 했어?"

질책 섞인 말에 윤극진이 씁쓸하게 대답했다.

"궁주님이 직접 나서지 않으시는 한 단주의 의사를 꺾을 사람은 아무도 없다는 것을 아시잖습니까?"
"하긴, 자네의 말이 맞네. 단주의 성격이야 나도 잘 알지. 천하의 비혈대 대원을 바보로 만들 수 있는 사람이 얼마나 되겠는가?"
사중명의 시선이 어쩔 줄 몰라 하며 서 있는 여상에게 향했다. 중간까지는 어찌 쫓아왔는지 몰라도 그 이후는 여상에게 길 안내를 받았을 것이라는 것은 묻지 않아도 알 수 있었다.
쥐구멍이라도 찾고 싶은지 여상의 고개가 한없이 숙여졌다.
"뒤에서 너무 흉보지 마세요. 다 들리니까. 그건 그렇고 아미파로 가신다고요?"
사중명의 눈이 화등잔만해졌다.
"엿들으려 한 것은 아니지만 본의 아니게 몇 가지는 듣게 되었어요."
"아직 결정된 것은……."
고개를 저으며 부정하려는 그의 말은 을지호에 의해 단박에 끊어졌다.
"아미파를 비롯하여 사천의 문파들이 공격받는 것 같소."
"일이 급하게 돌아가는군요."
"그래서 일단 가장 가까이에 있는 아미파로 갈 생각이오."
"어차피 싸워야 하는 놈들 미리 낯짝을 봐두는 것도 좋겠지요."
을지호의 입가에 멋쩍은 웃음이 지어졌다. 사마유선이 조금 전 자신이 한 말을 그대로 흉내 내고 있다는 것을 눈치 챈 것이다.
"단주와 혈궁단이 함께한다면 큰 힘이 될 것이오. 함께 가시겠소?"
"물론이지요."
"그럼 서두릅시다."

사마유선이 고개를 끄덕였다.

사중명과 비혈대는 물론이고 혈궁단원의 의사 역시 완전히 배제된 둘의 대화는 그렇게 끝이 났다.

이의는 아예 인정하지 않겠다는 듯 재빨리 몸을 돌려 나란히 걸음을 옮기는 그들 뒤로 사중명과 윤극진의 무거운 한숨이 터져 나왔다.

* * *

"아프니까 살살 좀 하쇼!"

뇌전이 살벌하게 눈을 뜨며 소리쳤다.

"아, 알겠습니다."

그러잖아도 잔뜩 기가 죽어 어쩔 줄을 몰라 하던 의원이 더욱 움츠러들었다. 그러자 옆에서 술판을 벌이고 있던 해웅이 대뜸 핀잔을 주었다.

"시끄러. 뼈 하나 부러진 것 가지고 엄살은."

"뼈 하나라니요? 다리뼈는 물론이고 어깨도 박살이 났는데요."

"잘났다. 뼈 부러진 것이 뭐 자랑이라고 입에 거품까지 물고 따지냐, 따지길!"

그와 함께 술을 마시던 강유가 피식 웃음을 터뜨렸다.

"너무 그러지 마라. 너야 애당초 강철 같은 몸을 가지고 있으니까 그런 말을 할 수 있겠지만 우리들 몸뚱이는 약하다고."

"강철은 무슨 얼어죽을. 강철 같은 몸이 이렇게 망가지는 것 봤냐?"

해웅이 온통 붕대투성인 자신의 몸을 가리키며 말했다.

"그나마 우리는 양호하잖아."

피식 웃는 강유, 그의 말은 거짓이 아니었다.

 팔과 다리가 부러진 뇌전, 갈비뼈 네 개가 부러진 초번은 그나마 쌩쌩한 편이었고 전신을 붕대로 친친 감고 있는 천도문과 연능천 등은 사람의 몰골이 아니었다. 하지만 가장 심하게 다친 사람은 남궁민을 보호하기 위해 몸을 날린 남궁류였다.

 탁강강의 공격을 맨몸으로 막아낸 덕에 뼈가 완전히 으스러진 어깨는 회복 여부가 불투명하다는 선고를 받았다. 또한 오장육부가 상했으며 갈비뼈도 일곱 개나 부러졌다.

 패천수호대에 패퇴하고 강가문(剛佳門)이라는 조그만 문파에 몸을 의탁한 지 사흘이나 지나서 간신히 의식을 회복한 그는 지금도 자리에서 일어나지 못하고 있었다.

 "호, 호법님."

 힘겹게 상체를 일으킨 천도문이 해웅을 불렀다.

 "왜?"

 힐끔 쳐다보는 해웅, 잠시 뜸을 들인 천도문이 말했다.

 "뱃속에서 난리가 났습니다."

 "배? 거기는 괜찮았잖아. 갑자기 왜 그런 거야?"

 해웅의 음성이 커졌다.

 당황한 의원이 천도문에게 다가가자 그는 손을 휘저어 의원을 물리쳤다.

 "그, 그게 아니라."

 "아니면 뭔데?"

 "주충(酒蟲)들이 난리가 났습니다. 제 술도 좀 남겨주십시오."

 "……."

혹시나 하는 마음에 걱정했던 자신이 그렇게 한심할 수가 없었다. 해웅의 인상이 험악하게 일그러졌다.

"그나마 멀쩡한 사지까지 부러지고 싶지 않으면 조용히 찌그러져 있어. 환자한테 술은 안 좋아."

"이상하네. 여기 있는 사람 중 환자가 아닌 사람도 있었나?"

뇌전이 슬그머니 끼어들며 딴청을 피웠다. 그 역시 술 생각이 간절했는지 연신 침을 삼키고 있었다.

"가슴에 칼자국 좀 났다고 환자 취급하면 곤란하지. 부러진 곳 하나 없는 해웅도 너희들과는 다르고. 조금만 더 회복하면 질리도록 마시게 해줄 테니까 조금만 참아."

말은 그리했지만 강유의 상세나 해웅의 상처도 만만한 것은 아니었다. 그저 상대적으로 다른 이들에 비해 조금 양호한 것뿐이었다.

바로 그때 남궁민이 방 안으로 들어섰다.

며칠 동안 꽤나 마음고생이 심했는지 무척이나 수척한 모습이었다.

"두 분 호법도 완쾌할 때까지는 자제하도록 하세요."

"하하, 그러지요."

강유가 전혀 신뢰를 주지 못하는 음성으로 대답했다.

어쩔 수 없다는 듯 살래살래 고개를 흔든 남궁민이 의원을 불렀다.

"어떤가요?"

인간 같지 않은 괴물들만 우글거리는 곳에서 그나마 사람 같은 남궁민을 만나게 되어서 그런지 의원의 얼굴에 생기가 돌았다.

"워낙 단단한 몸들을 가지고 있어서 크게 걱정하지 않으셔도 될 것 같습니다."

"다행이군요."

"다만……."

잠시 머뭇거린 의원이 고개를 돌려 남궁류를 쳐다봤다.

"팔의 기능이 정상으로 돌아올지는 아직도 모르겠습니다."

"음."

무인에게 있어 팔을 쓰지 못한다는 것은 치명적인 약점으로 작용했다. 더구나 황보세가의 무공은 권장지술이 중심이었다. 검을 위주로 하는 남궁세가의 무공을 배우지 못한 그에게 한쪽 팔을 쓰지 못한다는 것은 사형 선고나 다름없었다.

"괘, 괜찮습니다. 너무 걱정하지 마세요."

그러나 그녀는 남궁류의 말을 듣지 않았다.

"어쨌든 최선을 다해주세요."

"알겠습니다."

"부탁드려요."

정중하게 인사를 한 남궁민이 몸을 돌렸다.

강유와 해웅 등에게 가볍게 인사를 하고 막 방문을 나서던 그녀가 잠시 걸음을 멈추고 입을 열었다. 고개도 돌리지 않은 상태였다.

"다시는 나를 보호한답시고 나서지 마라."

남궁민은 그 한마디를 남기고 총총히 사라졌다. 방 안의 공기가 싸늘해졌다.

"가주께서 너무 심하신 것 아닙니까? 그래도 동생이고 목숨을 구해줬는데."

뇌전이 조금은 못마땅한 듯 말했다. 하지만 그에게 돌아온 것은 해웅의 호통뿐이었다.

"뭘 알지도 못하면 가만히 있어. 그게 중간이나 가는 거니까."

그의 말에 이어 강유가 침울해 있는 남궁류에게 다가갔다.
"결코 짧은 세월이 아니다. 금방 허물어지지 않아. 그러니 마음에 담지 마라."
"알고 있습니다."
"그래도 네가 정신을 차리지 못하고 있는 사이 사흘 밤낮을 네 곁을 지키셨다. 가주의 부상도 장난 아니었는데."
"저, 정말입니까?"
남궁류가 믿어지지 않는다는 듯 소리쳤다. 입가에 미소를 지은 강유가 고개를 끄덕였다.
"다시는 나서지 말라고 하신 것도 네가 다친 것을 염려해서 그러는 것이다."
"그렇군요."
활짝 웃는 남궁류의 눈에는 맑은 눈물이 고여 있었다.
"흠, 그게 그렇게 된 건가요?"
뇌전이 짐짓 감동했다는 듯 고개를 끄덕였다.
"이제 알았냐? 그러니까 함부로 나서지 좀 마라."
"그런데 저는 왜 몰랐지요?"
"왜긴? 죽는다고 지랄하며 의원 멱살 잡느라 정신없었으니까 그랬지."
해웅이 뇌전의 멱살을 잡더니 마구 흔들었다.
"이렇게 말이다."
"내, 내가 언제. 캑캑! 수, 숨 막힙니다."
해웅과 뇌전의 장난에 다들 웃음을 터뜨렸다.
"이거야 원, 어째 환자들이 멀쩡한 사람들보다 더 기운있어 보입니다."

막 방에 들어선 율천이 황당한 표정으로 좌중을 살폈다.

"하하, 율 대주 왔는가? 어서 오게나."

그의 등장을 가장 반긴 사람은 해웅이었다. 물론 그의 손에 들린 술병이 더 반가운 것이었지만.

"아무튼 건강해 보이니 다행입니다."

"자네만 하겠어? 그래, 어떻게 되고 있는 거야, 지금."

"난리도 아니지요. 다들 죽어라 싸우는 모양입니다. 패천궁이 조금 우세하다고는 하는데 눈에 띄게 그런 것 같지는 않습니다. 특히 오대세가가 작심하고 나선 다음부터는 박빙이랍니다."

남하시켰던 정예들이 패천수호대에 패한 것은 오대세가의 어른들에겐 꽤나 충격적인 사건이었다. 이에 분기탱천한 그들이 대거 병력을 이끌고 정도맹을 돕기 위해 나선 것이다.

"조만간 이곳에 있는 사람들도 이동한다고 합니다."

"우리는?"

깜짝 놀란 뇌전이 되물었다.

"멀쩡한 사람만 추려서 간다고 하던데."

"당연히 그래야겠지, 다들 하루아침에 나을 상세가 아닌데. 환자들은 짐밖에 안 되지. 참, 다른 녀석들은 좀 어때?"

강유가 옆 건물에서 치료받고 있는 이들의 안부를 물었다.

남궁세가는 패천수호대와의 싸움에서 모두 다섯 명의 인원을 잃었다. 적게는 십수 명에서 많게는 전멸 직전까지 이른 다른 세가와 비교하면 극히 적은 희생이었지만 남궁세가의 입장에선 그렇지가 않았다. 그나마 천뢰대의 적극적인 보호가 아니었다면 얼마나 많은 인원이 희생됐을지 모르는 일이었다.
"술 좀 달라고 난리 피우는 걸 보니 괜찮은 것 같습니다."
"흥, 누구하고 똑같네."
해웅의 눈이 천도문에게 향하자 그는 슬그머니 고개를 돌려 딴청을 피웠다.
"형님 소식은 없고?"
"아직 없습니다."
남궁세가의 일로 길을 떠난 건 알고 있었지만 아무런 소식도 없으니 무척이나 답답했다
"휴~ 이 난리가 났는데 어디서 뭘 하고 계시는지."
강유가 땅이 꺼져라 한숨을 내쉬었다.

      *   *   *

숭산과 더불어 불문의 성지로 추앙받는 아미산.
보현보살(普賢菩薩)이 보살행을 했다는 아미산은 골마다 절과 불상이 들어차 있었고 모든 봉우리의 이름도 불명(佛名)이었다.
황급히 길을 떠난 을지호 일행은 사중명이 말한 반나절보다는 조금 못된 시간에 아미산에 접어들었다.
"조금이라도 쉬는 것이 좋겠네."
사중명이 여전히 선두에 서서 달리고 있는 을지호를 불러 세웠다.
"지금껏 한 번도 쉬지 않고 달려왔네. 너무 지쳤어."
아닌 게 아니라 그의 뒤로 달려오는 비혈대며 혈궁단 단원들의 모습은 지친 기색이 역력했다. 특히 비혈대원들보다 경공에서 약점이 있는

혈궁단은 쓰러지기 일보 직전이었다.

"알겠습니다. 그렇게 하시지요."

순간, 사중명의 눈이 동그래졌다. 순순히 따라주는 것도 그런 것이지만 지금껏 들어보지 못한 정중한 말투 때문이었다. 그의 기분을 알기라도 하듯 을지호가 입을 열었다.

"따지고 보면 연배나 나이나 한참 윗길이신데……."

전에는 적이었지만 함께 목숨을 걸고 싸워야 하는 지금 선배로서 예우를 해주겠다는 뜻이었다.

"고맙군."

엎드려 절 받기란 이런 것일까? 그러나 웬일인지 그다지 나쁜 기분은 아니었다.

"하지만 오래 쉴 수는 없습니다."

고개를 들어 산을 바라보며 입을 연 을지호의 안색은 어두웠다.

사시사철 운해(雲海)로 뒤덮여 있는 아미산의 정상 만불정(萬佛頂)은 보이지 않았다. 그러나 뭔가 심상치 않은 기운이 느껴지는 건 기분 탓만은 아니었다.

"알겠네."

사중명이 고개를 끄덕였다.

휴식의 명이 떨어지자마자 모두들 그 자리에서 주저앉았다. 환호성을 지를 만도 하건만 그럴 힘조차 없는 모양이었다.

"괜찮소, 사마 소저?"

"끄떡없어요."

밝게 웃으며 대답하는 사마유선, 숨소리가 거친 것이 말은 안 해도 꽤나 지친 기색이었다.

휴식은 짧았다. 그러나 그것은 을지호의 의지가 아니라 갑작스레 터져 나온 비명 때문이었다.

"으악!"

난데없는 비명 소리에 휴식을 취하던 이들이 일제히 무기를 빼 들었다. 을지호는 이미 비명이 난 곳으로 달려가고 있었다.

비명을 지른 사람은 혈궁단원 고죽(固竹)이었다.

"무슨 일이야?"

뒤따라온 사마유선이 신경질적으로 물었다.

"시, 시체가……."

고죽은 세상지(洗象池)라 일컬어지는 개울에 둥둥 떠 있는 시신을 가리켰다.

비구니처럼 보이는 시신은 바위틈에 걸려 있었다.

"아미파의 제자네!"

그녀가 입고 있는 승복이 아미파의 복장임을 확인한 사중명이 소리쳤다.

"음."

을지호가 침음성을 흘렸다. 서둘러 달려왔는데도 늦은 모양이었다.

그것으로 짧기만 한 휴식은 끝이 났다.

시신을 발견한 을지호 일행은 그 즉시 아미파를 향해 움직였다.

그 옛날부터 아미산에는 꽤나 많은 도관과 사찰이 있었다.

아미파는 그 모든 사찰을 아울러서 일컫는 말이었고 가장 규모가 큰 복호사(伏虎寺)의 주지가 아미파의 장문인으로 인정받는 것이었다.

을지호 일행이 가장 먼저 발견한 사찰은 우심사(寓心寺)였다.

"우웩!"

사중명의 명을 받아 경내로 들어선 중정(曾庭)이 대뜸 구역질을 해 댔다. 그를 따라 들어선 사람들도 예외는 아니었다.

한 폭의 지옥도(地獄圖)였다.

불심을 닦고 불경을 공부하는 우심사는 이미 사라지고 없었다. 남은 것이라곤 너무나 무참히 쓰러져 있는 여승들의 모습뿐이었다.

모두 나이가 든 노승들이었는데 온전한 시신은 한 구도 없었다. 사지가 절단된 것은 기본이고 내장마저 모두 밖으로 드러나 있었다. 시신 위로 파리 떼가 새까맣게 앉아 있었다.

"세, 세상에······."

사마유선을 비롯하여 몇몇 이들은 차마 보지 못하고 고개를 돌려 외면했다.

그것은 시작에 불과했다.

연불사(連佛寺), 현화사(炫和寺), 수인사(修人寺) 등 그들이 지나쳐 온 모든 사찰의 상황이 우심사와 다르지 않았다.

시신을 수습할 사이도 없이 미친 듯이 달린 그들은 곧 아미파의 본산이라 할 수 있는 복호사에 도착했다.

그러나 그들을 반긴 것은 아무렇게나 쓰러져 있는 시신들과 그들의 몸에서부터 흘러나와 땅을 적시는 핏물이 전부였다.

"늦··· 었군."

사중명이 허탈한 표정으로 입을 열었다.

을지호는 아무런 말도 없이 경내로 들어섰다.

걸음을 옮기면 옮길수록 많은 시신이 눈에 띄었다. 여승들뿐만 아니라 낯선 사내들의 시신도 군데군데 발견되는 것이 거의 일방적으로 당했던 다른 사찰과는 달리 복호사에서는 상당히 치열한 전투가 벌어진 것 같았다. 물론 결과는 바꾸지 못했지만.

을지호의 걸음이 멈춘 곳은 대웅전 앞에서였다.

대웅전 앞에는 삼십여 구에 이르는 시신이 쓰러져 있었다.

"아!"

"어, 어찌 이런 일이!!"

뒤따라온 사마유선과 사중명은 말을 잇지 못했다.

대웅전 앞에서 벌어진 참상은 다른 곳과는 비교도 할 수 없을 만큼 끔찍했다. 입고 있던 옷이 모조리 찢겨 나가 알몸으로 나뒹구는 그들의 모습은 한눈에 보아도 어떤 일을 당했는지 짐작케 했다.

"무공도 모르는 스님들을!!"

사중명의 입에서 절망의 노호성이 터져 나왔다.

소림사가 그렇듯 아미파의 여승 또한 모두 무공을 익히는 것은 아니었다. 엄연히 학승(學僧)과 무승(武僧)이 구별되어 있었다. 밖에 쓰러져 있는 이들이 아미파를 지키기 위해 목숨을 걸고 싸운 무승들이라면 이들은 참화를 피해 몸을 숨긴 학승들, 더구나 하나같이 젊고 어린 비구니들이었다.

생사를 초월한 노승들이 사찰을 떠나지 않고 자신들의 목숨으로 시간을 끌며 어린 제자들을 피신시킨 것이었지만 흑백대전 때문에 상당수의 무승들이 아미파를 떠난 지금 그들을 지켜줄 사람은 없었다.

"이렇게 어린아이를……."

사마유선이 이제 갓 열댓 살이나 되었을 어린 비구니의 시신을 안고 눈물을 흘렸다. 얼마나 고통이 컸는지 악문 입술 사이에서 피가 흘러나왔고 땅바닥을 긁어댄 손톱은 깨지고 갈라져 있었다.

"여, 여기 생존자가 있습니다!"

시신들을 살피던 한조가 미약하게 숨을 쉬는 비구니를 발견하고 소리쳤다. 하지만 살아도 살아 있는 목숨이 아니었다.

사마유선이 안고 있는 비구니보다 한두 살은 더 어려 보이는 어린 비구니의 가슴엔 기묘하게 휘어진 단검이 박혀 있었다. 그곳으로 피가 멈추지 않고 흘러나왔다.

단숨에 달려간 사중명이 미친 듯이 진기를 불어넣었다. 얼마나 그랬을까? 미약하게 숨을 쉬던 그녀가 눈을 떴다.

을지호의 눈과 어린 비구니의 눈이 정면으로 부딪쳤다.

한없이 투명하고 맑은 눈, 그러나 고통과 아픔이 극에 이른 너무나 슬픈 눈이었다.

"아!"

을지호의 입에서 신음성이 흘러나왔다.

어디선가 많이 본 눈이었다. 지금까지도 잊혀지지 않는, 때때로 꿈에서 만나는 그리운 눈이었다.

"오, 옥령(玉玲)."

머리 속이 새하얗게 지워졌다. 눈을 뜨고 있음에도 아무것도 볼 수 없었고 귀가 열렸음에도 아무것도 들을 수 없었다. 오직 그 옛날의 기억이, 지금까지도 그를 힘들게 하는 기억만이 빙글빙글 맴돌뿐이었다.

그는 자신도 모르게 손을 뻗었다. 손이 사시나무 떨리듯 떨렸다.

"사, 살려주세요……."

순간, 그의 손은 더 이상 나아가지 못했다. 살려달라는 비구니의 음성이 그의 정신을 일깨웠기 때문이다.

'그래, 그 아이일 리가 없지.'

을지호의 입가에 쓴웃음이 지어졌다.

그의 시선이 사중명에게 향했다. 가망이 있겠냐는 뜻이었다. 사중명은 고개를 가로저었다.

"살… 려… 주세요. 제… 발……."

계속해서 울부짖던 음성이 급격히 작아졌다. 잠시 돌아왔던 생기는 순식간에 사그라들었다. 그리곤 힘없이 고개를 떨구고 말았다.

"……."

을지호는 숨이 끊어졌음에도 여전히 닫히지 않은 눈을 바라보았다. 죽는 순간까지도 두려움에 떨었는지 공포가 가득한 눈빛이었다.

그녀의 눈빛이 비수가 되어 박혀들었다.

'너도 그랬겠지.'

또다시 한 아이의 영상이 뇌리에 떠올랐다. 마음이 찢어질 듯 아팠다.

가슴속 깊이 잠재해 있던, 그동안 간신히 억눌러 왔던 무엇인가가 끓어오르기 시작했다.

"철왕!"

벌떡 몸을 일으킨 을지호가 철왕을 불렀다. 엄청난 살기가 담긴 음성이 대웅전을 흔들었다.

사마유선과 사중명은 목소리에 담긴 끔찍한 살기에 진저리를 쳤다.

주인의 분노를 느낀 것일까? 허공에서 유영하던 철왕이 엄청난 속도로 날아왔다.

"온기가 남아 있는 것을 보니 가까이에 있다. 찾아!"

철왕이 까마득한 하늘로 비상했다. 그리곤 허공을 몇 번 선회하더니 곧 북쪽으로 방향을 틀었다. 인간의 수백 배에 달하는 시력으로 일단의 무리를 포착한 것이었다.

을지호는 조금도 머뭇거림없이 북쪽을 향해 몸을 날렸다.
"혼자 쫓으려는 것인가요?"
사마유선이 황급히 되물었으나 돌아오는 대답은 없었다. 이를 악문 그녀가 수하들을 향해 소리쳤다.
"따라와!"
그리곤 을지호의 뒤를 쫓아 달리기 시작했다.
"대주님."
한조가 사중명을 불렀다. 어찌할 것인지를 묻는 것이었다.
"부를 시간이 어딨어! 빨리 움직여."
이미 달리고 있는 그 역시 을지호와 사마유선에 못지않게 분노하고 있었다.

험준한 아미산을 말을 타고 오를 수는 없는 노릇, 아미파를 쑥대밭으로 만든 철혈마단의 동기령(銅旗令) 휘하 질풍대(疾風隊) 사십일 명은 말을 매어놓은 아미산의 북쪽 언저리 분지에 모여 있었다.
"역시 대주님의 선택은 탁월하셨습니다."
부대주 아리한(阿唎閑)이 애마(愛馬)에 올라타며 엄지손가락을 치켜세웠다.
"뭐가 말이냐?"
수하들보다 머리 하나는 더 솟아 있는 질풍대주 율목산(溧目霰)이 물었다.
"생각해 보십시오. 다른 녀석들처럼 점창파나 청성 따위를 치러갔다면 오늘 같은 재미는 볼 수 없었을 겁니다."
"호호, 딴은 그렇구나."

아미혈풍(峨嵋血風)

자신이 생각하기에도 아미파를 맡겠다고 나선 것은 무척이나 잘한 일이었다. 그렇지 않았다면 아리한이 말한 재미를 느끼지 못했을 것이니.

"다음 목표인 당가에서도 재미를 볼 수 있을 것이다."

"당가는 사풍대(砂風隊)와 승월대(乘鉞隊)가 맡기로 되어 있는 것 아닙니까?"

"생각보다 아미파에서 걸린 시간이 짧았다. 급하게 서두르면 시간을 맞출 수 있을 것이다. 당가 년들의 미모도 꽤나 알려졌다고 하더구나."

"성질이 녹록치 않을 겁니다."

"계집은 자고로 앙칼진 면이 있어야 하는 법이다."

그들은 마치 당가의 여인들이 자신의 품에 들어온 것처럼 말을 하고 있었다.

그도 그럴 것이 사풍대와 승월대의 인원, 그리고 살아남은 질풍대의 인원이면 이백을 육박했다. 그 정도의 인원이라면 어떠한 문파와도 자웅을 겨뤄볼 만했다. 더구나 흑백대전이 한창인 지금 각 문파에 남아 있는 무인들은 극히 일부뿐이었고 그나마 고수들의 수도 얼마 되지 않았다. 천하의 아미파를 치는 데도 고작 스물아홉 명이 목숨을 잃을 정도로 힘이 약해진 상태였다. 그리고 그것은 당가도 예외일 수 없었다.

"자, 다른 녀석들도 그것을 모르지는 않을 터, 늦으면 놈들의 엉덩짝이나 구경하게 될 것이다. 서두르자."

고삐를 죄고 힘껏 발을 구르자 그가 탄 말이 쏜살같이 앞으로 뛰쳐나갔다.

"하앗!"

아리한과 다른 수하들이 곧바로 그들의 뒤를 쫓았다.

두두두두.
지축을 울리는 말발굽이 경쾌하게 울려 퍼졌다.
그들이 떠나자마자 을지호가 도착했다.
"바로 네놈들이구나."
제법 거리가 되었지만 맨 후미에 있는 사내의 등짝이 훤히 보일 정도의 거리였다. 붉게 충혈된 을지호의 눈에서 불길이 일었다.
그가 출행랑을 극성으로 펼치기 시작했다.
한번 도약할 때마다 그의 몸은 칠팔 장을 이동했다. 그렇지만 맹렬히 말을 몰고 있는 그들을 쉽게 따라잡을 수는 없었다. 을지호가 그들을 따라잡은 것은 일각 여의 시간이 흐른 뒤였다.
사람보다 훨씬 감각이 발달한 말이 출행랑을 시전하면서 뿜어져 나오는 을지호의 살기를 감지했다.
히히힝!
말들이 갑자기 광분하기 시작했다. 한두 마리가 그런 것이 아니라 동시 다발적으로 거의 모든 말이 미쳐 날뛰기 시작했다. 그리고 주인의 명령을 거부하기 시작했다.
"뭐, 뭐야!"
지금껏 그와 같은 일을 겪지 못한 질풍대원들은 고삐를 거세게 움켜쥐며 말을 진정시키느라 진땀을 뺐다. 하지만 두려움에 사로잡힌 말은 주인의 명령을 순순히 따르지 않았다.
바로 그 순간, 공기를 가르며 날아오는 무엇인가가 있었다.
쐐애액!
모골이 송연해질 정도로 빠르게 다가온 핏빛 화살 하나가 맨 후미에 있던 사내의 미간에 박혀 버렸다. 갑자기 들려오는 소리에 놀라 뒤를 돌아보다 당한 것이었다.

"컥!"

외마디 비명과 함께 그의 몸이 말에서 떨어지고 주인을 잃은 말은 더욱 미쳐 날뛰기 시작했다.

쐐애액!

또 하나의 화살이 날아들었다. 그리고 어김없이 한 사내가 굴러 떨어졌다. 그러나 그의 비명성 역시 말들이 내지르는 투레질 소리에 묻혀 들리지 않았다.

"으악!"

세 번째 사내가 목숨을 잃었다.

말이 사내의 몸을 안장에 매단 채 빠르게 질주했다. 그제야 적이 공격한다는 것을 눈치 챈 아리한이 소리를 질렀다.

"적이다!"

적이라는 말에 쩔쩔매던 사내들의 기세가 일변했다. 주인의 기세가 감지된 것인지 아니면 을지호가 뿜어내는 기세가 약해진 것인지 광분하던 말들도 점차 흥분을 가라앉혔다.

그사이에도 두 명이 더 당했다.

"대오를 갖춰라! 적을 파악해라!"

아리한이 고래고래 소리를 질렀다.

질풍대가 일제히 말 머리를 틀었다. 그리고 그들은 엄청난 속도로 다가오며 활시위를 당기는 을지호를 볼 수 있었다.

"온다."

누군가의 입에서 다급한 경고가 터져 나왔다. 그러나 늦은 감이 있었다. 빛살과도 같은 빠름으로 다가든 화살은 목표를 놓치지 않았다.

"크윽!"

"빌어먹을!"

바로 옆에 있던 수하가 당하자 아리한은 미칠 지경이었다.

"원진을 만들어라. 방패를 세워!"

그의 명이 아니더라도 수하들은 안장에 매달았던 방패를 필사적으로 집어 들고 있었다.

땅!

묵직하면서도 날카로운 충돌음이 들려왔다. 방패를 뚫지 못한 화살이 힘없이 땅에 떨어졌다. 간발의 차이로 목숨을 구한 사내는 방패를 통해 전해오는 압력에 몸서리쳤다.

"돌격하라!"

질풍대는 율목산의 명이 떨어지자 방패로 몸을 보호하며 일제히 전진하기 시작했다.

투레질 소리며 함성 소리가 하늘을 찔렀다.

무기도 제각각이었다. 창을 든 자도 있었고 검을 든 자도 있었으며 도끼를 든 자도 있었다.

어느새 걸음을 멈추고 있던 을지호는 아미산을 오르기 전 사마유선이 떠넘기다시피 한 마지막 화살을 시위에 재고 있었다.

핑―

날카로운 소리와 함께 화살이 시위를 떠났다.

이번엔 사람이 아니라 말을 노린 것이었다. 질풍대원들이야 방패로 화살을 막을 수 있었지만 말은 무방비나 마찬가지였다. 물론 얇은 갑주를 씌우기는 했지만 무지막지한 힘이 담긴 화살이 뚫지 못할 정도는 아니었다.

목덜미에 화살이 꽂힌 말은 달려오는 힘을 이기지 못하고 그대로 고꾸라졌다. 바로 뒤에서 달려오던 말도 발이 엉켜 쓰러졌다. 그들까지 해서 을지호가 쓰러뜨린 적이 모두 열에 이르렀다. 그러나 적은 여전히 많았다.

두두두두.

삼십 마리가 넘는 말이 머리를 나란히 하고 달리는 모습은 가히 장관이었다.

가장 먼저 도착한 사내가 몸을 비스듬히 누이며 검을 휘둘렀다. 바로 옆에선 창으로 찔러왔다.

을지호의 몸이 허공으로 도약했다. 목표를 놓친 사내의 시선이 그를 따라 허공으로 향했다. 그리고 그는 화살도 없이 시위를 당기는 을지호의 모습을 볼 수 있었다. 그 이유를 생각하기도 전에 그는 정수리로부터 전해오는 화끈한 느낌을 이상히 여기며 말에서 굴러 떨어졌다.

주인을 잃은 말의 등을 밟고 재차 도약한 을지호가 또다시 시위를 당겼다.

"크아악!"

자신이 무엇에 당하는지도 모른 채 다섯 명의 인원이 목숨을 잃었다.

그러나 날개가 달리지 않는 이상 마냥 허공에 떠 있을 수는 없었다. 그리고 그때가 을지호의 위기였다.

을지호가 땅에 내려서자마자 질풍대가 순식간에 그를 둘러쌌다. 그리곤 주변을 선회하며 공격의 기회를 노렸다.

"타핫!"

낭아추(狼牙錘)를 빙글빙글 돌리며 기회를 엿보던 아리한이 을지호의 다리를 향해 공격을 했다. 그가 훌쩍 뛰며 낭아추를 피하자 기다렸다는 듯 네 방향에서 돌격이 시작됐다.

그러나 그의 빠름을 잡을 수는 없었다. 특히 출행랑을 펼칠 때 전해오는 살기에 깜짝 놀란 말이 움츠러들며 명령을 듣지 않았다. 당연히 제대로 된 공격이 이루어지지 않았다. 그것은 비단 말의 문제는 아니었다. 흠칫흠칫 놀라기는 사람도 마찬가지였다.

그사이에도 무영시에 꽤 많은 인원이 목숨을 잃고 말에서 떨어졌다. 하지만 마냥 상황이 좋은 것은 아니었다. 특히 긴 거리에서 소리없이 다가드는 장창(長槍)의 위력은 생각보다 뛰어났다. 결국 어깨 쪽에 상처를 입고 말았다.

뼛속까지 통증이 밀려들어 왔다. 순간 그의 전신에서 이전과는 비교도 할 수 없는 살기가 피어올랐다. 그러잖아도 아슬아슬하게 유지하고 있던 이성의 끈이 끊어진 것이었다.

"죽인다."

그가 바삐 놀리던 걸음을 멈추었다. 그리고 철궁의 시위를 풀어버렸다.

"크하하하! 이빨 빠진 늑대새끼가 되버렸구나."

아리한이 광소를 터뜨렸다.

"지금 와서 빈다고 목숨을 연명할 줄 알았느냐!"

그의 눈에는 그것이 항복의 의사로 비쳐진 모양이었다.

"뭣들 하느냐? 어서 저놈을 짓밟아 버려라."

율목산의 명이 떨어지기가 무섭게 잠깐 멈추었던 공격이 일제히 시작되었다. 하지만 그들 중 철궁에 일어난 변화를 본 사람은 아무도 없었다. 반달처럼 휘었던 철궁이 어느새 꼿꼿이 펴져 을지호의 손에 들려 있음을. 그 대가는 참으로 처참했다.

따따땅.

그를 공격했던 이들의 무기가 일제히 하늘로 치솟았다.

일수에 공격을 무마시킨 을지호의 철궁이 춤을 추었다.

철궁이 휩쓸고 지나간 자리에 멀쩡히 말을 타고 있는 사람은 아무도 없었다. 그가 말의 다리를 모조리 박살 냈기 때문이다. 그리고 말에서 떨어진 사람들은 정신을 차렸든 그렇지 못했든, 을지호의 상대가 될 수 없었다.

그들은 너무도 빠르게 접근하여 천하의 명검보다 더 강한 예기를 뿜어내는 철궁에 속수무책 당하고 말았다.

을지호는 지금 어째서 검이 궁보다 접근전에 강한지 그 이유를 확실하게 보여주고 있었다.

철궁을 들고 있을 때는 들이닥치는 공격을 피하고 시위를 당기는 두 가지 동작을 해야만 했지만 철궁을 검처럼 사용하는 이상 그럴 필요가 없었다. 수비와 공격이 거의 동시에 이루어졌다.

병장기 부딪치는 소리와 말들의 울부짖음, 끔찍한 비명이 분지를 뒤흔들었다. 그것의 중심에 을지호가 있었다.

남궁세가의 검법을 사용한 것은 아니었다.

구양풍에게 배운 검법과 가문의 검법을 사용한 것은 더 더욱 아니었다.

일정한 초식도 없었고 정교한 몸놀림도 없었다. 곳곳에 상처가 생겼지만 이미 이성을 잃은 그는 전혀 신경 쓰지 않았다. 그냥 몸이 가는 대로 미친 듯이 움직이며 말을 쓰러뜨리고 질풍대원의 목숨을 빼앗을 뿐이었다.

낭아추를 사용하던 부대주 아리한은 양끝의 추를 연결하던 만년삭(萬年索)이 실처럼 끊어지는 것에 기겁하다가 되돌려진 추에 목숨을 잃고 말았다.

"죽어라, 이놈!"

율목산이 속절없이 쓰러지는 수하들을 보며 커다란 도끼를 휘두르면서 달려들었지만 막강한 내공으로 휘두르는 철궁에 도끼의 날이 박살나고 박살난 도끼의 파편이 암기처럼 날아들자 버틸 도리가 없었다. 무수히 많은 파편이 그의 전신에 박혀 버렸다. 하지만 그의 결정적인 죽음은 목뼈를 으스러뜨린 철궁의 힘이었다.

부대주가 죽었다. 대주인 율목산마저 변변한 힘도 쓰지 못하고 목숨을 잃었다. 사십 명이 넘던 인원도 고작 열 명이 갓 넘을 뿐이었다.

남들의 공포를 즐기며 살상을 펼쳤던 질풍대원들이 오히려 극도의 공포감에 사로잡혔다. 전의를 상실한 것은 한참 전의 일이었다.

"도, 도망쳐!"

"후퇴해라!"

더 이상 싸운다는 것이 무엇을 의미하는지 절실히 깨달은 생존자들이 사방으로 흩어졌다. 그러나 가만히 놔둘 을지호가 아니었다. 그는 도망치는 자들을 일일이 쫓아다니며 살수를 펼쳤다.

사방에서 비명이 터져 나왔다. 아무리 빨라도 그를 벗어날 수는 없었다.

그가 모든 움직임을 멈추고 어깨를 들썩이며 거친 숨을 내뱉을 땐 살아 있는 생명은 아무것도 없었다. 아미파를 유린했던 질풍대는 물론이고 그들이 타고 있던 말들 역시 모조리 시체로 변해 버렸다.

전신을 피로 물들이고 아직도 성이 차지 않는 듯 이리저리 고개를 돌리는 을지호, 그는 조금이라도 숨결이 느껴진다 싶으면, 아니, 온기가 남아 있다 싶으면 타작을 하듯 철궁을 휘둘렀다. 피가 튀고 살점이 난무해도 그는 멈추지 않았다. 거의 모든 시신이 그런 취급을 당했다.

혈귀(血鬼)로 변해 버린 그를 언제부턴가 지켜보는 사람들이 있었다.

"이것을 믿어야 하는 건가요?"

사마유선은 눈앞에 펼쳐진 참상을 보며 도저히 믿지 못하겠다는 듯 물었다. 비단 그녀만이 아니었다. 혈궁단원들은 물론이고 일찍이 그의 실력과 잔인함을 살짝 엿보았던 비혈대원들도 입을 쩍 벌리고 있었다.

"보지 못하고 들었다면 믿지 못했을 것이나 눈앞에서 벌어진 일이니."

사중명이 너무도 잔인한 손속에 잔뜩 인상을 찌푸리며 대꾸했다. 온설화가 어째서 그와 부딪치지 말라고 했는지를 또다시 상기하면서.

제35장

금사하(金砂河)

금사하(金砂河)

 한 마리의 전서구가 패천궁의 진영으로 날아들면서 엄청난 사상자를 내면서도 팽팽하게 전개되던 흑백대전이 멈췄다.
 세인들은 겉으로는 팽팽하게 보여도 기세에서 우위를 보이던 패천궁이 어째서 공격을 멈추었는지 의아함과 불안한 마음으로 사태의 추이를 지켜봤다.
 사실 패천궁이 공격을 멈춘 것은 사천혈맹의 준동을 알려온 사중명의 전서구도 영향이 있었지만 누구보다 군사 온설향의 힘이 컸다.
 애당초 제삼의 세력이 있다는 것을 알면서도 공격 명령을 내렸던 궁주 안휘명은 사천혈맹이 움직인다는 소리에도 싸움을 계속할 의지를 보였다. 또한 대다수의 장로들과 호법들, 수뇌들이 조금만 더 밀어붙이면 승리할 수 있다는 미련 때문에 쉽사리 공격을 포기하려 하지 않았다.

그러나 온설화는 어째서 싸움을 중단해야 하는지 그 이유를 조목조목 들이대며 궁주와 수뇌들을 설득하기 시작했다.

그녀가 싸움을 중단해야 한다고 한 이유는 다음과 같았다.

첫째, 과거 사천혈맹이 지니고 있었던 힘은 가공 그 자체였다. 현재 그들이 얼마나 큰 힘을 지니고 있는지 아무도 모른다.

둘째, 계속해서 공격을 한다면 승리를 거둘 수는 있겠지만 이미 전력의 반 이상이 소진되었고 최악의 경우 전력의 대다수를 잃어버릴 수가 있다. 그런 상황에선 노도와 같이 들이닥칠 사천혈맹을 상대할 힘이 남아 있지 않다.

셋째, 사천혈맹 중 남천인 흑월교는 패천궁의 세력과 비교적 가까운 곳에 있다. 그들이 공격을 한다면 모든 힘이 흑백대전에 동원된 흑도의 여러 문파가 속수무책으로 당할 수 있다.

넷째, 사천혈맹 중 드러나지 않은 중천의 힘이 어디까지 미치는지 알지 못한다. 어쩌면 패천궁 내부에 간자가 숨어 있을 수도 있다.

다섯째, 몰랐다면 모를까 이미 사천혈맹의 의도를 안 이상 패천궁이 그들의 장단에 춤을 추는 것은 치욕스런 일이다. 또한 그들에게 희생당한 수하들의 복수를 할 의무가 있다.

안휘명의 마음을 움직인 것은 세 번째와 다섯 번째의 이유였다. 특히 그들의 장단에 맞춰 춤을 춘다는 말이 그를 자극했다.

안휘명의 결정은 전 흑도의 결정이나 마찬가지였다.

일단 싸움을 중지시킨 그는 각 문파의 수뇌들을 모아놓고 사천혈맹에 대해 설명했다. 사천혈사를 기억하는 그들이기에 그 누구도 토를 달지 못했다.

온설화는 사중명이 보내온 소식을 정도맹주에게 보냈다. 하지만 정도맹의 수뇌들 중 밀서의 내용을 믿는 사람은 거의 없었다. 그 모든 것이 패천궁의 음모라 단정 짓고 전의를 다질 뿐이었다.

곽화월과 황충 등 몇몇 인물만이 좀 더 신중해야 한다고 주장하였으나 대세에 묻히고 말았다.

그들이 사천혈맹이 준동하고 있음을, 패천궁에서 전해온 밀서의 내용이 사실임을 깨달은 것은 아미파가 멸문지화를 당했다는 급보를 접한 이후였다.

질풍대가 아무리 샅샅이 뒤졌어도 아미산에 산재해 있는 수많은 사찰을 모두 찾아낼 수는 없었다. 극소수의 사람들이 생존을 했고 그들이 아미산의 참화를 흑백대전에 참여하고 있는 아미파의 장문 혜정신니(慧定神尼)에게 전한 것이다.

그러나 그것이 끝이 아니었다.

급보가 전해지는 것과 때를 같이하여 사천에 있는 개방의 제자들에게서도 미친 듯이 보고가 올라왔다.

정체를 알 수 없는 대규모의 무인들이 서진(西進)을 하고 있다는 것이었다. 선발대로 보이는 자들에게 이미 십여 개의 군소문파가 산산조각났으며 당가와 점창, 청성도 위협받고 있다는 전갈이었다.

아직 공격을 받지 않은 흑도와는 달리 백도의 혼란은 극에 달했다.

사천에 본산을 두고 있는 몇몇 문파가 서둘러 움직일 준비를 했는데 특히 오십여 년 전 패천궁에 씻을 수 없는 치욕을 당한 아픈 기억이 있던 청성과 점창파가 그랬다.

그들은 곧 전 제자들을 이끌고 본산으로 향했다.

그들이 있는 곳과 사천의 본산까지는 아무리 빨리 달려도 칠팔 일은 걸려야 도착할 수 있는 거리였고 그때는 이미 모든 것이 끝난 상황일 것이다. 하지만 그들을 말릴 수 있는 사람은 아무도 없었다. 그곳에 바로 그들의 가족과 형제, 제자들이 있기 때문이었다.
 이후, 패천궁과 정도맹은 매우 발빠르게 움직이기 시작했다.
 여전히 소규모로 벌어지고 있던 싸움을 완전히 중단시키고 수뇌들이 회합을 했다. 비록 패천궁주와 정도맹주의 만남은 이루어지지 않았으나 그것만으로도 엄청난 진전이었다. 그리고 그들은 사천혈맹을 상대하기 위해 대응책을 논의하기 시작했다.
 사중명으로부터 전서구가 날아온 지 정확히 이틀, 아미파로부터 급보가 전해진 지 만 하루 만의 일이었다.
 한편, 아미파를 공격했던 철혈마단 동기령 휘하의 질풍대를 몰살시킨 을지호 일행은 당가를 향해 내달리고 있었다.

*   *   *

 약재(藥材)의 집산지(集散地)로 유명한 회하촌(回河村)은 성도에서 동남쪽으로 사십여 리 떨어진 곳에 위치하고 있었다.
 회하촌은 말 그대로 장강으로 흘러 들어가는 강물이 마을을 한 바퀴 돌고 나간다 하여 붙여진 이름으로 주변의 어느 곳에서도 쉽게 강물을 볼 수 있었다. 특히 마을 북쪽에 있는 금사하(金砂河)는 고운 모래사장과 기암절벽으로 많은 이가 찾는 곳으로 유명했다.
 아무리 급하다 하더라도 허기진 채로 움직일 수는 없는 노릇이었고 피곤에 찌든 몸으로 싸울 수는 없는 노릇이었다. 당가를 코앞에 둔 을지호 일행은 바로 그곳 금사하의 주변에서 잠시 휴식을 취하고 있었다.
 "후~"

일행과 홀로 떨어져 있는 을지호의 입에서 짧은 한숨이 새어 나왔다.

질풍대와의 싸움 이후 그는 자신을 바라보는 비혈대와 혈궁단원들의 눈초리를 의식하지 않을 수 없었다. 드러내 놓고 보이는 것은 아니었으나 마치 괴물을 보는 듯한 그들의 시선엔 두려움을 넘어 혐오감까지 느껴졌다.

'하긴 나도 내가 끔찍할 정도니.'

이성을 찾았을 때 벌어진 참극에 얼마나 놀랐던가.

그가 질풍대에게 한 짓은 그들이 아미파에서 저지른 것과 그다지 차이가 없었다.

'멍청한 놈. 그토록 노력했건만 한순간을 참지 못하고.'

그의 의식 속에 내재해 있는 살기를 없애기 위해 얼마나 노력했던가. 그것이 한순간에 수포로 돌아간 것이었다.

'하지만 분명 옥령의 눈빛이었어.'

지금도 생생하게 떠오르는 옥령의 눈빛을 하필이면 아미파의 어린 비구니의 눈에서 보고 만 것이 잘못이라면 잘못이었다. 그로 인해 결국 이성의 끈을 놓고 만 것이었으니…….

"후~"

그의 입에서 또다시 자책의 한숨이 흘러나왔다.

"무슨 한숨을 그리 쉬세요? 땅 꺼지겠어요."

한 손엔 커다란 술병을, 다른 한 손엔 잔을 든 사마유선이 조용히 다가와 앉았다.

"술이나 한잔하실래요?"

그녀가 잔을 내밀었다. 그녀의 얼굴과 술잔을 잠시 응시하던 을지호가 잔을 받아 들었다.

"어디서 구했소?"

"그냥 생겼어요."

술이 발이 달린 것도 아니고 그럴 리는 없었다. 그녀가 가져온 술은 풍간이 근처에 있는 주점에서 사 온 것이었다.

사마유선이 잔을 채웠다.

을지호가 단숨에 잔을 비웠다.

그녀가 다시 잔을 채웠다.

술은 을지호의 입속으로 단숨에 빨려 들어갔다.

그녀가 술을 따르고 을지호가 잔을 비우기를 얼마간, 아무런 말도 없이 묵묵히 술을 따르던 사마유선이 조심스레 물었다.

"왜 그랬어요?"

막 술잔을 비우던 을지호가 동작을 멈췄다.

그것도 잠시, 단숨에 잔을 비운 그가 처음으로 사마유선에게 잔을 건네며 물었다.

"뭐가 말이오?"

사마유선이 찰랑이며 넘치는 술잔을 비우고 말했다.

"그때 말이에요. 그렇게 힘들게 싸우지 않아도 될 것 같았는데……."

사마유선이 힘들게라고 돌려 말했지만 그는 왜 그렇게 이성을 잃고 미친 듯이 싸웠냐는 질문임을 모르지 않았다.

"내가 괴물로 보이오?"

뜬금없는 질문에 사마유선이 다소 당황하는 모습을 보였다.

"그건 아니에요. 다만……."

"너무 잔인했다는 말이겠구려."

입술을 꾹 다문 사마유선이 고개를 끄덕였다.

"왜 그랬는지는 나도 모르오. 잠시 이성을 잃었소. 그리고 그때의 나는 내가 아니었소."

"그렇군요. 충분히 이해할 수 있어요."

을지호가 씁쓸한 웃음을 지었다.

"이해할 수 없소. 내가 아닌 한."

"혹시… 옥령이라는 사람 때문에……."

여자의 예리한 직감은 하늘마저 감탄할 정도라 하던가.

아무도 듣지 못한, 오직 을지호가 자신만이 들릴 정도로 내뱉은 말을 그녀는 기억하고 있었다. 그리고 그 이름에 어떤 사연이 있는지는 몰라도 을지호가 이성을 잃고 그토록 잔인하게 변한 이유가 옥령이라는 이름 때문인 것을 그녀는 의식적이든 무의식적이든 느끼고 있었다.

"……."

입을 다문 을지호는 술병을 빙글빙글 돌리며 달빛을 받아 반짝이는 금사하를 물끄러미 쳐다보았다.

사마유선은 채근하지 않았다. 그가 말해 주면 듣는 것이고 그렇지 않다면 깨끗이 포기하려는 자세였다.

을지호가 한참 만에 입을 열었다.

"궁금하오?"

사마유선이 조용히 고개를 끄덕였다.

그의 시선이 다시 금사하로 향했다. 그리곤 담담한 음성으로 이야기를 시작했다.

"언제더라… 그렇군. 열다섯 살 때였군. 늙어 돌아가실 때가 돼서 그러신 것인지 아니면 할아버지 말씀대로 노망이 난 것인지 두 분 고조부님, 참, 사마 소저도 한 분은 아실 것이오. 구양풍 어르신이라고. 아무튼 그분들이 내게 내공을 몽땅 전수해 주셨소. 뭐, 아직까지 온전히 내 것으로 만들진 못했지만 내공만을 따지면 천하에 적수가 없을 거요. 아니오, 그러고 보니 아버지가 계셨구려. 돌아가신 할머니 뱃속에서부터 내공을 키웠다고 하시더니 정말 말도 안 되는 내공을 지니셨소."

을지호가 병째로 술을 들이켰다.

"그러던 어느 날이었소. 구름 한 점 없는 정말 맑은 날로 기억하오. 따사로운 햇살과 싱그러운 바람이 출행랑의 수련을 마치고 출동(出洞)하는 나를 반겨주었소. 사실 무척이나 고생했소. 모든 내공을 폐하고 동굴에 들어갔으니. 그래서 동굴만 나가면 집 안을 확 뒤집어놓으려고 했었는데… 흐흐, 그런데 그놈의 바람이, 폐부까지 시원하게 만드는 바람이 그런 마음을 조금 누그러뜨린 것이오."

실실거리며 웃던 을지호의 입가에 아련한 미소가 지어졌다.

"친구를 만나러 갔소. 친구… 아니지, 내가 좋아했던 아이요. 나보다는 한 살 어렸는데 사냥을 하다 우연히 알게 되었소. 옥령이라는 이름을 가진 아이였는데 눈이 무척이나 예뻤소. 아무튼 집에서 꽤나 먼 거리에 있었지만 문제될 것은 없었소. 왜 집으로 가지 않았냐고 묻고 싶소? 그건 나도 잘 모르겠소. 그땐 그랬소. 그냥 보고 싶어서……."

을지호의 얼굴에 미소는 사라지고 슬픔만이 남아버렸다.

"그런데… 아무도 없었소. 활을 만들어달라고 따라다니던 꼬마들도, 너털웃음을 지으며 또 말썽을 피웠냐고, 기왕 왔으니 밥이나 먹고 가라며 반기던 박(朴)씨 아저씨도 없었고, 나만 보면 장기(將棋)를 두자고 판을 꺼내는 먹쇠 아저씨, 아저씨를 꽉 움켜쥐고 억척스럽게 삶을 꾸려 나가던 아주머니도 없었소. 그리고 만나기만 하면 슬며시 손을 잡아주 던 그 아이도 없었소. 마을엔… 그저 불에 타다 만 집과 사지가 무참히 잘린 시신들만이 널려 있었소."

을지호의 전신에서 사마유선으로선 감당하기 힘들 정도의 살기가 쏟아져 나왔다.

"아무 생각도 할 수 없었소. 그저 미친 듯이 찾아 헤맸을 뿐. 그리고 그 시체 더미 속에 발가벗겨진 채 숨겨 있는 그 아이를 찾아내었소. 내 가 선물한, 늑대 이빨로 만든 팔찌를 꽉 움켜쥔 그 아이를 말이오. 그 뒤론… 그 뒤론 기억이 나지 않소."

사마유선을 압박했던 살기는 언제 그랬냐는 듯 어느새 씻은 듯이 사 라지고 없었다.

마지막 한 방울의 술까지 마신 을지호가 금사하의 고운 모래 위로 몸을 누였다.

"그래서 어찌 되었나요?"

묵묵히 듣던 사마유선이 물었다.

살짝 감겼던 눈이 떠지고 닫혔던 을지호의 입이 또다시 열렸다.

"그날 이후로 며칠이 흘렀는지 몰랐소. 무슨 일을 했는지도 기억나 지 않았소. 다만… 어린아이의 울음에 눈을 떴을 때, 나를 찾아 나서신 할아버지와 할머니의 외침을 듣고 정신을 차렸을 때 벌어진 일만은 지 금도 기억하고 있소."

살짝 찌푸린 아미가 을지호의 말을 듣는 그녀의 심기가 편치 않다는 것을 대변해 주고 있었다.

"내 손에 어린… 아이가 잡혀 있었소. 그 아이는 곧 죽고 말았소. 그리고 끔찍하게 살해된 사람들이 보였소. 크크크, 나중에 알게 된 사실이지만 내가 죽인 사람이 삼백 명도 넘는다는구려. 삼백 명… 내 나이 열다섯이었소."

이때만큼은 사마유선도 평상심을 유지할 수 없었다.

"음."

어찌 된 상황인지 보지 않아도 알 수 있었다.

을지호는 분명 마을 사람들을 해친 자들을 찾아 나섰을 것이었고 닥치는 대로 살상을 했을 것이다. 그 안에는 패악질을 일삼던 놈들도 있었겠지만 나름대로 평화로운 일상을 보내던 사람들도 있었을 터, 그가 받은 충격을 짐작할 수 있었다.

"그날 이후로 하늘을 볼 수가 없었소. 집안 식구들도 볼 수가 없었소이다. 죽음까지도 생각했지만 못난 놈이라, 더할 수 없이 비겁한 놈이라 그러지도 못했소. 대신 몸에 깃든 괴물을 없애고자 무던히도 애를 썼소. 그러나 좀처럼 없어지지 않았소. 보다 강해지면 놈을 제거할 수 있으리란 생각에 집을 떠나 죽어라 수련을 했소. 십여 년의 세월을 보낸 지금, 놈을 마음속 깊은 곳에 가둘 수 있었소. 하지만 아직도 갓난아이의 울음소리가 뇌리를 떠나지 않고 있소. 아직도……."

"……."

"이 빌어먹을 기억을 생각할 때마다 차라리 그때 죽었으면, 할머니께서 할아버지를 막지 않았으면 하는 마음이 들 때도 있소. 흐흐흐, 뭐, 가끔이지만."

사마유선은 아무런 말도 하지 못했다.

"그러나 결국 이렇게 되고 말았으니……."

팍.

그의 손에서 술병이 깨져 나갔다. 손바닥을 파고든 파편 때문에 손이 피투성이가 되었다.

깜짝 놀란 사마유선이 옷을 찢어 상처를 감쌌다.

"공자께서 다소 심했다는 것은 분명해요. 그러나 이것 하나만은 확실히 말씀드릴 수 있어요."

을지호가 힘없이 고개를 들었다.

"그자들은 그렇게 죽어도 뭐라 탓할 수 없을 정도로 끔찍한 악행(惡行)을 저지른 놈들이라는 것을요."

"나도 그렇게 생각하네."

어느새 곁으로 다가와 얘기를 듣던 사중명이 그의 어깨에 손을 얹었다.

"자네는 할 일을 한 것뿐이야."

"……."

"어깨를 펴요. 잘못한 것도 없는데 그렇게 처져 있을 필요는 없잖아요. 이런 모습은 당신과 어울리지 않아요. 대신 하나만 약속해 줘요."

"……."

사마유선이 그의 가슴에 손을 댔다.

"다시는 괴물 따위에게 지지 않겠다고 말이에요."

을지호의 입가에 옅은 웃음이 지어졌다.

"노력은 해보겠소, 잘될지는 모르겠지만."

그의 말에 사마유선이 활짝 웃었다.

"틀림없이 잘될 거예요. 가만, 그러고 보니 술이 떨어졌군요."

그녀의 시선이 귀를 쫑긋 세우고 대화를 엿듣고 있는 혈궁단으로 향했다.

"어이 풍간, 그렇게 쥐새끼처럼 엿듣지 말고 냉큼 술이나 가지고 와."

그녀가 앙칼진 음성으로 명령을 내렸다.

을지호에게 보여주던 상냥한 그녀의 모습은 이미 사라지고 없었다. 사마유선 그녀는 분명히 두 얼굴을 지닌 여인이었다.

을지호와 사중명이 마주 보며 미소 지었다.

그녀의 본 모습을 익히 알고 있는 사중명과는 달리 그는 사마유선의 성격을 도저히 알지 못하겠다는 표정이었다.

그런데 그가 모르는 것이 한 가지 더 있었다.

지금 그가 앉아 있는 이곳 금사하에서 그 옛날 조부 을지소문이 청하와 환야를 만났고 사랑을 키웠다는 것을.

* * *

당가(唐家).

오대세가의 일원이자 사천의 맹주 당가는 독과 암기로 대표되는 최고의 무가였다. 과거엔 암왕을 배출했고 현재엔 독왕을 배출했으며 빚진 것이 있으면 하늘이 두 쪽 나고 아무리 세월이 흐른다 해도 반드시 그 몇 배로 갚아준다는 지독한 문파.

그런 당가에 위험이 찾아온 것은 무수히 많은 별이 총총히 빛나고 있는 늦은 밤이었다.

율목산의 예견대로 철혈마단 은기령(銀旗令) 휘하 사풍대와 승월대 백육십 명이 야음을 틈타 전격적으로 기습을 감행한 것이었다. 하지만 아미파와는 다르게 당가는 쉽게 당하지 않았다.

나름대로 은밀히 행동한다고 했겠지만 당가에선 사풍대와 승월대의 움직임을 이미 파악하고 있었다. 당가의 주변 몇백 리는 사실상 그들의 영역권이라 할 수 있었다.

비록 낯선 이들의 정체는 파악하지 못했으나 수상한 자들임은 틀림없었고 뭔가 좋지 않은 일을 꾸민다고 여긴 당가는 그들의 움직임을 시시각각으로 파악하며 만반의 준비를 갖추었다. 그리고 그들이 침입하자마자 매서운 공격을 퍼부었다.

암습하려다가 예기치 못한 매복 기습에 모양새를 구긴 사풍대와 승월대는 곧 전열을 수습하여 정면으로 쳐들어갔다. 당가는 온갖 암기와 독을 이용하여 그들을 공격했다.

순식간에 삼십 명도 넘는 인원이 허무하게 목숨을 잃었다. 그들 대부분이 독에 당한 것이었다. 하지만 조금도 물러설 줄 모르고 들이닥치는 사풍, 승월대의 힘은 엄청난 것이었다. 더구나 독의 상극(相剋)이라 할 수 있는 화공을 이용하여 공격을 하니 초반 기세를 올렸던 당가는 순식간에 열세에 놓이게 되었다.

"으악!"

"아아악!"

거친 함성 소리와 비명성이 끊임없이 울려 퍼졌다.

비명 소리를 듣는 당소기(唐昭氣)의 마음은 착잡하기 그지없었다. 이미 최일선에서 싸움을 지휘하다 큰 부상을 입고 물러선 그였다.

"후~ 천하의 당가가 어쩌다가 이런 한심한 꼴을 당하게 되었단 말인가."

비명성이 점점 가까이 접근하는 것을 보니 방어선이 계속해서 뒤로 밀리는 모양이었다.

그것을 증명이라도 하듯 달려온 당우곤(唐優昆)이 다급히 소리쳤다.

"피하셔야 할 것 같습니다."

"힘든 모양이구나."

전신이 피로 물든 것이 그 역시 꽤나 치열한 격전을 치른 것 같았다.

"죄송합니다, 백부님."

당가가 밀리는 것이 자신의 잘못인 양 고개를 떨구는 그를 보며 당소기가 손을 저었다.

"죄송할 것 없다. 전력의 차가 심해서 그런 것이니. 그나마 지금까지 버틴 것이 용한 것이야."

독왕 당욱을 비롯하여 당가를 떠난 식솔들은 당가가 지닌 힘의 거의 팔구 할에 이를 정도였다. 그만큼 세가에 남은 전력은 빈약할 수밖에 없었다. 그의 말대로 지금껏 버틴 것 자체가 기적일 정도였다.

"시간이 없습니다, 백부님. 놈들이 곧 이곳까지 들이닥칩니다. 피하셔야 합니다."

"다른 식솔들은 어찌했느냐?"

"다행히 퇴로가 열려 있어서 규 아우가 일단 아이들과 아녀자들을 피신시키고 있습니다. 하나 그곳도 언제 위험해질지 모릅니다. 어서 피하십시오."

그러나 당우곤의 간곡한 부탁에도 당소기는 움직이지 않았다.

"다 늙은 내가 세가를 버리고 어디로 간단 말이냐?"

"백부님!"

"되었다. 퇴로를 보다 안전하게 확보하기 위해서는 누군가 시간을 끌어줘야 할 필요가 있다. 그게 내가 할 일 같구나."

"하지만……."

"뒷일은 네게 부탁하마. 규를 믿지 못하는 것은 아니지만 네 도움이 필요할 것이다."

당소기의 태도를 보아하니 마음을 돌리기가 불가능할 것 같았다. 짧은 한숨을 내뱉은 당우곤이 대답을 했다.

"백부님께서 가시지 않는데 제가 어찌 가겠습니까? 저도 남겠습니다."

"헛되이 목숨을 버릴 셈이냐?"

당소기가 역정을 냈다. 하지만 그는 물러서지 않았다.

"식솔들을 구하는 일이 어찌 헛된 일이겠습니까? 백부님 말씀대로 한 사람이라도 더 남아 시간을 끌어야 식솔들이 안전히 대피할 것입니다."

"나 혼자도 충분하다."

"부상을 당하셨습니다. 그 몸으론 무리십니다."

둘의 시선이 허공에서 얽혔다.

"고집불통 같으니. 네 마음대로 하여라."

당소기가 탄식하듯 몇 마디 내뱉더니 걸음을 옮겼다. 당우곤이 재빨리 그의 곁으로 다가왔다.

싸움은 사실상 끝난 것이나 다름이 없었다.

몸을 피한 식솔을 제외하고는 살아 있는 사람들이 거의 없었다. 여전히 대항하고 있는 사람은 고작 십여 명에 불과할 뿐이었는데 그나마 극심한 부상을 입었는지 근근이 버티는 것이 전부였다.

"멈춰랏!"

당소기의 노호성이 쩌렁쩌렁 울렸다. 그 음성이 어찌나 큰지 일순 싸움이 멈출 정도였다.

당소기를 본 생존자들이 황급히 그를 중심으로 몰려들었다.
"하하하! 또 나왔구나, 늙은이."
기괴한 장신구를 치렁치렁 달고 있는 사내가 크게 웃으며 소리쳤다.
"도대체 네놈들은 누구냐? 보아하니 이곳 사람이 아닌 것 같은데 우리와 무슨 원한이 있기에 이런 짓을 벌이는 것이냐?"
"나는 승월대의 대주 야안로(耶按爐)다. 그리고 저 친구는 사풍대의 대주 나백(邢伯)이라고 하지."
'사풍대? 승월대?'
들어본 적이 없는 이름이었다.
"그리고 조금 전 나와 함께 늙은이와 싸운 녀석들은 승월십풍(昇鉞十風)이라고 하는 이름을 가지고 있다. 아니지, 늙은이의 손에 일곱이 죽었으니 승월삼풍이라 해야 하나."
"십풍이고 삼풍이고 내가 알 바 아니다. 내가 듣고 싶은 것은 뭣 때문에 우리를 공격했느냐다."
"빚을 갚기 위해서."
야안로가 잘라 말했다.
"빚? 무슨 빚이란 말이냐?"
당소기가 헛소리하지 말라는 듯 소리쳤다.
"원래 맞은 놈은 편히 발을 뻗고 자고 때린 놈은 그렇지 못한다지? 하지만 그건 개소리야. 약해 빠진 놈이나 편히 자빠져 자는 것이다. 억울해서 잠을 어떻게 자? 무슨 수를 쓰더라도 되갚아줄 생각을 해야지."
무슨 소린지 이해가 가지 않았다. 분명 당가와 은원 관계가 있는 것 같은데 알아듣기가 어려웠다.
"쉽게 얘기해 줄까? 당가는 우리에게 큰 빚을 지고 있다. 아니, 우리의 선조라고 하는 것이 정확하겠군."

"네놈의 선조가 누구냐?"

"철혈마단. 서천이라고도 하지."

"철혈마단? 서천? 하늘의 서쪽하고 당가가 무슨 상관……."

버럭 소리를 지르려던 당소기는 자신도 모르게 입을 다물고 말았다. 두 눈은 찢어질 듯 부릅떠져 있었다. 기억 속 저 깊은 곳에서 잠자고 있던 사실 하나를 끄집어낸 것이었다.

"서, 서천… 철혈마단이라면… 그, 그렇다면… 사, 사천혈맹?"

제발 아니기를 간절히 바라는 표정, 그러나 그의 바람은 산산이 부서졌다.

"기억하고 있었구나, 늙은이. 그렇다면 당가가 과거 우리 선조들에게 어떤 빚을 졌는지도 알고 있겠지?"

"……."

충격에 빠진 당소기는 말문을 열지 못했다.

"쯧쯧, 그 정도 가지고 놀라기는. 내가 뒤쪽 숲으로 난 쥐구멍을 알고 있다는 것을 알면, 알면서도 일부러 모른 체하고 있다는 것을 알면 기절하겠군."

"그, 그게 무슨 소리냐?"

당우곤이 기겁하여 되물었다.

"무슨 소리는, 도망가는 놈들은 싸움 뒤의 여흥(餘興)을 위해 남겨놓은 사냥감이라는 것이지."

"비, 비겁한 놈들!"

"비겁? 웃기고 자빠졌군. 몰래 꽁무니 빼는 것이 더 비겁한 것이다."

야안로의 음성이 커졌다. 동시에 턱이 치켜 올라갔다.

그것이 신호라도 되는 듯 일단의 무리가 식솔들이 피하고 있는 쪽으로 움직이기 시작했다.
"아, 안 돼."
무슨 일이 있어도 그것만은 막아야 했다.
"으아아아!"
다급히 외치며 달려드는 당우곤의 안색이 처절하게 일그러졌다. 그것을 즐기기라도 하듯 야안로의 잔인한 명령이 뒤따랐다.
"유희(遊戱)를 즐기는 데 애들과 늙은이는 필요없다. 계집들만 살려서 데리고 와."
하지만 그의 명령은 난데없이 들려온 파공성에 산산이 부서지고 말았다.

제 36 장

환영시(幻影矢)

환영시(幻影矢)

"크아악!"

가장 앞서 달리던 사내가 처절한 비명을 지르며 쓰러졌다. 그리고 그와 함께 움직이던 열두 명의 사내 역시 단말마와 함께 그 자리에서 쓰러졌다. 쓰러진 그들의 몸에는 핏빛 화살이 뒤덮여 있었다.

"어떤 놈들이냐?"

대답 대신 날아온 것은 하나의 화살이었다.

너무나 빨라 접근하는 것조차 파악하지 못할 정도의 화살.

야안로는 본능적으로 몸을 틀었다.

화살은 간발의 차이로 그의 볼을 스치며 지나갔다.

"흠, 생긴 것 같지 않게 제법 빠른데."

야안로가 자신의 화살을 피할 줄은 몰랐다는 듯 사뿐사뿐 걸어오며 재차 시위를 당기는 사마유선은 무척이나 흥미로워하는 모습이었다.

"냄새 나는 계집 따위가!"
"뭐, 계집?"
참을 수 없는 모욕감이 전신을 휘감았다.
"뒈져 버렷!"
그녀의 분노를 한껏 담은 화살이 야안로의 얼굴을 노리며 날아들었다. 하지만 화살이 미처 도착하기도 전 그의 앞을 가로막는 방패가 있었다. 승월십풍 중 살아남은 삼 인이 야안로를 보호하기 위해 나선 것이다.

팅.

힘없이 튕겨져 나가는 화살만큼이나 그녀의 화는 하늘 끝까지 치솟았다.

그녀가 연거푸 세 발의 화살을 날렸다.

쐐애액—

공기를 찢어발기듯 요란한 파공성과 함께 날아가는 핏빛 화살, 화살에 담긴 위력이 조금 전과 비할 바가 아니었다. 잔뜩 긴장한 승월십풍이 방패로 앞을 차단하며 일제히 무기를 휘둘렀다.

그런데 그들의 가슴 높이께로 날아오던 화살이 급격하게 방향을 바꾸었다.

"헛!"

절로 헛바람이 새어 나왔다.

마치 생명이라도 깃들어 있는 듯 기쾌하게 움직인 화살은 미처 대응할 사이도 없이 그들의 발등에 박혀 버렸다.

"크악!"

뼛속까지 울리는 고통에 비명이 절로 나오고 굳건하던 자세에 허점이 생겼다. 사마유선은 그 짧은 순간의 허점을 놓치지 않았다.

슈슈슉―

발등에 박힌 것보다 더욱 은밀히 날아든 화살이 그들에게 접근했다. 허겁지겁 정신을 차리고 자세를 바로 했으나 이미 늦었다. 눈으로 찾기가 불가능할 정도의 허점을 교묘히 파고든 화살이 그들의 몸에 박혀 버렸다.

"으아아악!"

처절한 비명성이 동시 다발적으로 터져 나왔다. 특히 팔뚝과 옆구리에 빗겨 맞은 사내보다는 정통으로 눈을 관통당한 이의 비명은 들어주기 거북할 정도로 소름 끼치는 것이었다.

그는 상상도 할 수 없는 고통에 괴로워하며 땅바닥을 뒹굴다가 곧 목숨을 잃고 말았다.

"찢어 죽일 년 같으니! 뭣들 하느냐? 당장 저년의 사지를 분리시키지 않고."

분노가 극에 이른 야안로가 명을 내리자 수십 명이 넘는 승월대원이 일제히 공격을 개시했다.

"쓸어버려."

나직한 나백의 명령과 함께 사풍대원들도 노도와 같이 밀려들기 시작했다.

당가의 필사적인 저항으로 인해 꽤나 많은 인원이 희생되었지만 사풍, 승월대의 인원은 아직도 백여 명에 이르고 있었다. 반면에 을지호 일행은 도합 삼십사 명, 당가의 인원을 합친다 하더라도 오십을 넘지 못했다.

그러나 싸움이라는 것은 숫자 놀음이 아니었다.

백 명이 열 명을 유린할 수도 있는 것이었고 반대로 열 명에게 백 명이 농락당할 수도 있는 것이었다.

사마유선을 중심으로 똘똘 뭉쳐 화살을 날려대는 혈궁단은 그들의 명성대로 대단한 실력을 가지고 있었다.

일곱 명이 하나의 조를 이뤄 목표한 적을 차례차례 공격하여 쓰러뜨렸는데 엄청난 속사에 적당히 흩어지는 화살, 그리고 상대의 움직임마저 예측하여 방향을 차단하는 능력은 최고였다. 마치 하나의 유기체처럼 움직이는 그들의 시야에 걸린 이들은 죽음을 면치 못했다.

'흠, 대단한데.'

혈궁단의 활약을 유심히 살피던 을지호가 감탄한 표정으로 고개를 까딱거렸다.

순수 궁술 실력은 천뢰대와 비슷해 보였다. 그러나 개개인이 지닌 내공이나 연륜은 천뢰대가 따라가기 힘들어 보였다.

물론 그들의 막강한 화력을 뚫고 접근하는 이들도 적지 않았다. 궁술을 사용하는 이들의 치명적인 약점이라 할 수 있는 바로 접근전이었는데 사중명이 이끄는 비혈대는 그들을 대신해 접근에 성공한 적을 상대로 치열한 격전을 펼쳤다. 기세가 오른 당가의 무인들도 그들을 도와 마지막 힘을 불태웠다.

곳곳에서 화광(火光)이 피어오르고 우렁찬 함성과 고통의 비명성이 난무하며 당가는 순식간에 아수라장으로 변해 버렸다.

"공격! 공격하라!!"

끊임없이 이어지는 공격과 반격, 엄청난 희생을 치르면서도 승월, 사풍대의 기세는 꺾이지 않았다. 반면에 점점 화살이 떨어지면서 혈궁단의 날카로움이 많이 약해졌고 애당초 첩보 조직인 비혈대는 그 많은 인원을 감당할 여력이 없었다. 이미 심각한 부상과 피로가 극에 달한 당가는 말할 필요도 없었다.

'역시 힘들군.'

홀로 전각 위에서 싸움을 지켜보던 을지호가 궁을 들었다.

아미산에서 일어났던 일로 인해 육체적, 정신적으로 극도로 불안정한 을지호를 위해 사마유선은 그가 싸움에 나서는 것을 극구 만류했다. 혈궁단의 힘이면 충분하다는 것이었다. 하지만 아무리 혈궁단이 뛰어난 실력을 지니고 있더라도 그 힘에는 한계가 있었다.

그것을 모를 리 없는 사중명이 혈궁단과 비혈대만으론 무리라며 반대를 했지만 소용이 없었다. 도끼눈을 치켜뜨며 방방 뛰는 사마유선은 사중명의 의견을 간단히 묵살하고 을지호에게도 극도로 불리해지지 않는 한 싸움에 끼어들지 않겠다는 다짐을 단단히 받아냈다.

평소의 그와는 다르게 을지호는 순순히 그녀의 의견을 따랐다. 여전히 혼란스런 마음도 있었고 혈궁단의 실력도 보고 싶기 때문이었다. 어차피 적당한 때가 되었을 때 손을 쓰면 되리라는 생각도 작용했다.

그리고 바로 지금이 그가 생각한 적당한 때였고 사마유선과 약속한 위험한 순간이었다.

여상이 위험에 빠진 것을 발견한 을지호가 시위를 당겼다.

퉁.

경쾌한 소리와 함께 혈궁단으로부터 얻은 화살이 섬전과도 같이 날아갔다.

"큭!"

막 여상의 목숨을 취하려던 사내가 허벅지로부터 전해오는 극통에 몸서리치며 무릎을 꿇고 말았다. 죽음을 생각하며 질끈 눈을 감았던 여상이 괴성을 지르며 검을 뺄었다.

무방비로 가슴을 노출한 사내는 별다른 대응도 하지 못하고 여상의 공격에 그대로 숨이 끊어지고 말았다.

"하아, 하아."

여상의 입에서 거친 숨소리가 터져 나왔다. 구사일생으로 목숨을 구한 것이 도저히 믿기지 않는다는 표정이었다. 간신히 정신을 수습한 그가 을지호를 향해 살짝 고개를 숙였다. 하지만 그는 이미 사마유선을 향해 움직이고 있었다.

"크악!"

두 개의 방패로 완벽하게 몸을 보호하며 접근하던 사내의 입에서 비명이 터져 나왔다. 그는 어째서 자신의 뒤통수로 화살이 날아왔는지 이해를 못하고 그대로 쓰러지고 말았다.

"멋진 솜씨요, 사마 소저."

"오셨군요."

이기어시를 이용해 상대를 공격하던 사마유선이 반색을 했다. 그것도 잠시, 그녀의 얼굴이 순식간에 굳어졌다.

"나는 괜찮소."

그녀의 표정이 왜 그렇게 변하는지 알고 있다는 듯 을지호는 애써 밝은 미소를 지어 보였다.

"궁왕 어르신께 배운 것이오?"

을지호는 사마유선이 궁왕 사마후의 후손이라는 것을 사중명을 통해 알고 있었다.

사마유선이 고개를 흔들었다.

"저는 고조부님을 뵙지 못했어요. 조부님께 배운 것이지요."

"하하, 그게 그것 아니오. 어차피 그분께서도 궁왕 어르신의 궁술을 이어받은 것이니."

"안타깝게도 조부님께선 궁보다는 검에 심취하셔서 고조부님의 무공을 제대로 전수받지 못하셨어요. 그냥 조금 익히신 것뿐."

"흠, 그랬구려. 어쨌든 안타까운 일이오. 천하를 호령하던 어르신의 무공이 이어지지 못했다니."

"어쩔 수 없는 일이지요."

사마유선이 애써 태연히 대꾸를 했다. 그러나 살짝 떨리는 음성 속에는 궁왕의 궁술을 제대로 전수받지 못한 진한 아쉬움이 배어 있었다.

대화를 나누면서도 을지호와 사마유선의 손은 멈추지 않았다.

이기어시를 이용한 그녀의 공격은 방패를 앞세워 물밀듯이 밀려오는 이들에게 집중되었고 을지호는 이미 접근해 비혈대와 치열하게 싸우는 이들을 공격했다.

"음."

사마유선의 입에서 짧은 신음성이 터져 나왔다.

을지호의 눈이 재빨리 그녀의 시선을 따라 움직였다.

"호오, 제법이군요."

그의 입에서도 탄성이 터져 나왔다. 하지만 당황하는 사마유선과는 달리 다소 비웃음이 섞인 탄성이었다.

그들을 놀라게 한 사람은 승월대의 대주 야안로와 사풍대의 대주 나백이었다.

계속해서 전진을 독려하던 그들이 자꾸만 쓰러지는 수하들의 모습에 결국 참지 못하고 직접 나선 것이었다.

수하들의 방패에 비해 절반에 불과한 조그만 방패 하나를 들고 전진하는 그들, 어깨를 나란히 하며 달려오는 그들에게 혈궁단의 모든 이목이 집중되었고 순식간에 백여 개의 화살이 그들을 향해 짓쳐 들었다. 하지만 그들에게 적중한 화살은 단 한 개도 없었다.

절반은 교묘히 움직이는 방패에 막힌 것이고 그 나머지 절반은 각기 들고 있던 반월도(半月刀)와 단창(短槍)에 막힌 것이었다.

단창을 사용하는 나백은 그렇다 쳐도 떠벌리기 좋아하고 허풍이나 떠는 위인으로 보였던 야안로의 무공이 의외로 뛰어났다.

유난히 독을 두려워해 승월십풍과 함께 당소기를 상대할 때에는 본래의 실력을 삼 푼도 발휘하지 못했지만 사실상 그는 당소기와 백초는 능히 겨룰 수 있는 실력자였다.

그리고 그의 실력은 사마유선이 작심하고 날린 이기어시를 비교적 가볍게 막아내는 것으로 확실히 증명되었다.

어쨌든 두 대주가 앞장서 화살을 막아내니 그를 따르는 승월, 사풍대의 기세가 활화산처럼 타올랐다.

"기세가 올랐어요. 큰일이군요."

싸움에서 상대의 기세가 올라가는 것처럼 두려운 것이 있던가. 사마유선이 자신도 모르게 입술을 깨물며 말했다.

"그리 걱정할 것은 없소. 기세야 꺾으면 되니까."

대수롭지 않게 대꾸한 을지호가 시위를 당겼다. 고개를 돌리던 사마유선이 시위에 화살이 없는 것을 보았다. 그리고 그것이 무엇을 의미하는지 곧바로 알 수 있었다.

'무영시.'

귀가 따갑게 들었으나 지금껏 단 한 번도 본 적 없는, 그가 질풍대와 싸울 때 견식할 기회가 있었음에도 뒤늦게 도착하여 미처 보지 못한 궁귀의 절예 무영시였다.

사마유선이 들뜬 표정으로 을지호를 살폈다.

핑—

사마유선은 날카로운 소성과 함께 뭔가가 날아간다는 느낌을 받았다. 형체는 보이지 않았지만 몸이 느끼고 있었다.

야안로와 나백도 자신들을 노리며 날아드는 뭔가를 알아채고 황급히 방패를 들었다.

꽝!

벼락치는 소리와 함께 야안로의 손에 들려 있던 방패가 산산조각이 났다. 그가 들고 있는 것은 방패의 손잡이와 손잡이 주변의 보잘것없는 방패의 흔적뿐. 손아귀가 찢어졌는지 팔뚝을 타고 피가 줄줄 흘러내렸다.

"무영시!"

을지호의 무공을 알아본 당소기가 놀라 부르짖었다.

싸움은 일시에 멈춰졌다.

궁을 내린 혈궁단과 당가의 무인들은 무영시라는 무공이 주는 의미를 알기에 놀랐고 승월, 사풍대의 대원들은 강철을 덧댄 방패를 산산조각 내버린 위력에 경악을 금치 못했다.

그사이 나백의 방패도 박살이 나며 사방으로 파편이 튀었다. 그 파편에 맞았는지 그의 볼에서 한줄기 혈흔이 보였다.

"이게 무영시… 인가요?"

사마유선이 흥분을 감추지 못한 음성으로 물었다.

"그렇소."

"저, 정말 대단해요."

"궁왕 어르신의 무공은 더 대단하오."

을지호가 손을 내밀었다.

사마유선은 그것이 어떤 의미인지도 모른 채 화살 하나를 건넸다.

을지호가 천천히 시위를 당겼다.

모두들 숨도 쉬지 못하고 그를 지켜봤다.

야안로와 나백 역시 긴장한 빛이 역력했다.

투웅!

날카롭다기보다는 명쾌한 소리를 내며 시위를 떠나는 핏빛 화살.

처음 시위를 떠날 땐 하나였지만 궁을 벗어나는 순간 화살은 이미 두 개로 변해 있었다. 그것은 곧 네 개로, 여덟 개로 기하급수적으로 수를 늘려갔다. 그리고 화살이 목표에 도착할 즈음 사람들은 곧 온 세상이 핏빛으로 뒤덮인 환상을 볼 수 있었다.

"아!"

"세, 세상에!!"

이곳저곳에서 탄성이 터져 나왔다.

그 많은 화살의 잔상(殘像) 중 진짜는 오직 하나. 야안로와 나백의 안목으로는 도저히 알아낼 수 없었다.

"으아아아!!"

체념한 듯 눈을 부릅뜨고 지켜보는 나백과는 달리 야안로는 미친 듯이 도를 휘두르며 발악을 했다. 마구잡이로 휘두르는 도에 가로막힐 정도로 만만한 무공이 아니었다.

아무런 방해도 받지 않은 화살은 야안로의 가슴을 깊숙이 파고들었다.

"크악!"

불로 지진다 한들 이보다 더 고통스러울까!

야안로는 고통을 참지 못하고 처절한 비명을 지르며 가슴을 부여잡았다. 그리곤 불신 가득한 눈으로 을지호를 쳐다보며 힘없이 고꾸라졌다.

"와아!"

비혈대와 혈궁단원들이 미친 듯이 함성을 질렀다. 반대로 엄청난 공포에 사로잡힌 승월, 사풍대의 무인들은 을지호의 눈치를 보기에 바빴다.

"환영시라는 것이오."

"환… 영… 시……."

"궁왕 어르신의 무공이라오."

"아!"

사마유선은 가슴을 파고드는 뭉클한 감정이 전신을 휘감는 것을 느끼며 눈을 감았다.

두 눈을 꼭 감고 감동의 여운을 느끼는 사마유선을 잠시 지켜보던 을지호가 나백을 향해 고개를 돌렸다.

"돌아가라."

의외라는 듯 그의 눈이 커졌다.

"살려주는 것이냐?"

"……."

"고맙다는 말은 하지 않겠다."

"듣고 싶지도 않다."

"네 이름이 무엇이냐?"

"을지호."

나백은 절대 잊지 않겠다는 듯 그의 이름을 되뇌었다.

"오늘 일은 잊지 않겠다. 돌아간다."

뒤도 돌아보지 않고 몸을 돌리는 나백, 그 뒤로 오십여 명의 생존자들이 서둘러 걸음을 놀렸다.

"이대로 보내는 것인가?"

사중명이 당장에라도 추격을 할 기세로 소리쳤다. 을지호는 아무런 말도 하지 않았다.

"놈들이 저지른……."

답답하다는 듯 음성을 높이려던 사중명은 그러나 더 이상 말을 잇지 못했다. 그의 팔을 잡은 사마유선이 고개를 흔들었기 때문이다.

그제야 당가로 오기 전 어떤 일이 있었는지를 상기한 사중명이 헛기침을 하며 무안해했다.

그때 당소기가 지친 노구를 이끌고 다가왔다.

"도움을 받고도 제대로 인사를 못했네. 이 늙은이는 당소기라 한다네."

그가 을지호에게 정중히 예를 차렸다. 깜짝 놀란 을지호도 황급히 허리를 숙였다.

"을지호라고 합니다."

"혹, 궁귀 을지소문이……."

"예, 제 조부님 되십니다."

당소기는 그럴 줄 알았다는 듯 너털웃음을 터뜨렸다.

"허허허, 그렇군. 무영시를 쓸 때부터 짐작은 하고 있었지만 역시 그

령군. 그 옛날 그 친구에게도 큰 도움을 받은 적이 있었는데 그의 손자에게 또다시 은혜를 입었군 그래."

"은혜라는 말은 당치도 않습니다."

"아닐세. 자네가 아니었다면 누가 저들의 발걸음을 돌리게 만들 것이며 당가를 구할 수 있었겠는가?"

"저 혼자 한 일이 아닙니다."

을지호가 한 걸음 비켜섰다.

"비혈대 대주 사중명이라 합니다."

"혈궁단 단주 사마유선입니다."

사중명과 사마유선이 허리를 숙여 예를 표했다.

"허허, 가주를 비롯하여 대다수의 식솔들이 패천궁과 싸우기 위해 세가를 비웠건만 도리어 패천궁의 도움을 받을 줄이야."

당소기가 고소를 지었다. 그러나 도움을 받은 것은 부인할 수 없는 사실이었다.

"아무튼 큰 신세를 졌소."

"마음에 두지 마십시오. 사천혈맹은 흑백을 떠나 전 무림의 공적이 아닙니까?"

사중명은 당소기가 자신들의 도움을 다소 불편해한다는 것을 알아채고는 재빨리 사천혈맹을 거론했다.

"그래도 신세를 진 것은 틀림없는 사실, 내 잊지 않겠소. 그나저나 우리가 위기에 처한 것은 어찌 알고 온 것이오?"

"남궁세가가 무너진 것을 아시는지요?"

당소기가 고개를 끄덕였다.

"을지 공자와 흥수를 쫓다가 그것이 놈들의 간계라는 것을 알게 되었습니다."

"흠, 그렇게 된 것이었구려."

"그리고 흉수들에게서 사천혈맹의 준동 사실을 알았습니다."

"하면 저들이 틀림없는 사천혈맹의 무리라는 것이오?"

그래도 설마 하는 마음을 품고 있었던 당소기의 음성은 무척이나 무거웠다.

"예, 이미 아미파를 비롯하여 몇몇 문파가 멸문지화를 당했습니다."

"아, 아미파가 당했단 말이오?"

"그렇습니다. 처참히 무너졌습니다."

"허, 아미파가……."

당소기는 도저히 믿어지지 않는다는 듯 탄식성을 내뱉었다.

"어쩌면 점창이나, 청성파 또한 당했을지도 모릅니다."

더 이상은 놀랄 힘도 없었다.

아미파와 청성, 점창, 당가는 사천성에서 가장 규모가 큰 문파이자 정도무림을 지탱하는 기둥이었다. 그들이 무너졌다는 것은 사천성이 이미 사천혈맹의 수중에 들어갔다는 말과 다름이 없었다.

또한 사천혈맹이 준동했다는 것은 패천궁과는 비교도 되지 않을 정도로 무림에 크나큰 재앙이었다.

'허허, 얼마나 많은 피를 보려는가.'

벌써부터 피비린내가 온 천하에 진동하는 듯했다.

    *   *   *

아미파와 당가를 유린하고 청성파, 점창파를 무너뜨린 철혈마단은 거칠 것이 없었다. 그들은 엄청난 기동력과 인원, 그리고 잔인함을 앞세워 사천에 산재해 있는 수많은 군소문파를 무릎 꿇렸다.

결국 최후까지 버티다가 개미새끼 한 마리 남지 않고 몰살을 당한 등선방(騰仙幇)을 끝으로 그들에 대항하는 문파는 존재하지 않았다.

철혈마단이 사천성을 석권하는 데 걸린 시간은 닷새에 불과했다.

사천성에서 벌어진 엄청난 사건은 입과 입을 통하여 순식간에 전 중원으로 퍼져 나갔다.

전통의 명문 문파들이 속수무책으로 쓰러졌고 억세기로 유명한 사천성의 무인들이 변변한 대응도 하지 못하고 몰살당하거나 도망쳤다.

사천혈맹 중 고작 한 세력이 움직였을 뿐인데도 그렇다면 나머지 삼천이 움직였을 땐 어떠할까? 세인들은 그들의 압도적인 힘에 깊은 절망과 공포, 전율을 느꼈다. 그리고 장차 몰려올 혈겁(血劫)을 생각하며 몸서리를 쳤다.

물론 희망이 전혀 없는 것은 아니었다.

철혈마단에 당한 대부분의 문파들은 사실상 빈 껍데기나 다름없었다. 전력의 대부분이 흑백대전 때문에 정도맹에 집결해 있는 상황, 비록 참담한 피해를 당했지만 절망할 정도는 아니었다.

또한 사천혈맹이라는 적을 맞아 그동안 치열한 싸움을 펼친 정도맹과 패천궁이 분쟁을 종식시키고 협력하기로 한 것은 무척이나 희망적인 일이었다.

그러나 해결해야 할 일은 산더미처럼 쌓여 있었다.

어쩔 수 없이 손을 잡았지만 그간 워낙 깊은 불신의 골이 패인 까닭에 당장 어떤 식으로 협력을 해야 할지 결정을 내리지 못했다. 그저 막연히 함께 싸운다라는 전제만 세워놓았을 뿐이었고 우선은 각자의 대책을 마련하느라 정신이 없었다.

무당파에선 정도맹과 백도의 여러 수뇌가 연일 회동을 했고 무당에서 얼마 떨어지지 않은 곡성의 패천궁 진지에서도 대응책을 마련하느라 고심 중이었다.

"어쩌고 있다던가?"

"이런 저런 대책 마련에 분주한 모양입니다. 그런데 의견이 모아지지 않아 꽤나 혼란스럽다고 합니다."

온설화의 대답을 들은 안휘명이 혀를 찼다.

"쯧쯧, 한심한 놈들 같으니. 적이 코앞에 이르렀는데 아직도 정신을 못 차리고. 그러니 변변히 대항도 못하고 사천을 빼앗겼지. 어쩌다가 그런 한심한 놈들과 손을 잡았을까!"

뭐가 그리 마음에 들지 않는지 안휘명의 인상은 구겨질 대로 구겨져 있었다.

"그놈들과 힘을 합하느니 차라리 단독으로 싸우는 것이 낫지 않을까?"

"그럴 수 없다는 것을 아시잖아요."

온설화가 빙그레 웃으며 대답했다.

"하면 하는 것이지."

그녀의 대답이 별로 마음에 안 드는지 퉁명스럽게 내뱉은 그가 다시 질문을 했다.

"애주부로 떠날 준비는 끝난 것인가?"

애주부엔 패천궁의 가장 중요한 거점 중 하나가 있었다.

"예, 명령하신 내일 아침엔 떠날 수 있습니다."

"잘됐군. 싸우지도 않는데 이곳에 있을 필요는 없지. 이렇게 가까이 있다 보면 자꾸만 공격 명령을 내리고 싶어서 말이야."

그의 말에 다들 웃음을 보였다.

"그나저나 그들에게서 다른 연락은 있었나? 그날 이후 연락이 없던 것 같은데."

안휘명은 아미파로 간다는 소식을 끝으로 끊어진 사중명과 사마유선에 대해 묻는 것이었다.

"저녁 무렵 도착했습니다."

"뭐라고 그래?"

안휘명이 오른손으로 턱을 괴며 물었다.

"당가의 식솔들과 함께 이동 중이라고 합니다."

"당가?"

뭔 소리냐는 듯한 표정이었다.

"예, 을지 공자와 함께 위기에 빠진 당가를 구하고 그 이후로 계속 함께 움직이고 있다 합니다."

"흠, 어쩐지. 을지호 그 친구가 그곳에 있었군. 비혈대와 혈궁단도 함께 있었다면 당가를 구할 충분한 전력이 되었겠지."

안휘명이 이해가 간다는 듯 고개를 끄덕였다.

"그건 아닌 것 같습니다."

"아닌 것 같다니?"

"사 대주가 전한 내용대로라면 비혈대와 혈궁단이 도움이 되기는 했지만 사실상 을지 공자 혼자서 막아낸 것이나 다름없다고 합니다. 아미파를 습격했던 놈들도 혼자 쓸어버렸다고 하더군요."

"허!"

이곳저곳에서 탄성이 터져 나왔다.

"아무리 힘의 공백이 크다 한들 아미파나 당가를 친다면 꽤나 많은 병력이 동원되었을 터, 그 많은 인원을 혼자서 막았단 말인가? 다른 누구도 아닌 사천혈맹을 상대로?"

비부 뇌학동이 고개를 흔들었다. 도저히 믿을 수 없다는 표정이었다. 하지만 안휘명은 당연하다는 듯 너털웃음을 터뜨렸다.

"하하! 과연, 과연 궁귀의 후예로군."

"그가 그 정도로 강한가?"

동방성이 넌지시 물었다.

"강합니다. 가히 상상할 수 없을 정도로."

"궁주와 비교해선 어떤가?"

동방성 정도 되는 인물이 아니면 할 수 없는 질문이었다. 어쩌면 불쾌하게 생각할 수도 있는 질문임에도 안휘명은 조금도 불쾌하게 여기지 않았다.

모두들 긴장된 모습으로 그의 대답을 기다렸다.

"글쎄요, 이론과 실전이 다르듯 직접 싸워보지 않은 이상 뭐라 말을 하기는 애매하나 이기긴 힘들 것으로 보입니다."

좌중은 충격에 사로잡혔다.

일패(一覇) 안휘명이 누구던가.

소림의 수호신승과 더불어 쌍벽을 이루는 절대강자였다. 명성이 하늘을 찌른다는 강호오왕도 그들에 비한다면 초라할 정도였다. 그런 안휘명이 싸워보지도 않고 패배를 자인하는 것이었다.

"궁주는 스스로를 너무 낮추는군."

낙운기가 반박을 하며 나섰다.

"하하! 태상장로께서 그렇게 생각하시는 것도 무리는 아니지요. 하지만 사실입니다."

"직접 보기 전엔 믿을 수가 없네."

낙운기의 말에 동방성이 덧붙였다.

"궁귀의 무공에 전전대 궁주님의 무공까지 이어받았다고 하니 강하다는 것은 부인하지 않겠네. 그러나 그는 궁귀의 후예일 뿐 궁귀 본인은 아닐세. 난 그가 궁주보다 강하다고 생각하지 않네. 물론 나나 태상장로님보다 강하다는 생각도 들지 않는군."

실로 대단한 자신감이었다. 동방성은 스스로가 을지호보다 강하다고 단정 지었다.

그의 말투에서 더없이 강한 호승심을 느낀 안휘명은 일부러 화제를 바꿨다.

"하하! 태상호법께서 그리 말씀하시면 그런 것이겠지요. 아무튼 지금은 그것이 중요한 게 아니니 그 얘기는 차후에 나누도록 하지요. 군사."

"예, 궁주님."

온설화가 공손히 대답했다.

"이제부터 어찌해야 하는가?"

안휘명의 물음에 그녀는 주저없이 입을 열었다.

"우선 위협이 되는 것은 남천인 흑월교로 이미 움직였을 것이라 생각됩니다. 그들뿐만 아니라……."

흑백대전이 벌어지기 전부터 제삼의 세력에 대해 경계를 하고 있던 온설화는 조금의 막힘도 없이 앞으로 패천궁이 어찌 움직여야 하고 경계할 점은 무엇인지에 대해 설명하였다.

그러나 안휘명은 그녀의 설명을 듣지 않고 있었다.
그저 조금 전 낙운기와 동방성이 했던 말을 곱씹으며 의미심장한 미소를 지을 뿐이었다.
'그가 얼마나 강한지는 나중에 직접 겪어보시면 알게 될 것이와다.'

『궁귀검신』 5권으로 이어집니다